El Destino 3

Das Schicksal

und der Weg des Herzens

von

Jaliah J.

Impressum

Alle Rechte am Werk liegen beim Autor
J., Jaliah
El Destino 3, Das Schicksal und der Weg des Herzens

Berlin, April 2015
Erstauflage
Lektorat: Günter Bast, Theresa
Cover/Bildgestaltung: Klaud Design – Marie Wölk

Herstellung und Verlag:
BoD - Books on Demand, Norderstedt

ISBN 978-3-7347-7027-2
www.jaliahj.de

Dieses Buch ist für alle Engel, die hier auf Erden von uns gegangen sind und deren Seelen doch immer mit unseren verbunden bleiben werden.

Einführung

Die Farben des Herbstes zeigen sich von ihrer schönsten Seite.

Janine blickt auf die vereinzelten Blätter in den Bäumen, die noch stark genug sind, sich an den Ästen zu halten, während sie eines der Blätter hochnimmt, die ihr gerade als weiches Bett dienen. Es sind Tausende, die hier die Wiese bedecken. Sie hält das Blatt in die schwache Oktobersonne und betrachtet das schöne kräftige Rot, das sie an Blut erinnert. Als sie ein kleines Mädchen war, hat sie sich darüber gewundert, sie hat es nicht verstanden, wie die Blätter, die im Sommer so schön grün gestrahlt haben, die Farbe wechseln konnten.

Ihre Mutter hat ihr damals erklärt, dies würde passieren, damit die Bäume ihre wertvollen Stoffe rechtzeitig in die Wurzeln senden und sie im nächsten Frühling wieder Knospen tragen können. Somit sind diese Blätter eigentlich nur das Zeichen für einen Neubeginn und sie müssen weichen, damit sich Neues bilden kann. Trotz dieser eigentlich traurigen Wahrheit ist es doch wunderschön mitanzusehen.

»Was geht dir schon wieder im Kopf herum?« Janine wendet ihren Blick von dem Blatt ab und ihrer besten Freundin Maribel zu. Sie liegt neben ihr im Blätterhaufen und sieht genauso verträumt in den Himmel wie sie, auch wenn Maribels Gedanken sicherlich nicht so weit abgeschweift sind wie ihre. Nur sie schafft es, sich über das Unwichtigste Gedanken zu machen, die sie tagelang nicht loslassen, das war schon immer eine Schwäche von ihr, auch wenn ihre Mutter sich immer bemüht hat ihr einzureden, es wäre ein Zeichen ihrer sensiblen Seele.

»Ich will hier nicht weg!« Janine hört selbst wie trotzig sie sich anhört und es vielleicht nicht ganz passend ist, wenn man bedenkt, dass Maribel und sie bereits 16 sind und sie sich eigentlich etwas erwachsener dem Leben stellen sollten. Doch Janine will das nicht, nicht jetzt und schon gar nicht so wie ihre Eltern es für sie geplant haben.

»Das musst du auch nicht, wir werden nicht zulassen, dass man uns trennt.« Maribel setzt sich auf und Janine verfolgt die Bewegungen des Mädchens, das schon seit ihrem 7. Geburtstag an ihrer Seite ist. Sie beide verbindet so viel. Fasziniert betrachtet Janine die krausen dunklen Locken ihrer Seelengefährtin und wie sich die Sonne auf ihrer dunklen Haut spiegelt, die Haut, die ihr das Leben so erschwert. Janine findet sie wunderschön, aber das war nicht immer so.

Sie leben in einer Kleinstadt zwischen Nürnberg und Augsburg, doch egal wie nahe ihnen die großen Städte sind, hier ist das Leben manchmal noch wie zugefroren. Janine hat nie etwas davon mitbekommen. Als sie noch im Kindergarten war, hat sie nie etwas von der Engstirnigkeit der Menschen hier bemerkt. Ihre Mutter ist Ärztin, ihr Vater der Leiter eines großen Unternehmens, ihre Familie ist hier immer sehr beliebt gewesen. Erst als sie in die Schule gekommen ist, hat sie gemerkt, dass es nicht so leicht ist dazuzugehören. Besonders nicht, wenn man wie sie oft in Gedanken versunken war und die Außenwelt abgeschaltet hat.

Die Lehrer haben sie oft ermahnt, wenn Janine im Unterricht mal wieder geträumt hat und es hat nicht lange gedauert, bis sie bei ihren Mitschülern als merkwürdig verschrien war und sie gemieden wurde. Da ist ihr aufgefallen, dass sie nicht die Einzige ist, auch das Mädchen mit der Schokoladenhaut und den langen Zöpfen wurde gemieden. Nur durch einen Zufall hat sie einmal das Gespräch der beliebten Mädchen auf der Toilette mitbekommen, wo sie erfahren hat, dass die Mutter von Maribel nach einem Urlaub zurückkam und schwanger war.

Es ist für alle hier unfassbar, dass sie unverheiratet und allein das Kind zur Welt gebracht hat und sich nicht einmal schämte, mit dem dunklen Kind in ihrer Kleinstadt zu leben. Von da an betrachtet Janine Maribel oft, sie mochte sie. Doch da sie eh schon als verrückt abgestempelt war, traute sie sich nicht, noch mehr aufzufallen und der traurigen Maribel beizustehen, wenn die anderen sie wieder einmal ärgerten.

Das änderte sich erst, als sie feststellten, dass sie beide am gleichen Tag Geburtstag haben. Da keiner von ihnen richtige Freunde hatte, die sie einladen konnten, beschlossen ihre Mütter, dass sie zusammen den Geburtstag feiern. Janines Mutter gab nicht viel auf das Gerede in der Stadt und so befreundeten sich nicht nur ihre Mütter, auch Maribel und sie kamen sich näher. Es dauerte nicht lange und sie verbrachten jeden Tag zusammen. Seitdem sind sie beste Freunde, Schwestern wäre vielleicht treffender.

Sie haben alles zusammen durchgestanden. Die Grundschule, danach der Wechsel auf das Gymnasium. Er hat sie zwar nicht zu den beliebten Mädchen dazugehören lassen, aber sie wurden akzeptiert, auch wenn sie beide immer anders sein werden, doch diese Tatsache, schweißt sie nur noch mehr zusammen. Maribel hat ihr über den Liebeskummer mit Marco in der

7. Klasse hinweggeholfen, der sie niemals beachtet hat. Als Maribel sich in einem Sommerurlaub hoffnungslos verliebt hat, war es Janine, die sie getröstet hat, nachdem ihre Sommerliebe nicht mehr auf ihre Briefe geantwortet hat.

Janine war fast ein halbes Jahr mit Yannik zusammen, er ist die Liebe ihres Lebens. Auch wenn er sich erst vor wenigen Wochen getrennt hat und nun mit Maria zusammen ist, gibt Janine die Hoffnung nicht auf, dass er sie eines Tages heiraten wird. Wieder ist Maribel ihre große Stütze, um nicht jeden Tag auf dem Schulhof zusammenzubrechen, wenn sie Yannik und Maria zusammen sieht. Gemeinsam haben sie heimlich die Schule geschwänzt und sind nach Nürnberg gefahren, um auf einem Konzert zu sein und haben danach zusammen die Strafen und den Ärger ihrer Eltern ertragen und all das wollen ihr nun ihr Vater und ihre Mutter nehmen.

Janine wird den Tag nie vergessen, als ihre Eltern ihr freudig erzählt haben, dass ihr Vater nun für die komplette Produktion in seiner Firma verantwortlich sein wird und sie deshalb nach Puerto Rico ziehen. Sie haben sie nicht einmal gefragt, ob Janine bereit ist hier alles zurückzulassen. Ihre Mutter war gar nicht mehr zu beruhigen, als sie dort eine passende Praxis gefunden hatte. Mit Bildern von Stränden und bunten Märkten versuchte sie, Janine das Land schmackhaft zu machen, doch Janine will hier nicht weg. Sie will Maribel nicht verlieren und in ein Land ziehen, wo sie noch ungewöhnlicher ist, als hier schon.

Auch die Bilder ihres neuen Hauses konnten sie nicht umstimmen und auch nicht das Versprechen ihrer Mutter, dass sie zunächst in keine neue Schule dort gehen muss, sondern eine Privatlehrerin bekommt. Sofort hat sie mit ihrer Tochter in einem Intensivkurs Spanisch gelernt, doch egal wie sehr sich Janine dagegen stellt, der Tag der Abreise rückt immer näher. Zum Glück hat Maribel einen guten Plan entwickelt, wie sie beide zusammenbleiben können.

Das Tuten des Schnellzuges lässt Janines Herz schneller schlagen und sie beide stehen auf, als der Zug an ihnen vorbeirast. Fasziniert sehen sie ihm hinterher. »Morgen ist es soweit, wir hauen ab, erleben noch bessere Abenteuer als in jedem Buch, was wir gelesen haben und kommen erst zurück, wenn deine Eltern ihre Idee von Puerto Rico an den Nagel gehängt haben!« Janine schlägt bei Maribel ein und sieht sie dann augenblicklich tadelnd an, als sie das Küchenmesser aus ihrer Tasche zieht. »Nicht schon wieder, das hatten wir doch schon mal!« Maribel schneidet sich in den Daumen. »Ja,

aber da hatten wir noch nicht den Plan für immer zusammenzuhalten.«
Janine gibt frustriert nach. »Das Buch mit den Indianerschwüren hat dir
nicht gut getan.«

Es tut etwas weh, als Maribel ihr den Schnitt am Daumen zufügt, doch
das feierliche Gesicht ihrer besten Freundin lässt sie loslachen. »Du hast
echt einen Knall!« Maribel schüttelt den Kopf. »Nein Süße, du bist die ver-
rückte von uns beiden, ich bin nur die Schwarze mit der verkorksten Mutter.« Nun muss auch sie lachen, doch als Maribel ihre Daumen zusammen-
presst, wird sie wieder feierlich und auch Janine wird ernst.

»Mit meinem Blut schwöre ich, dass uns nichts trennen kann und du für
immer meine beste Freundin und Schwester bleiben wirst.« Janine lächelt.
»Mit meinem Blut schwöre ich, dass uns nichts trennen kann und du für
immer meine beste Freundin und Schwester bleiben wirst.«

Einen Moment sind beide still und sehen sich in die Augen, bevor sie dem
Schnellzug hinterher sehen. »Auf unser Abenteuer!« Maribel steckt das
Messer wieder ein.

»Auf unser Abenteuer und die Welt, die uns erwartet!«

Kapitel 1

Bitter denkt Janine an den Tag vor über vier Jahren zurück. Ihr aufregendes Abenteuer hat genau zwei Stunden gedauert, bis sie von einem Schaffner erwischt wurden, natürlich hatten sie kein Geld für Fahrkarten. Sie bekamen beide großen Ärger, als sie von der Polizeistation abgeholt werden mussten. Es hat nichts geholfen, einen Monat später ist ihre Familie nach Puerto Rico ausgewandert. Maribel und sie haben sich geschworen, dass es nichts ändern wird, sie trotzdem immer füreinander da sein werden.

Janine blickt in den Himmel, die Schneeflocken werden immer dichter und dicker. Die Tränen auf ihrem Gesicht fühlen sich an, als würden sie einfrieren. Sie hat den Schnee vermisst in Puerto Rico. Sie vermisst Deutschland, sie hat sich nicht an das neue Land gewöhnt, auch wenn sie sich irgendwann damit abgefunden hat, nun dort zu leben.

Janine hat sich wirklich Mühe gegeben, sie hat sich bemüht immer für Maribel da zu sein, doch natürlich ist es nicht mehr das Gleiche, wie wenn man nur ein paar Häuser weiter weg wohnt und sich in der Schule trifft. Irgendwann sind aus den täglichen Telefonaten und Gesprächen per Webcam nur noch alle 2-3 Tage geworden, da sie beide mit dem Gymnasium viel zu tun hatten. Maribel ist weiter in ihre Klasse gegangen und hat sich öfter mit neuen Freunden getroffen.

Janine hat sie darum beneidet, sie hat sich geweigert, am Leben in Puerto Rico teilzunehmen. Die Privatlehrerin war so gut und nett, dass sie bis zum Abi von ihr zuhause unterrichtet wurde. Nur zu den Prüfungen musste sie in die Schule. Sie hat natürlich hier und da Bekanntschaften gemacht, aber außer mit einem Nachbarmädchen, mit dem sie 2-3 mal im Kino war, hat sie sich lieber zuhause eingesperrt und hat gelernt.

Maribel und sie haben sich trotzdem mindestens zweimal im Jahr getroffen, oft ist sie zurück nach Deutschland geflogen, ein paar Mal war Maribel bei ihr in Puerto Rico. Erst dann hat sich Janine aufgerafft, das Land etwas besser kennenzulernen. Mit Maribel hat es ihr Spaß gemacht, deswegen wollte sie auch unbedingt, dass sie zusammen studieren. Da Maribel aber in der Schule Schwierigkeiten bekam, musste sie eine Klasse wiederholen, trotzdem hat Janine fest daran geglaubt, sie würde ein Jahr später zu ihr ziehen.

Janine zwingt sich den Blick zu senken, auch wenn es sie wieder mit voller Wucht trifft, als sie auf das frisch zugedeckte Grab sieht. Die Schneeflocken haben schon eine weiße Decke über den Boden gelegt. Janine wischt eilig das Kreuz wieder frei, auf dem das Bild von Maribel ist. »Es tut mir so leid, ich war keine gute beste Freundin.« Sie versucht nicht an ihren Tränen zu ersticken, während sie diese Worte leise zu ihr spricht. Vielleicht kann sie sie hören, Janine versteht nicht, warum sie nicht gemerkt hat, wie schlecht es Maribel ging, sie war doch wie eine Schwester für sie. Wieso hat sie es nicht gemerkt? Wieso hat sie nichts gesagt, als sie gemerkt hat, dass sie immer kräftiger geworden ist, es waren sicherlich die ersten Anzeichen ihres Kummers, doch Janine wollte sie nicht verletzen.

Bei all ihren letzten Gesprächen sah Maribel müde und traurig aus, doch jedes Mal hat sie es auf den Stress in der Schule geschoben. Sie wusste, dass sie unglücklich verliebt war, doch das waren sie alle schon einmal, das kann doch nicht der Grund gewesen sein, sich das Leben zu nehmen. Nicht für Maribel, die in fast allem auch etwas Gutes gesehen hat, sie hatte noch soviel vor.

Seit sie vor zwei Tagen erfahren hat, dass Maribel sich auf den Bahngleisen, die einmal ihr größtes Abenteuer werden sollten, das Leben genommen hat, stellt sie sich immer wieder dieselbe Frage: Wieso? Wie konnte sie nicht merken, wie schlecht es ihr ging? Wie konnte sie sich jemals ihre Schwester oder beste Freundin nennen?

Janine und ihre Mutter sind sofort hergeflogen, heute war die Beerdigung, Maribel hat zwei Briefe hinterlassen, einen an ihre Mutter, einen an sie. Die Polizei hat nach dem Selbstmord die Briefe gelesen, um ein mögliches Motiv zu finden, doch in keinem stand eine richtige Begründung, nur der Abschied. Maribels Mutter hat Janine den Brief an sie gegeben, doch bis jetzt hält sie ihn verkrampft in der Hand in ihrer Parkatasche, sie hat nicht die Kraft das jetzt zu lesen. Sie weiß, dass sie sich nicht gut genug um Maribel gekümmert hat und das wird sie sich niemals verzeihen.

Es wird immer dunkler, die Beerdigung ist schon lange vorbei, ihre Mutter ist mit Maribels Mutter gegangen, die unter starken Beruhigungsmitteln steht. Sie wollte noch bleiben, allein Abschied nehmen und man hat sie gelassen, doch wo sie jetzt hier steht, merkt sie, sie kann keinen Abschied nehmen. Janine holt das kleine Taschenmesser heraus, das sie heute morgen eingesteckt hat. Als sie sich in ihren Finger schneidet, muss sie lächeln. Als der erste Blutstropfen auf den Schnee fällt, sieht sie auf den starken Kontrast, während sie mit ihren Blutstropfen ein kleines Herz auf Maribels Grab tropfen lässt. »Es tut mir so leid, dass ich es nicht gemerkt habe, du fehlst mir so sehr.«

Janine wischt sich die Tränen weg, als sie jemanden hinter sich bemerkt. Der Mann muss der Friedhofswärter sein und er hebt wütend seine Schaufel hoch. »Hau ab du blöder Emo, lasst die Gräber in Ruhe und treibt euch nicht immer hier auf den Friedhöfen herum!« Janine seufzt leise auf, sie könnte jetzt mit dem Mann eine Diskussion anfangen, sich erklären, doch sie wirft dem Kreuz und dem Bild ihrer besten Freundin einen traurigen Luftkuss zu und verlässt den Friedhof.

Auf dem Weg zu dem Haus von Maribel schnürt sich Janines Brust immer mehr zu. Sie geht an ihrem alten Haus vorbei. Als ihre Eltern es ein Jahr, nachdem sie nach Puerto Rico gezogen sind, endgültig verkauft haben, wurde ihr klar, sie meinen den Umzug ernst, es ist für immer. Ihre Eltern fühlen sich wohl in San Sebastian, sie haben nicht vor zurückzukehren, doch Janine hat sich dort niemals zuhause gefühlt, bis heute nicht.

In Maribels Haus sind neben ein paar Freundinnen der Mutter ihre Tante und ihre Mutter. Maribels Mutter liegt auf dem Sofa, ihr Blick ist leer, so wie sich Janines Herz anfühlt. Alle sprechen leise miteinander, Janine hält es nicht lange aus und geht in Maribels Zimmer. Es hat sich nie viel verändert, ein paar Möbel wurden ausgetauscht, doch es ist immer noch Maribels unverkennbare Handschrift zu sehen. Sie sieht auf ihre Pinnwand, wo so viele Bilder hängen.

Es sind viele neu dazugekommen, sie zeigen Maribel mit Freunden, die sie auch noch kannte. Wieso ist sie so unbemerkt, so unglücklich gewesen? Eine kleine Fotocollage bringt Janine zum Schmunzeln. Es sind drei Bilder, die mit schönen Blumen zusammengeklebt ist. Ein Bild zeigt sie beide in der Grundschule, kurz nachdem ihre Freundschaft entstanden ist. Eines ist am letzten Tag vor ihrer Abreise nach Puerto Rico gemacht worden und man sieht ihnen beiden an, dass sie viel geweint haben und eines ist bei Maribels letztem Besuch entstanden. Sie waren am Strand und lächeln in die Kamera. Janine nimmt die Collage ab und steckt sie in ihre Tasche, bevor sie mit ihrer Mutter ins Hotel zurückkehrt.

Maribels Mutter drückt sie noch einmal lange an sich und bittet sie an ihrer Stelle, morgen an der Abschiedsfeier der Schule teilzunehmen. Auch wenn Janine darauf keine Lust hat, kann sie es der Mutter nicht abschlagen. Sie findet in der Nacht keinen Schlaf, auch wenn ihr Körper sehr erschöpft ist. Ihre Mutter und sie kehren am nächsten Morgen noch einmal zu dem Grab zurück, als würde es ihnen so leichter fallen, das Ganze zu begreifen. Am Nachmittag fährt Janine zu ihrer alten Schule, während ihre Mutter wieder zu Maribels Mutter fährt.

Janine bekommt schon beim Betreten der Schule ein ungutes Gefühl. Nervös zupft sie sich ihren schwarzen langen Rollkragenpullover über der schwarzen Leggins zurecht. Sie hat nicht mehr viele Winterklamotten, da sie davon in Puerto Rico nichts braucht. Es ist Samstag, unterrichtsfrei und dementsprechend ruhig in dem großen roten Backsteingebäude. Nur die Türen zur Aula stehen offen und sie hört das Gemurmel daraus. Als sie näher kommt, wird die Tür von den gegenüberliegenden Toiletten geöffnet und eine alte Schulkameradin kommt heraus.

Als sie Janine erblickt, lächelt sie, auch wenn man sieht, dass sie gerade geweint hatte. Auf eine merkwürdige Art befriedigt Janine das Wissen, dass sie nicht alleine in der Trauer ist. Sie hat mitbekommen, dass sich Maribel immer besser mit den anderen Klassenkameraden verstanden hat, doch nun zu sehen, dass sie wirklich betrauert wird, tut gut.

»Schön, dass du da bist.« Das Mädchen umarmt sie und Janine nickt. »Natürlich, Maribels Mutter schafft es nicht … sie hat noch nicht die Kraft dazu.« Das Mädchen begleitet Janine zur Aula. »Natürlich, wir haben uns das schon gedacht.« Überwältigt sieht Janine in die Aula, viele sind gekommen, es stehen Bilder von Maribel auf der Bühne und es wird gerade ein Film gespielt, der Maribel auf der letzten Klassenfahrt zeigt.

Janine ist froh, dass dieser fast beendet ist, als sie eintritt. Sie erkennt auch einige Lehrer und den Schulpsychologen. Viele begrüßen sie, einige nicken ihr nur leicht zu. Sie erkennt echte Anteilnahme und Trauer in allen Gesichtern. Ihr alter Klassenlehrer kommt und fragt nach Maribels Mutter. Janine antwortet mechanisch, einerseits ist sie erleichtert, hier auf wirkliche Anteilnahme zu treffen, andererseits hält sie ihre Augen auf nach Antworten, wie es so weit kommen konnte.

Wenn sie sich eingestehen muss, eine schlechte Freundin gewesen zu sein und Maribels Verzweiflung nicht mitbekommen zu haben, so findet sie hier vielleicht die Antworten auf ihre Fragen. Das Mädchen, das sie vor der Aula getroffen hat, geht nun auf die Bühne und richtet das Wort an alle. Genau als sie ihre Rede beginnt, legt sich vorsichtig eine Hand auf ihren Rücken. »Wie schön dich hier zu sehen.« Erschrocken fährt Janine herum, als sie Yanniks Stimme erkennt.

Seit sie nach Puerto Rico gezogen ist, hat sie ihn nicht mehr gesehen. Sie hat noch oft an ihn gedacht, doch je mehr Zeit verging, änderten sich ihre Gefühle beim Gedanken an ihn. »Hi.« Bei seinem Anblick wird ihr bewusst, wie viel vier Jahre ausmachen. Aus dem Jungen ist ein Mann geworden, auch wenn seine braunen Augen noch immer frech wie damals unter seinen blonden Haaren hervorstechen. »Wow, du siehst gut aus, die Bräune, deine Haare sind so lang geworden, Puerto Rico scheint dir gut zu tun.«

Janine muss sich zusammennehmen nicht laut aufzuschnaufen und bedankt sich nur leicht. Sie könnte ihm ein Kompliment zurückgeben, doch sie verzichtet darauf. Sie hat trotz der vier Jahre nicht vergessen, wie er sie damals behandelt hat. Ohne ihn weiter zu beachten, wendet sie sich der Rede des Mädchens zu. Sie erzählt von einigen Erlebnissen mit Maribel und wird nicht müde zu erwähnen, dass sie alle sie schmerzlich vermissen werden. Als Janine die Tränen kommen, lässt sie das nicht zu. Sie spürt Yanniks Blick auf sich, wie nah er bei ihr steht und wirklich fasziniert zu sein scheint und nutzt die Gelegenheit.

»Kannst du mir sagen, mit wem Maribel jetzt immer zusammen gewesen ist? Mit wem sie sich so alles getroffen hat die letzte Zeit?« Yannik blickt nun zur Bühne. »Frieda war am häufigsten mit ihr zusammen, ich habe die beiden auch hin und wieder im Kino oder beim Einkaufen getroffen. Lisa war auch oft dabei, aber es war nie so wie eure Freundschaft, Janibel, erinnerst du dich?« Nun muss Janine schwach lächeln, in der 7. Klasse haben sie die Jungs immer damit aufgezogen, weil sie unzertrennlich waren.

»Ich glaube, sie hatte auch etwas mit einem aus der Realschule am Kirchenplatz, aber genaues weiß ich nicht.« Janine seufzt leise auf. Maribel hatte eine kurze Liebelei mit einem Vollidioten, der sich immer nur gemeldet hat, wenn er Sex wollte. Janine hat Maribel das auszureden versucht, doch beendet wurde das erst, als er kein Interesse mehr hatte, das ist aber auch schon sicherlich zwei Monate her. »Kommst du klar?« Yannik holt sie aus den Grübeleien. Anstatt ihm zu antworten, geht sie schnell zu Frieda, die nun unter verhaltenem Applaus die Bühne verlässt und eine Rose vor einen Blumenkranz legt, der für Maribel bestimmt ist.

Nun treten alle vor und legen Blumen oder Kuscheltiere vor den Kranz und nehmen in stiller Andacht Abschied. Janine zieht Frieda zur Seite. Es ist ihr unangenehm, sie danach zu fragen, es ist ihre Aufgabe, über Maribel Bescheid zu wissen, doch sie braucht diese Antworten. Frieda aber scheint sie zu verstehen. »Wir wissen es ebenso wenig wie du, es ist für uns alle unbegreiflich. Keiner hat etwas gemerkt, sie hat sich am Abend vorher noch ganz normal verabschiedet, wir waren für morgen alle für den neuen Kinofilm verabredet, sie war fröhlich, ich kann das alles nicht begreifen.«

Janine hakt weiter nach, es tut ihr leid, sie spürt, dass Frieda ebenso trauert, doch sie braucht Antworten, sie muss es verstehen. »Was war mit dem Typen, den sie noch vor Kurzem getroffen hat, war wieder etwas zwischen ihnen?« Janine war so dagegen, dass es sie nicht verwundern würde, wenn Maribel etwas verschwiegen hätte, aber auch das verneint Frieda, sie hatte überhaupt nicht mehr seinen Namen erwähnt. Das Einzige, was ihr noch einfällt ist, dass sie seit mehreren Monaten regelmäßig zum Schulpsychologen gegangen ist, aber Frieda hat sich da keine Gedanken gemacht, erst jetzt kommt ihr das merkwürdig vor.

Janine bedankt sich und will sich auf die Suche nach dem Schulpsychologen machen, da hält Frieda sie noch einmal zurück und fragt, ob sie gleich mit ihnen kommt, um die Blumen und den Kranz auf Maribels Grab zu legen. Natürlich tut sie das, dafür ist sie da, um Abschied zu nehmen, aber auch um Antworten zu bekommen. Und so steuert sie als nächstes direkt den alten Mann an, den sie früher immer heimlich Mister Gaga genannt haben.

Er erkennt sie. Bevor sie allerdings dazu kommt ihre Fragen zu stellen, hat sie das Gefühl, erst einen psychologischen Test machen zu müssen. Er fragt nach ihrem Befinden, wie sie all das verarbeitet und als es Janine zu viel wird, unterbricht sie ihn. »Wieso war Maribel bei Ihnen in Behandlung?« Ein Aufseufzen, ein Zögern, doch letztlich erklärt er ihr das, was eh bald an die Öffentlichkeit gelangen wird. Die Polizei hat ermittelt, was normal ist bei solch einem Selbstmord, und die Leute werden bald die Wahrheit erfahren. Sie wollen nur noch etwas damit warten, bis die erste Trauer vorbei ist.

Maribel war seit mehreren Monaten bei ihm in Behandlung, da sie wegen schwerer Depressionen Tabletten einnahm. Ihre Oma hat schon darunter gelitten und das wusste Janine sogar. Maribel hat damals erzählt, dass sie die letzten 20 Jahre ihres Lebens in der Psychiatrie verbracht hat. Der Schulpsychologe erklärt, dass Maribel die Behandlung gut getan hat, mit den Tabletten hatte sie die Depressionen gut im Griff. Es wusste auch kaum jemand davon, da sie sich dafür geschämt hat. Ihre größte Angst war aber, dass sie so endet wie ihre Oma. Sie hat oft davon gesprochen, die Tabletten abzusetzen, dass sie wieder ganz normal leben möchte und das auch schafft.

Der Psychologe hat ihr dringend davon abgeraten, doch als die Polizei das Zimmer von Maribel durchsucht hat, haben sie viele Tabletten im Müll, eingeknüllt in Taschentücher, gefunden. Ihre Mutter hat jeden Tag überprüft, ob sie ihre Tabletten genommen hat, so hat Maribel diese entsorgt. Niemand wusste, dass sie diese abgesetzt hat und ohne die Tabletten ist ihre Krankheit wieder gekommen, was sie in den Selbstmord getrieben hat. Sie hat das alles aus Scham gut versteckt, der alte Mann versichert Janine, dass sie sich nichts vorzuwerfen hat, nicht einmal er hat es bemerkt und ihre Mutter auch nicht.

Janine sieht den Mann fassungslos an, sie wusste das nicht, nichts davon. Es kommt ihr vor, als würde er von einer Fremden reden. Die nächste halbe Stunde redet er mit ihr, wie sie diese Trauer verarbeiten kann und bemerkt gar nicht, dass Janine gar nicht da ist. Sie geht zurück, sucht in ihren Erinnerungen nach Anhaltspunkten zu dem, was sie gerade erfahren hat, doch findet nichts, sie wusste es nicht. Sie hat nach Antworten gesucht, sie gefunden, und dieses Wissen trifft sie mehr als die Ungewissheit.

Mechanisch nimmt sie noch mehr Beileidsbekundungen für Maribels Mutter entgegen, bevor sie mit Frieda und vier weiteren auf den Friedhof fährt. Yannik ist dabei und weicht nicht von ihrer Seite. Janine spricht kein Wort, als der Kranz auf das Grab gelegt wird, die Blumen unter den Tränen der anderen hingelegt werden, die Stofftiere um das Kreuz herumgelegt werden. Sie sieht auf das Foto von Maribel, als sie die Umarmungen der anderen spürt und diese sich weinend wieder vom Friedhof entfernen, doch wie auch gestern bleibt sie. Ihre Füße weigern sich zu gehen, ihre Augen ruhen auf Maribels Gesicht.

Doch dieses Mal spürt sie, dass sie nicht alleine ist, Yannik ist bei ihr. Er steht in respektvoller Entfernung und sieht zu, wie sie das Grab anstarrt, starr, unfähig sich zu bewegen. Es schneit wieder und die Dunkelheit hüllt alles ein, doch Janine bewegt sich nicht. Jetzt in der Dunkelheit lässt sie ihren Tränen freien Lauf und mit den Antworten, die sie hat, kommen sie heftiger als zuvor. Davor hatte sie noch Fragen, verstand nicht, jetzt hat sie die Antworten und nichts mehr, worauf sie bauen kann, sie hat keine Wahl mehr, sie muss es akzeptieren. Maribel ist weg, sie wird nie wieder in ihr lachendes Gesicht sehen, nie wieder mit ihr sprechen können.

Als ihre Beine versagen und sie sich vor das Grab kniet, ist sie dankbar, dass zwei Arme sie wieder hochziehen. Sie vergräbt ihr Gesicht an die warme Jacke von Yannik und spürt seine Arme, die sie halten, als sie immer mehr weint. Er murmelt beruhigende Worte an ihren Kopf. Auch wenn sie es gar nicht will, beruhigt sie sich in seinen Armen. Kaum geht es ihr etwas besser, führt er sie vom Friedhof. Bevor sie bei seinem Auto ankommen, hält er noch einmal ein, die ganze Zeit hatte er den Arm um sie gelegt.

»Janine, ich weiß, dass dies nicht der richtige Zeitpunkt ist, doch ich musste oft an dich denken, an uns. Ich hab damals einen Fehler gemacht. Denkst du, du kannst uns noch einmal eine Chance geben?« Janine hebt ihren Blick, ihr ganzes Gefühlsleben ist im Chaos und er kommt mit so etwas? Jetzt? Sie muss ihm nicht antworten. »Tut mir leid, das war wirklich der falsche Zeitpunkt.« Er flüstert eine Entschuldigung und nimmt sie noch einmal in den Arm. Trotz allem tut es gut, ihn jetzt bei sich zu haben. Sie braucht jemanden, bei dem sie Halt findet, ihre Mutter und alle anderen sind selbst in zu großer Trauer.

Als Yannik dann seine Lippen auf ihre legt, schreckt sie nicht zurück. Sie braucht diese Wärme jetzt, Janine erwidert seinen Kuss, verliert sich in den Erinnerungen. Das Gefühl, was sie kennt, es katapultiert sie genau in diese Zeit zurück, als sie noch glücklich war. In die Zeit, in der Maribel zwei Häuser weiter gewohnt hat und sie verliebt in ihn war. Der Kuss wird immer stürmischer, doch genau dieser Gefühlsstrudel entreißt sie der Trauer, die sie aufzufressen droht.

Als Yannik sich dann trennt und sie sich ins Auto setzen, kehrt sofort die Kälte wieder in sie ein. Den ganzen Rückweg wird ihr immer kälter, Yannik bringt sie in ihr Hotelzimmer, sie sieht nach ihrer Mutter, doch die ist wahrscheinlich immer noch bei Maribels Mutter. Yannik will sich verabschieden. Janine sagt ihm, dass sie morgen zurückfliegen werden. Er nickt und sagt, er hofft, sie meldet sich bei ihm und überlegt es sich noch einmal. Sobald er weg ist, findet Janine trotz der Müdigkeit keinen Schlaf. Ihr ist kalt, ihr Herz fühlt sich so schwer an und das erste Mal kann sie es nicht erwarten, hier weg zu kommen und zurück nach Puerto Rico zu fliegen.

Erst im Flieger traut sie sich dann nach dem Start den Brief zu öffnen. Sie hat noch lange mit ihrer Mutter geredet, auch sie hat erst jetzt von den Depressionen erfahren, es war allen wohl zu unangenehm darüber zu sprechen. Auch wenn es Janine auf der Seele brennt, hat sie sich zusammengerissen und kein Wort darüber beim Abschied von Maribels Mutter erwähnt. Mit zittrigen Fingern öffnet sie nun den Brief.

'Janine, wenn du diese Zeilen liest, bist du bestimmt sauer auf mich, dass ich dich verlassen habe, doch ich musste es tun, ich bin mir sicher, dass es mir nun besser geht. Meine Sorgen gelten nur meiner Mutter und dir. Doch vor zwei Tagen hatte ich einen Traum, ich habe gesehen, du wirst bald dein Glück finden, mein Engel, es wird dir gut gehen. Vergiss mich nicht, rede weiter mit mir, denn ich werde jeden Tag bei dir sein, dafür brauche ich keinen Körper, denn unsere Herzen und unsere Seelen sind miteinander verbunden, für immer.'

Als Janine spürt, dass sie zu heftig weint, geht sie schnell auf die Flugzeugtoilette und wäscht sich das Gesicht mit eiskaltem Wasser. Sie atmet tief durch. Maribel hatte keine Angst, es hört sich fast so an, als hätte sie sich darauf gefreut. Jetzt erst versteht Janine, wie tief sie in den Depressionen gefangen gewesen sein muss. Sie sieht in den Spiegel, sieht auf ihre leicht gebräunte Haut, ihre Schatten unter den Augen vom vielen Weinen, die blauen Augen, die traurig aus dem Gesicht hervorstechen, ihre langen Haare, die sie unordentlich hochgebunden hat und die Sommersprossen, die ihre Nase schmücken. Maribel weiß, dass sie nichts Besonderes ist, dazu ist sie noch verträumt und viel zu sehr in sich gekehrt. Wie kommt sie darauf, dass sie ihr Glück finden wird?

Es klopft, jemand möchte auch auf die Toilette, Janine atmet noch einmal tief ein. Mit einer Sache aber hat Maribel vollkommen recht, sie wird immer bei Janine sein, niemals wird sie ihre zweite Hälfte vergessen und sie wird immer ein Teil ihres Lebens sein. Ein leichtes Lächeln legt sich auf ihre Lippen, als sie an Maribels Wunsch denkt, dass sie weiter mit ihr reden soll. Ein letzter Blick in den Spiegel, mit dem Wissen, dass sie nun bald wieder in Puerto Rico ist.

»Ich finde bald mein Glück? Das glaubst du doch selbst nicht, du Spinnerin!«, flüstert sie lächelnd, bevor sie das Klo verlässt. Und so komisch es sich anfühlt, sie spürt, dass Maribel das gehört hat.

Kapitel 2

Janine fallen die nächsten Tage sehr schwer, auch wenn sie jetzt wieder in Puerto Rico ist. Sie bleibt die ganze Zeit in ihrem Haus, was für sie nicht ungewöhnlich ist, es war schon immer eher selten der Fall, dass sie das Haus verlassen hat. Doch die Tage hat sie keinen Schritt vor die Tür gemacht und ihre Mutter, die sie sonst oft dazu gedrängt hat etwas zu unternehmen, lässt ihr die Zeit zum trauern.

Ab heute kann sie aber nicht mehr trauern und sich dem Leben in Puerto Rico entziehen, ihr Abi hat sie zuhause machen können mit einer Privatlehrerin, ab heute muss sie zur Uni. Janine durchwühlt ihren großen Kleiderschrank. Da sie eh immer von allen als ungewöhnlich bezeichnet wird, liebt sie Kleidung, die zwar schön ist, aber nicht zu viel Aufmerksamkeit auf sich zieht.

Auch wenn es warm ist, hat sie sich für eine hellblaue Jeans und ein marineblaues Shirt entschieden, nun überlegt sie, ob sie dazu Ballerinas oder Pumps mit einem kleinen Hacken anziehen soll. »Maria!« Janine sieht unentschlossen zwischen den Schuhen hin und her, bis Maria hoch in ihr Zimmer kommt. Ihre Eltern haben ein großes Haus gekauft, sie haben sogar einen Pool und da ihre Mutter und der Vater viel arbeiten, hat bei ihnen von Anfang an Maria gearbeitet.

Sie ist ihre Haushälterin, das ist hier ganz normal, doch für Janine und auch die Mutter war es ein komisches Gefühl und sie behandeln Maria eher wie eine gute Freundin als wie eine Angestellte. Durch Maria hat Janine dann auch gelernt, dass man hier spanisch spricht, aber mit Akzent, und mittlerweile kann sie sich ziemlich gut verständigen. Maria bringt oft ihre Tochter Ana mit, sie ist fünf und für Janine schon so etwas wie eine kleine Schwester.

Nach vier Jahren gehört Maria nun zur Familie und Janine ist dankbar, dass es sie gibt. »Was denkst du, welche Schuhe soll ich anziehen, was tragen die Leute hier zur Schule?« Maria zuckt die Schultern. »Meine Nichte studiert auch, aber nicht auf der Uni hier. Du wirst auf dem Campus kaum Puertoricaner treffen, ich würde dir zu den Ballerinas raten, du bekommst sonst irgendwann Schmerzen.« Nun mischt sich ihre Mutter von unten ein. »Den ganzen Tag auf Pumps zu laufen ist ungesund.« Janine verdreht die Augen und Maria lacht, bevor sie wieder hinuntergeht.

Janine schlüpft schnell in die Pumps und wirft noch einen Blick in den Spiegel. Sie hat Wimperntusche und Lipgloss aufgetragen, mehr nicht. Ihre Haare lässt sie offen, sie fallen ihr locker auf die Hüften. Mittlerweile ist sie richtig stolz auf ihre Haarpracht, auch wenn sie es am Anfang verflucht hat, so sehr zwischen den meist dunklen Puertoricanern aufzufallen. Inzwischen weiß sie, dass sie hier in der Gegend lebt, wo man eher seltener auf Einheimische trifft, oder es leben hier Familien, die sehr reich sind. Ansonsten ist das eher die Touristengegend, es gibt einige teure Hotels und hier leben fast alle Ausländer, die in Puerto Rico arbeiten. Die Familien der Botschafter aller Länder und Familien wie ihre, die wegen der Arbeit hergezogen sind.

»Nimmst du dein Auto?« Als sie in die Küche kommt, sehen ihre Mutter und Maria ihr gespannt bei jedem Handgriff zu. Sie hat erst vor zwei Monaten ein Auto bekommen, nachdem sie zweimal die Fahrprüfung wiederholen musste. Janine hat schnell gemerkt, dass sie es liebt schnell zu fahren, was dem Fahrlehrer ein Dorn im Auge war. »Nein, die Uni ist nur drei Straßen weiter, ich muss los!« Janine gibt beiden einen Kuss auf die Wange und verlässt das Haus.

Eigentlich hätte sie noch Zeit gehabt, doch sie wollte den neugierigen und aufgeregten Blicken der beiden entgehen. Auch für Janine ist es etwas Besonderes, nun wirklich am Leben in Puerto Rico teilzunehmen, doch ihre Mutter tut, als würde sie gerade ihre ersten Schritte laufen. Janine geht langsam zur Uni, sie überquert den Wochenmarkt. Nur hier sind Puertoricaner, die ihre Waren verkaufen, dreimal in der Woche, ansonsten sind fast keine Einheimischen in ihrem Bezirk mit Ausnahme der Haushälterinnen, die in den Häusern arbeiten oder die Leute, die hier ihre Geschäfte haben.

»Hola, Señorita, ich wünsche ihnen einen schönen Tag.« Ein Mann an einem Obststand hält ihr einen Apfel hin und Janine nimmt ihn lächelnd entgegen. Sie bedankt sich und geht auf das Unigelände. Ihr Herz schlägt schneller und sie ermahnt sich selbst in Gedanken immer wieder, ruhig zu bleiben. Es ist ja nicht so, dass sie noch nie in eine Schule gegangen wäre. Sie hat die Uni schon einmal bei der Anmeldung besichtigt und weiß nun, wo sie das Sekretariat findet, in dem sie sich ihren Lehrplan und die Saalnummern abholen soll. Das Sekretariat ist überfüllt, natürlich ist sie nicht die Einzige, die heute anfängt und diese Tatsache erleichtert sie ungemein.

Als sie schließlich die Pläne hat, sucht sie nach ihrem Saal in dem die ersten beiden Stunden im Grundkurs Geschichte stattfinden. Nach einigen Minuten fasst sie sich dann ein Herz und spricht eine Gruppe von Studenten an, die noch in den Fluren stehen, ansonsten sind die Gänge langsam leer, ein deutliches Zeichen dafür, dass Janine spät dran ist. »Entschuldigung, wisst ihr, wo ich den Saal R432 finde?«

Es sind zwei Frauen und vier Männer, die alle in Janines Alter sein müssen. Sobald sie ihren Satz ausgesprochen hat, legt einer der Jungs, ein dunkelhäutiger, dessen Gesicht plötzlich zu strahlen beginnt, den Arm um sie. »Gott sei Dank bin ich nicht der Einzige, der so weise ist und sich um die Geschichte der Welt kümmert. Ich bin Tristan, wie heißt du?« Janine ist etwas überrumpelt, doch nennt ihm ihren Namen. »Keine Angst, er beißt nicht, er ist nur etwas ungezogen. Ich bin Steven, das sind Mike, Marty, Bianca und Shannon.« Der blonde Junge, der aussieht, als würde er direkt von einem Surfstrand kommen, stellt alle vor und jeder nickt ihr freundlich zu.

»Vergesst es, Janine und ich gehören jetzt zusammen, geht ihr alle mal euer Recht und BWL studieren, ihr Banausen.« Lachend führt Tristan Janine den Flur entlang, Steven kommt gerade noch dazu ihnen zuzurufen, dass sie sich beim Mittag sehen.

Janine weiß nicht so genau, ob es eine gute Entscheidung war, dass sie Tristan angesprochen hat, sie haben fast alle Kurse zusammen. Sie ist zwar glücklich, somit nicht allein zu sein, denn er setzt sich ganz selbstverständlich zu ihr und nimmt sie auch zum Mittagessen mit zu den anderen, doch hat sie den ersten Tag dadurch nicht eine Minute vom Unterricht mitbekommen, da Tristan es sich zur Aufgabe gemacht hat, sie über alles aufzuklären, was sie seiner Meinung nach wissen muss.

Er selbst ist der Sohn des amerikanischen Botschafters, was Janine dann wirklich beeindruckt, auch wenn es Tristan sofort herunterspielt. Steven lebt seit zwei Jahren hier, seine Eltern haben hier eine Firma gegründet. Mike und Shannon sind Geschwister aus England, die hier ein Stipendium erhalten haben und alleine in Puerto Rico leben, während Bianca die Tochter des russischen Botschafters ist. Marty ist der einzige Puertoricaner von ihnen, seinen Eltern gehört hier eine große Restaurantkette.

So kommt es, dass Janine das erste Mal in ihrem Leben richtig zu einer Gruppe gehört. Vom ersten Tag an haben alle sie aufgenommen, was auch nicht verwunderlich ist, da Tristan sie einfach überall hin mitgeschleppt hat. Die ersten Tage ist Janine noch sehr unsicher, sie alle kennen sich schon länger. Auch wenn Janines Familie hier ein schönes Haus hat, gehören sie in dem Bezirk eher zu den normalen, die richtigen Villen liegen ein paar Straßen weiter und von da kennen sie sich alle bereits.

Nach nur einer Woche sitzt sie am Freitag Nachmittag zusammen mit den sechs in der Cafeteria und ist voll und ganz in der Gruppe aufgenommen, zumindest fühlt es sich so an, wenn sie mit ihnen über Tristans perverse Sprüche lachen muss. Sie redet viel mit Shannon, die ruhigere der beiden Frauen mit den roten kurzen Haaren und den grünen Augen war ihr von Anfang an sympathischer als Bianca. Die Russin ist ein Männertraum, sie ist braungebrannt, ihre Brüste sind operiert, sie hat eine Figur wie ein Topmodel und Janine hat selten ein noch helleres blond gesehen, als sie es in den Haaren trägt. Dazu bringt sie alle Männer mit dem russischen Akzent zum Schmelzen. Janine versteht, wieso Mike, mit dem sie kurz etwas gehabt haben soll, ihr noch immer offensichtlich hinterher trauert, während sie Tristans ganze Aufmerksamkeit zu bekommen versucht. Sie kennt bereits viele Geschichten der Einzelnen, Shannon hat sie am Mittwoch nach Hause begleitet, sehr zur Freude ihrer Mutter und sie in die Geheimnisse der Gruppe eingeweiht.

»Wie sieht's aus, wohin gehen wir heute Abend? Pyrus oder B.B.?« Tristan ist offenbar schon im Wochenende, auch wenn noch zwei Vorlesungen auf sie warten. Bianca, die ihr Tablett weggestellt hat, setzt sich lasziv auf den Tisch und lässt jedem freien Blick auf ihre Beine, die heute in ihrer kurzen Shorts besonders gut zur Geltung kommen. »Bitte nicht wieder das Pyrus, alle dort sind solche Blender, das widert mich an. Ich bestelle einen Tisch im B.B.«

Die Geschwister nicken zustimmend, nur Janine enthält sich. »Was ist los, Miss Germany, kommst du mit?« Der freche Tristan hat natürlich schnell einen Spitznamen für sie gefunden und sie spürt jedes Mal, dass es Bianca gar nicht passt, wie er sich um sie kümmert. Janine schüttelt schnell den Kopf. »Oh, nein danke, ich kenne mich hier noch nicht so gut aus, was das Nachtleben betrifft.« Genauer gesagt war sie erst einmal in einem Club und das mit Maribel.

»Dafür sind wir ja da. Das B.B. ist der beste Laden, den es in Puerto Rico gibt, du wirst es nicht bereuen.« Shannon, die neben ihr sitzt, bemerkt Janines Anspannung. Ihr hat sie gestanden, dass sie hier noch nicht viel erlebt hat. »Komm doch vorher zu mir, dann machen wir uns gemeinsam fertig.« Bianca steht auf und mischt sich ein, obwohl sie nicht angesprochen wurde. »Super Idee, Shannon, wir treffen uns um 21 Uhr bei dir, ich habe noch etwas zu tun, die Lehrer müssen ohne mich zurechtkommen, bis später ihr Süßen.«

Janine blickt Bianca hinterher, wie sie auf den Parkplatz geht und ihren roten Ferrari anlässt. Janine hat einen Kleinwagen von ihrem Vater bekommen, einen kleinen BMW und sie hat sich schon wie eine Prinzessin gefühlt, doch noch nie hat sie soviel Reichtum gesehen wie bei Tristan und Bianca. Marty und Steven merkt man auch an, dass sie viel Geld haben, doch sie lassen es nicht so raushängen wie die beiden. Mike und Shannon hingegen leben auf dem Unigelände und müssen beide zweimal die Woche arbeiten, damit sie etwas mithalten können, doch Janine macht das gar nichts aus, es ist ihr sogar lieber als dieser übertriebene Luxus.

Während sie sich am Abend etwas für den Club zum Anziehen aussucht, läuft ihre Mutter unruhig durch das Haus. Sie steckt in einer Zwickmühle. Einerseits will sie Janine unbedingt dabei unterstützen unter Leute zu kommen, andererseits gefällt ihr der Gedanke, dass sie in einen Nachtclub geht, überhaupt nicht, auch wenn sie nichts gesagt hat. Janine ist überfordert, sie sieht auf das Bild von Maribel und ihr. »Was soll ich bloß anziehen? Etwas Gewagteres oder etwas, in dem ich mich wohlfühle?« Der Blick in ihren Schrank offenbart ihr aber, dass sie gar nicht soviel Auswahl hat, was man in einem Club anziehen könnte. »Mama, ich muss mal wieder shoppen gehen!«

Ihre Mutter steckt den Kopf durch die Tür, Janine musste bisher zum Shoppen eher gezwungen werden. »Natürlich Schatz, wir können morgen direkt los.« Ihre Mutter blickt auf einen kurzen schwarzen Rock, den sich Janine an die Beine hält, verkneift sich aber einen Kommentar und verlässt das Zimmer wieder.

Janine gibt auf, sie sammelt die etwas brauchbaren Sachen zusammen und fährt zu Shannon. Bianca ist noch nicht da als sie eintrifft und zusammen mit Shannon findet sie dann ein Outfit, womit sie zufrieden ist. Sie zieht einen Rock an, der ihr bis kurz über die Knie geht. Er liegt eng an, trotzdem kann sich Janine darin gut bewegen. Von Shannon bekommt sie ein golden schimmerndes Top, was über ihrer gebräunten Haut funkelt. Es hat einen leichten Ausschnitt. Obwohl sie sich neben dem knappen Kleid von Shannon noch zu bedeckt fühlt, ist es ein Outfit, in dem sie sich wohl fühlt und das ist die Hauptsache. Shannon braucht nicht lange für ihre Haare und widmet sich dafür umso länger Janines Haarpracht, die sie unbedingt hochgesteckt haben möchte. Es ist heiß, zu heiß für offene Haare.

Während sie sich fertig machen und Janine nach Bianca fragt, die nun schon über eine Stunde zu spät ist, spürt sie erneut, dass Shannon nicht viel von der Exfreundin ihres Bruders hält. Sie erzählt ihr, dass sie nur mit ihr abhängen, weil Mike sie damals angeschleppt hat und auch jetzt sagen sie nur nichts, weil ihr Bruder noch so an ihr hängt. Für Bianca war Mike nur ein Zeitvertreib, seine Schwester hat ihn oft davor gewarnt, doch er wollte nicht hören. Bianca steht auf reiche, erfolgreiche Kerle, doch Mike gibt die Hoffnung nicht auf, auch wenn er jedes Mal sauer wird, sobald er die Flirtversuche von Bianca mit Tristan mitbekommt. Shannon fragt sich, wie lange ihr Bruder noch so blind sein wird, doch sie hat aufgegeben, ihm etwas dazu zu sagen.

Als sie beide fertig sind, kommt Bianca. Wenn Janine dachte, Shannons Kleid wäre kurz, fragt sie sich, wie Bianca sich überhaupt in ihrem Stöffchen bewegen kann. Es zeigt fast alles, aber was es zeigt, sieht sexy aus. Bianca sieht aus wie purer Sex und das weiß sie auch. Sie ist gut gelaunt, knapp teilt sie mit, dass Marty abgesagt hat, Tristan, Steven und Mike aber schon zum Club unterwegs sind. Als sie sich dann genüsslich eine Zigarette anzündet, wird Shannon sauer und reißt das Fenster auf. »Rauch den Scheiß nicht hier!« Erst jetzt wird Janine klar, dass es sich nicht um eine normale Zigarette handelt, sondern um einen Joint.

Janine hat das Zeug noch nie geraucht, Shannon meckert zwar erst, nimmt dann aber auch einige Züge und hält ihn Janine hin. »Nein danke.« Bianca nimmt den Joint wieder. »Bist du sicher? Das bringt dich in Feierlaune.« Janine winkt ab, sie ist eh schon zu aufgeregt, das würde ihr jetzt nicht gut tun. Bianca schnippt den Joint aus dem Fenster. »Dann mal los ins Black Butterfly, du wirst sehen Janine, da sind die besten Männer aus Puerto Rico, lasst uns Spaß haben.«

Janine folgt ihr und ihr Magen spielt jetzt schon verrückt.

Kapitel 3

Janine stellt ihr Auto neben Biancas Ferrari auf dem Parkplatz des Clubs ab. Sie sind schon spät dran und ergattern nur einen Stellplatz ganz am Ende des riesigen Parkplatzes. Als sie dann den Club betreten, staunt Janine. Es ist sehr edel und vor allem sehr voll. Sie gehen direkt in einen riesigen Raum, wo sie sich durch die tanzende Menschenmenge einen Weg bahnen müssen. »Wo sind die Jungs?« Shannon nimmt Janine an die Hand, damit sie sich nicht verlieren, während sie sich umsieht.

Es hat etwas Anziehendes und Fremdes an sich, die Menschen hier bewegen sich ganz anders, als sie das von Deutschland her kennt. Es sieht sehr sexy aus und bei manchen Paaren sieht Janine verschämt weg. Es läuft lateinamerikanische Musik, die hier auch immer den ganzen Tag im Radio gespielt wird, Reggaeton, soviel hat sie wenigstens mitbekommen. Bianca steuert eine Treppe an. »Nein, lass uns doch hier bleiben, die Tanzfläche hier unten ist viel besser.« Shannon will sie aufhalten, doch selbst Janine hat schon mitbekommen, dass sich Bianca selten aufhalten lässt. »Tanzen können wir unten, gefeiert wird im VIP-Bereich.

Als sie die Treppe rauf sind, atmet Janine erleichtert durch, hier ist es nicht so voll, es gibt bequeme Sessel um Tische herum, aber diese sind fast schon alle besetzt. Bianca steuert einen großen dunklen Mann an der Bar an und reicht ihm einen Schein. »Wir haben einen Tisch reserviert und zwei der besten Flaschen Champagner die sie haben.« Der Mann mustert sie alle einen Augenblick, dann winkt er eine Kellnerin heran und sagt ihr, sie soll ihnen einen Tisch zuweisen. »Geht klar, Joe!« Die Frau führt sie an einen der wenigen leeren Tische und Janine setzt sich sofort, um all diese neuen Eindrücke aufzunehmen.

»Da seid ihr ja.« Tristan, Steven und Mike kommen zu ihnen. Alle drei haben sich sehr schick gemacht und Steven schenkt ihr nicht nur einen Kuss auf die Wange, sondern auch einen anerkennenden Blick. »Na jetzt hast du den Titel Miss Germany verdient.« Tristan streckt Janine frech die Zunge raus, woraufhin sie lachen muss, langsam beginnt sie sich etwas wohler zu fühlen. Shannon setzt sich zu ihr und sie beide trinken erst einmal ein Glas Champagner, während Bianca mit Tristan und Mike zur Tanzfläche geht. Auch hier oben gibt es eine, die ist allerdings fast leer. Janine sieht, dass dort auch Sessel verteilt sind, auf denen sich einige Paare gerade sehr nahe kommen.

»Ich war noch nie in so einem Club.« Janine spürt wie sie rot wird, bei all der nackten Haut um sich herum, der Musik und den vielen lasziven Bewegungen. Es ist fremd, sexy, verrucht und trotzdem zieht es sie merkwürdigerweise an. »Na dann wurde es allerhöchste Zeit, darf ich bitten.« Steven hält ihr seine Hand hin und schenkt ihr sein traumhaftes Surferlächeln, doch Janine schüttelt den Kopf.

»Oh nein, tut mir leid, ich kann dazu gar nicht tanzen, ich ...« Nun schiebt Shannon sie von hinten und lacht laut. »Dann lernst du es, komm schon, ich bin auch dabei.« Es bleibt Janine nichts anderes übrig als aufzustehen und an Stevens Hand die Treppe hinunter zur Tanzfläche zu gehen. Sie ist froh, dass es so dunkel dort ist, als sie beginnt sich etwas steif zu bewegen. So sieht wenigstens niemand wie verkrampft sie ist. Shannon kommt direkt hinter sie und legt ihre Hände auf ihre Hüften.

»Schließ die Augen und spüre die Musik.« Janine kommt sich zwar lächerlich vor, doch sie tut es. Shannon steht ganz dicht hinter ihr, sie spürt ihren Körper an ihrem und passt sich ihrem Rhythmus an. Shannon hat recht, sie lässt die Musik in sich einfließen, vergisst alles um sich herum und bewegt sich mit ihr zusammen. »Der Traum aller Männer.« Steven holt sie wieder zurück und Janine öffnet die Augen, sie sieht, wie Shannon ihm lachend auf die Brust haut, bevor er dicht an Janine herantritt. »Ich habe doch um einen Tanz gebeten.« Er legt seine Hände an ihre Hüften und es fällt ihr dieses Mal nicht mehr so schwer, sich mit ihm zusammen zu bewegen. Steven kann gut tanzen, er bewegt sich genauso sexy wie alle anderen hier auf der Tanzfläche. Und Janine selbst fühlt sich immer besser, sie erhascht den einen oder anderen Blick der Männer auf sich und wird mutiger.

Es ist die Hitze, die Musik, das Fremde. Janine dreht sich in Stevens Armen um, er denkt aber nicht daran sie gehen zu lassen und zieht ihren Po an seinen Schritt. Normalerweise würde das Janine sofort abschrecken, doch sie bewegt sich und sie spürt, dass es Steven gefällt. Ihr Tanz wird immer erotischer, intimer und bald kann man nicht mehr erkennen, dass Janine sich das erste Mal in so einem Club bewegt.

Sie tanzen mehrere Lieder und nur weil sie Durst bekommen, gehen Steven und sie zurück zu den Plätzen, während Shannon sich weiter auf der Tanzfläche bewegt. Sie hat dort einen Mann gefunden, von dem sie sich offensichtlich nicht mehr so schnell trennen möchte. An ihrem Tisch sitzt

Mike und man muss ihn nicht lange kennen, um zu bemerken, dass er sauer ist, sehr sauer. »Wo sind die anderen?« Eine Kellnerin kommt vorbei, bei der Janine Cola für ihren Tisch bestellt, sie verträgt nicht sehr viel Alkohol. Die Kellnerinnen sind hier alle extrem hübsch, hier werden bestimmt nur Models eingestellt.

»Tristan hat sich eine Kellnerin bestellt und Bianca vergnügt sich.« Er deutet zu der VIP-Tanzfläche, wo Bianca mit einem Kerl im Anzug tanzt, sich bewegt. Küsst er ihren Hals? Janine sieht wieder zu Mike, deswegen ist er so sauer. »Was bedeutet, Tristan hat sich eine Kellnerin bestellt?« Mike deutet zu einigen Türen an der Tanzfläche. »Es gibt hier ruhige Räume. Einige Kellnerinnen kann man buchen, für ein paar Extra-Dienste.« Steven lacht und auch Mike beginnt zu grinsen. Janine ist froh, dass er sich wieder etwas entspannt.

Auch wenn sie ihn noch nicht lange kennt, mag sie den Bruder von Shannon schon sehr. Die Kellnerin bringt die Cola und eine Obstschale, die Steven bestellt hat. Janine sieht der Frau ins Gesicht, sie kann sich gar nicht vorstellen, dass diese Frau es nötig hat sich zu verkaufen. Eine hübsche rothaarige Frau geht an ihrem Tisch vorbei und begrüßt die Kellnerin kurz mit einem Kuss. Sie ist anders angezogen als die Frauen, die hier arbeiten. »Hi, hast du Lina heute schon hier gesehen?« Die Kellnerin verneint und die Frau geht weiter. »Falls sie kommt, sag ihr, ich bin im Büro.«

Janine wendet den Blick wieder ab, sie hat kein Recht über die Frauen zu urteilen. Sie versucht sich auf das Gespräch von Mike und Steven zu konzentrieren, bis Steven zur Toilette geht und Mike Janine nun versucht für sein neues Uniprojekt zu gewinnen. Das wird aber abrupt beendet, als Bianca mit dem Mann im Anzug zu ihnen kommt. »Rutscht mal ihr Süßen, ich habe jemanden mitgebracht.« Die Stimmung schlägt augenblicklich um. »Nein, hier ist kein Platz mehr, nimm dein Spielzeug woanders hin mit.« Mike, der sonst so lieb und gutmütig ist, ist kaum wiederzuerkennen.

»Lass den Scheiß Mike und mach Platz.« Mike steht auf, er will gerade etwas erwidern, da packt ihn der Mann am Kragen und da er fast einen Kopf größer ist als Mike, stemmt er ihn förmlich hoch. »Hast du nicht gehört, du sollst Platz machen, du Eierlutscher!« Ein Glas fällt um und Bianca kichert, während Janine aufsteht und Mike helfen will. Zum Glück taucht in dem Moment der Barmann auf und greift nach Biancas neuer Eroberung, bis der Mike loslässt. »Lasst den Scheiß, keinen Streit hier, klärt euren Mädchenkram draußen.« Nun lacht auch der Mann und setzt sich zu

Bianca, während Mike starr auf dem gleichen Fleck steht. Janine will nach ihm greifen um ihn zu beruhigen, doch er geht einfach.

»Lass ihn gehen, er beruhigt sich schon wieder!« Bianca widmet sich wieder dem Mann, der sie auf seinen Schoß zu ziehen versucht, doch sie will das nicht und haut ihm auf die Finger. Janine sieht wütend zu ihnen und geht schnell die Treppen hinab, Mike hinterher, er hat es nicht verdient, so behandelt zu werden.

Janine versucht sich den Weg durch die tanzende Menge zu bahnen, es ist mittlerweile aber noch voller und bis sie auf dem Parkplatz angekommen ist, dauert es eine Weile. Sie entdeckt Mike nirgends, der Parkplatz ist fast menschenleer. Sie geht bis nach vorn zu ihren Autos, wo sie Tristans Auto entdeckt aber nicht mehr das von Mike. Es tut ihr so leid für ihn, sie kann nicht verstehen, wieso er so sehr an Bianca hängt und sich das alles bieten lässt.

»Dreh dich nicht um, gib mir alles an Bargeld was du hast und deine Kreditkarte.« Janine spürt etwas in ihrem Rücken und riecht eine starke Alkoholfahne. Reflexartig dreht sie sich zitternd um und sieht in knallrot verfärbte Augen, die zu einem ungewaschenen Obdachlosen gehören, der weiße Verkrustungen am Mund hat. »Ich sagte, nicht umdrehen!« Der Mann blickt sie wütend an. Jetzt sieht sie das kleine Taschenmesser was er geöffnet in die Höhe hält.

Janine bekommt Panik, sie hat oft gehört, dass Leute hier überfallen, sogar getötet werden, für ein paar Dollar. Sie ist so voller Angst, dass sie sich keinen Millimeter bewegt, sie atmet nicht einmal. »Bist du stumm oder was? Geld? Money!!« Janine kneift die Augen zu. »Ich habe nichts dabei.« Ihre Tasche ist im Club. Der Mann glaubt ihr natürlich kein Wort. »Ich kenne doch eure Verstecke.« Er hebt die Hand und will in ihren Ausschnitt greifen, da ertönt neben ihnen eine raue Stimme. »Nimm die Finger von ihr und verschwinde hier, du Junkie!«

Janine ist in einer derartigen Starre, dass sie überhaupt nicht bemerkt hat, dass jemand da ist, auch jetzt traut sie sich nicht von dem Messer wegzusehen, nur der Mann vor ihr blickt zur Seite. »Kümmere dich um deinen eigenen Mist, es ist nicht klug, einem Mann mit einem Messer etwas sagen zu wollen.« Janine erkennt, wie der Mann noch einmal richtig hinsieht, wer zu ihnen gesprochen hat, dann hebt er auf einmal die Arme. »Entschuldigt, ich wusste nicht, dass ihr es seid.« Schneller als Janine blinzeln kann rennt der Mann davon.

Janine sieht ihm verwirrt hinterher, erst dann dreht sie sich zu demjenigen um, der ihr geholfen hat. Etwas weiter weg steht ein Mann und sieht zu ihr, hinter ihm kommen noch drei weitere Männer. »Danke.« Der Mann kommt näher zu ihr, er ist vielleicht 2-3 Jahre älter als sie. Janine sieht in sein hübsches Gesicht und ihr Herz schlägt sofort schneller. Er sieht gut aus, sehr gut, dunkle Haare, dunkle Augen, die auf sie gerichtet sind und und er hat schön geschwungene Lippen.

Janine schüttelt den Kopf, sie wurde gerade mit einem Messer bedroht und keine Sekunde später himmelt sie einen Kerl an. »Alles in Ordnung bei dir?« Nun steht er genau vor ihr, er ist mehr als einen Kopf größer als sie und seine Augen werden von dichten schwarzen Wimpern umrandet, sodass sie gefährlich aufblitzen, als sie ihn jetzt mustert. Janine gibt sich gedanklich einen Arschtritt.

»Ja … ähmm danke, ich weiß gar nicht, er war auf einmal da und … ja danke!« Die drei Männer kommen an ihnen vorbei und steuern das B.B. an. »Ja, wir nennen meinen Bruder auch manchmal Superhero!« Ein blonder Mann, der etwas älter als der Mann vor ihr aussieht, klopft ihm auf die Schulter und lacht, als er an ihnen vorbeigeht. Der Mann vor ihr lacht ebenfalls und sieht ihr dann noch einmal in die Augen. »Du solltest hier nicht alleine herumlaufen.«

Janine zeigt zum Club. »Ich bin nicht alleine, ich bin mit Freunden hier, ich habe nur jemanden gesucht.« Der Mann nickt und sie gehen zusammen ins B.B. zurück. Janine sieht ihn von der Seite an, er trägt eine Anzughose und ein schwarzes Shirt. Er ist sehr gut gebaut und hat Geschmack. Seine Haare sind kurz geschnitten und genauso dunkel wie seine Augen. Er hat zwar weichere Gesichtszüge, doch trotzdem wirkt er alles andere als weich.

»Pass das nächste Mal auf, es ist gefährlich hier draußen.« Er zwinkert ihr zu. Janine will ihn gerade fragen wie es kam, dass der Mann allein bei seinem Anblick weggerannt ist und wie er heißt, da taucht, gleich nachdem sie das B.B. betreten haben, Tristan auf und legt den Arm um sie. »Miss Germany, hier bist du! Shannon sucht dich schon die ganze Zeit, sie macht sich Sorgen, ich musste extra meine Zeit mit der Kellnerin unterbrechen.« Tristan zieht sie weg, Janine kommt gar nicht dazu ihm etwas zu sagen, da ist sie schon wieder in der tanzenden Menschenmenge.

Als sie sich nach dem Mann umsieht, der ihr geholfen hat, findet sie ihn nicht mehr und würde Tristan am liebsten erwürgen. »Ich habe Mike gesucht, er ist sauer weggegangen wegen Bianca und dann ...« Tristan sieht sich in der Menge um. »Der kriegt sich wieder ein, dass ist jedes Mal so, ich glaube, Shannon ist wieder im VIP-Bereich. Geh zu ihr, bevor sie einen Herzinfarkt bekommt.« Janine geht sauer zu den Treppen zurück. Musste Tristan sie da wegziehen? Auf den Treppen zum VIP-Bereich sieht sie sich erneut um, doch sie findet den Mann nicht mehr, als sie dann allerdings in den VIP-Bereich kommt, sieht sie ihn.

Er sitzt an einem Tisch mit mehreren Männern und Frauen, die drei Männer vom Parkplatz sind auch da und nicht nur das. Bianca sitzt bei einem der Männer und unterhält sich mit ihm, mit vollem Körpereinsatz. Der Mann, der ihr vorhin geholfen hat, unterhält sich mit dem blonden Mann und eine Kellnerin nimmt gerade die Bestellung auf, trotzdem treffen sich kurz ihre Blicke, wobei seine Lippen ein kurzes Lächeln zeigen. »Da bist du ja, ich war so kurz davor die Polizei zu rufen.« Janine setzt sich zu Shannon und Steven. »Alles okay bei dir? Du bist ziemlich blass um die Nase.« Janine sieht noch einmal zu dem anderen Tisch, doch der Mann unterhält sich nun mit einer Frau, die halb auf seinem Schoß sitzt. Wenigstens ist es nicht Bianca, die ist noch mit einem der anderen beschäftigt.

»Was macht Bianca da bei dem Mann, gerade war sie doch noch bei jemand anderem?« Janine kommt nicht mehr hinterher. Shannon schiebt ihr ein Glas Cola hin. »Trink erstmal, so ist Bianca nun einmal, der andere hat ihr nicht mehr gepasst oder der gefällt ihr besser, wer weiß das schon.« Janine trinkt einen Schluck und schüttelt den Kopf, bevor sie den beiden alles erzählt was passiert ist. Sie erklärt, was für Sorgen sie sich gemacht hat wegen Mike und dass ein Mann ihr Geld wollte. Sie sagt, dass ihr jemand geholfen hat und zeigt dezent zu dem Mann. »Du meine Güte und du sitzt hier und fragst nach Bianca? Ist alles ok? Bist du verletzt?«

Janine winkt ab, ihr geht es gut. »Wir sollten Mike suchen gehen, er sah wirklich wütend aus.« Steven setzt sich genau neben Janine und legt den Arm um sie, dabei zeigt er ihr eine Nachricht von Mike. 'Bin schon früher abgehauen, hatte keine Lust mehr!' »Mach dir keinen Kopf, am Anfang bin ich auch verrückt geworden, doch es ist immer so. Und du wirst sehen, morgen himmelt er sie wieder an. Es ist krank, doch außer zu hoffen, dass er eines Tages von allein wach wird, können wir nichts tun.« Janine sieht wieder zu Bianca, die nun schon halb auf dem Mann sitzt, der ihre neue Eroberung ist.

»Willst du etwas essen? Du siehst wirklich blass aus.« Steven hat noch immer den Arm um sie. »Nebenan gibt es einen Imbiss, der die ganze

Nacht aufhat, ich schwöre dir, so einen guten Burger hast du noch nie gegessen.« Janines Blick fällt immer wieder auf den Mann, der ihr geholfen hat, doch der lacht und redet mit anderen, sein Blick kommt nicht einmal zu ihr und Janine nickt. »Okay, was ist mit den anderen beiden?« Shannon steht auf und Steven zieht Janine beim Hinunterlaufen noch enger an sich. »Die sind beschäftigt, glaub mir, die merken nicht mal, dass wir eine halbe Stunde weg waren.«

Steven behält recht, der Imbiss ist wirklich gut. Sie bleiben sogar fast eine Stunde da. Janine würde zwar gerne noch einmal nach dem Mann sehen, doch gleichzeitig fühlt sie sich auch komisch dabei, sie kennt ihn nicht einmal. Als sie dann zurückgehen, kommen ihnen auf dem Parkplatz Tristan und Bianca entgegen. Tristan hält eine Frau im Arm, mit der er offensichtlich schnell alleine sein möchte, Bianca neben ihm kocht vor Wut.

»Da seid ihr ja, lasst uns abhauen!« Tristan ist schon halb im Auto, als Bianca eine Visitenkarte hochhält. »Der Typ, Flaco, hat morgen Geburtstag und schmeißt eine Mega-Party in seiner Villa. Ich soll kommen und kann Freundinnen mitbringen. Hat jemand von euch Lust?« Shannon schnauft auf und geht ebenfalls in Richtung Auto.

Janine blickt auf die Visitenkarte, sie kann sich Schöneres vorstellen, als noch einen Abend mit Bianca zu verbringen. Allerdings ist dieser Flaco ja ein Freund des Mannes, der ihr geholfen hat und die Wahrscheinlichkeit ihn da wiederzusehen sehr hoch, sie würde ihn gerne noch einmal sehen, vielleicht hat sie ja da die Möglichkeit, mit ihm ins Gespräch zu kommen, also atmet sie tief ein und sagt unter Shannons verwundertem Blick zu, dass sie Bianca morgen Abend auf diese Privatparty begleiten wird.

Kapitel 4

Auch wenn Shannon nicht begeistert von Janines Idee ist, Bianca am Abend zu begleiten, kommt sie mit ihr am nächsten Tag shoppen. Es ist Samstag und Janine konnte richtig ausschlafen, was sie auch gebraucht hat. Als sie sich gestern Nacht ins Bett gelegt hat, sind ihr viele Gedanken im Kopf herumgeschwirrt und erst da hat sie richtig begriffen, in was für einer Gefahr sie war, als der Mann sie bedroht hat. Wegen dieser Gedanken konnte sie trotz ihrer Müdigkeit nicht einschlafen. Auch sind ihre Gedanken immer wieder zu dem hübschen Mann gewandert, der ihr geholfen hat.

Janine findet ihn wirklich hübsch, noch immer hat sie seine dunklen Augen in ihren Erinnerungen genau vor sich. Er ist nicht auf diese Modemagazin-Art anziehend, sondern auf eine andere, die Janine nicht beschreiben kann. Sie wünschte, sie hätte sich mit ihm unterhalten können, doch vielleicht hat sie heute eine Chance dazu.

Ihre Mutter wollte sie zum shoppen begleiten, allerdings war sie dann auch glücklich, dass Shannon sie begleitet. Wahrscheinlich denkt sie sich, dass es Janine gut tut sich abzulenken nach der Trauerfeier und ist einfach froh, dass Janine wieder aus dem Haus kommt. Deshalb ist sie auch recht großzügig und Janine kann viel einkaufen. Sie versucht ein paar neue Klamotten zu nehmen, nicht ihren gewohnten Stil, doch auch wenn sie ein paar farbenfrohere Teile einpackt, merkt sie doch schnell, dass sie immer wieder in ihr altes Muster verfällt. Vielleicht sollte sie es akzeptieren, so ist sie nun einmal.

Wegen der ständigen Fragen und Kommentare von Shannon gibt Janine schließlich kleinlaut zu, weshalb sie zu der Party möchte. Ihrer neuen Freundin ist der Mann nicht aufgefallen, jedoch versteht sie nun, wieso Janine so verrückt ist und freiwillig einen Abend mit Bianca verbringt. Von da an ist sie auf ihrer Seite, zusammen suchen sie nach einem passenden Outfit, damit sie nicht zu sehr untergeht neben Bianca. Das wird schwer, da Janine zwar weiß, dass sie mutiger sein muss, sie aber niemals solche winzigen Kleidungsstücke wie Bianca tragen wird, dafür hat sie gar nicht die Figur.

Janine ist schlank, sehr schlank. Hier in Puerto Rico sind die Frauen ganz anders gebaut, sie kommt sich dagegen vor wie ein unausgereiftes Kind. Ihre Haut ist zwar mittlerweile auch gebräunt, trotzdem ist sie noch sehr hell und spätestens ihre blonden Haare, blauen Augen und die Sommersprossen auf ihrer Nase verraten, dass sie hier nicht hingehört.

Sie suchen in mehreren Geschäften. Janine will die Hoffnung schon aufgeben und findet sich gedanklich damit ab, wieder einen Rock und ein Top anzuziehen, da hält Shannon ein Kleid hoch und wackelt mit den Augenbrauen. Es ist weiß und geht bis kurz über die Knie, es hat aber einen schönen Ausschnitt und der Teil des Kleides ist gehäkelt. Dazu hat es einen atemberaubenden Rückenausschnitt. Janine seufzt unzufrieden auf. »Es ist wunderschön, aber ich kann es nicht tragen, ich muss einen BH anziehen, damit meine Brüste überhaupt zur Geltung kommen.« Obwohl es eigentlich ein Geständnis war, muss sie lachen und auch die rothaarige Engländerin grinst. »Du kennst offenbar noch nicht alle Tricks einer Frau!«

Sie landen in der Dessous-Abteilung, wo ihr Shannon und die Verkäuferin mehrere Möglichkeiten zeigen, ihren Busen anzuheben, ohne einen richtigen BH zu tragen. Janine entscheidet sich für zwei Halter die festzukleben sind, aber erst, nachdem sie sich 1000 Mal versichert hat, dass diese halten, egal was kommt. Sie nehmen noch ein Spray mit, von dem Shannon ihr vorschwärmt, es lässt die Haut schimmern.

Nachdem sie noch offene hohe Schuhe, eine Clutch, Armreifen, Ohrringe und einen Lippenstift im gleichen Rotton gekauft haben, sind sie endlich fertig. Shannon gibt ihr noch Tipps für die Haare, bevor Janine mit vier vollgepackten Tüten und ziemlich hungrig nach Hause zurückkehrt.

Es ist schon früher Abend, Janine packt die Sachen aus, feuchtet sich die Haare an und dreht sie auf Alufolie auf, wie Shannon es ihr geraten hat. Maria hilft ihr dabei. Als sie anschließend mit ihren Eltern zum Abendessen ist, sagen diese zwar nichts dazu, dass Janine heute Abend wieder weggeht, doch sie bemerkt ihre Besorgnis. Ihr Essen ist noch nicht einmal richtig beendet, da steht ihr Vater schon wieder auf und erklärt, er müsse noch einmal los, etwas erledigen.

Auch dieses Mal spart sich ihre Mutter einen Kommentar, doch Janine weiß, dass es sie stört. Seit sie in Puerto Rico sind, ist er fast nie da, die Arbeit hier scheint ihn immer mehr einzunehmen. Die ersten Jahre ging es noch, doch seit ein paar Monaten kommt es vor, dass Janine ihn nur fünf Minuten am Tag sieht. Er erzählt von vielen Ausfällen in der Firma, um die sie sich kümmern müssen. Ihre Mutter hat selbst viel zu tun mit der Praxis, Janine weiß aber, dass sie sich so das Leben hier nicht vorgestellt hat. Einen Augenblick überlegt sie Bianca abzusagen, damit ihre Mutter nicht alleine bleibt, dann kommt aber ein Anruf einer Freundin ihrer Mutter und sie beschließen ins Kino zu gehen, also wird Janine das heute Nacht durchziehen.

Da Bianca ja immer zu spät kommt, lässt sie sich Zeit. Sie duscht, zieht das neue Kleid an, schminkt sich etwas mehr als sonst, wenn auch nicht zu viel, da sie sich sonst immer fühlt, als würde sie eine Maske tragen, zieht die Pumps an, sprüht die nach Vanille duftende Flüssigkeit auf ihre Haut und betrachtet den feinen Schimmer. Erst ganz zum Schluss öffnet sie die Haare, die seit mehreren Stunden eingedreht auf ihrem Kopf haften.

Shannon hat nicht zu viel versprochen, ihre Haare fallen ihr in vielen schönen Wellen bis tief in den Rücken, man könnte denken, sie hat den Tag am Strand verbracht und nicht auf der Suche nach diesem Outfit. Ein letztes Mal überprüft sie den Halt des Klebe-BHs und lächelt dann zufrieden in den Spiegel, vielleicht hat sie heute Nacht Glück.

Sie ist genau dann fertig, als Bianca eine halbe Stunde später als verabredet mit ihrem roten Ferrari vorfährt. Als sie die hübsche russische Blondine dann aber in ihrem silbernen Hauch von Nichts sieht, verfliegt ihre erste Vorfreude. Trotzdem steigt sie ein und hört sich die Nörgeleien wegen des gestrigen Abends und der Frau an, mit der Tristan verschwunden ist. Bianca ist auf ihr Navi angewiesen, sie sagt, sie war selbst noch nie in der Gegend, wo dieser Flaco wohnt.

Die ganze Fahrt über heißt es Tristan hier und Tristan da. Janine sieht aus dem Fenster, überall schnellen die Blicke zu ihnen, wenn der laute Motor des Ferraris ertönt. Sie merkt, dass sie wieder in eine sehr wohlhabende Gegend fahren, nicht nur an den Häusern, sondern auch daran, dass immer weniger Blicke auf sie fallen. Biancas Nörgelei wird durch eine Nachricht von Tristan an Janine unterbrochen, in der er fragt, ob sie alle Lust haben auf einen DVD-Abend. Bianca lacht gehässig los und sagt Janine, sie solle ihm schreiben, dass sie unterwegs zu einer heißen Privatparty sind, wo sie viel Spaß haben werden. Zwar benutzt Janine nicht genau ihre Worte, doch sie antwortet Tristan, bevor sie einen Hügel hochfahren und von ein paar Männern aufgehalten werden, die am Straßenrand sitzen.

»Wohin wollt ihr?« Janine kurbelt das Fenster herunter und sieht verwundert auf die Männer, sie sehen nicht aus wie Sicherheitspersonal. Bianca setzt ihr Strahlelächeln auf. »Wir sind bei einem Flaco eingeladen.« Der Mann sieht noch einmal ins Auto. »Die nächste Straße abbiegen und dann das dritte Haus. Fahrt nicht weiter in das Gebiet!« Mit diesen Worten winkt er sie weiter und Janine wendet sich noch einmal verwundert um.

»Er ist bestimmt irgendein Promi, vielleicht ein Schauspieler oder Regisseur, wie aufregend.« Bianca findet das alles offensichtlich gar nicht beunruhigend, auch wenn sie jetzt langsamer fährt. Janine betrachtet die Villen an den Seiten, es ist eine reiche Gegend. Sie sieht, dass dort, wo der Hügel noch weiter hinaufführt, die Villen immer größer und prächtiger werden. Sie erkennt noch mehr Männer am Straßenrand sitzen, doch Bianca biegt ab, sie fahren nicht da entlang. Janine fragt sich, wer da wohl wohnt, dass so viele Sicherheitsmaßnahmen erforderlich sind.

Langsam fahren sie auf das Grundstück, was der Mann ihnen beschrieben hat und es besteht auch kein Zweifel, dass sie am richtigen Ort sind, der Parkplatz ist vollgestellt mit Luxusautos. Es ertönt laute Musik und es ist das einzige Haus hier in der Straße, wo jemand da zu sein scheint. »Los geht's!« Bianca zwinkert ihr zu beim Aussteigen, bevor sie sich bei Janine einhakt und mit sicheren Schritten zu der Villa geht, die offen steht.

Sie durchqueren eine kleine Vorhalle und gehen direkt in den Garten, wo sich viele Menschen aufhalten. Janine atmet tief ein, als sie im Garten sind und sie auf die große Menschenmenge blickt. Es gibt einen Pool, in dem mehrere Frauen und Männer schwimmen, auch so laufen hier die meisten Frauen im Bikini herum, wenn nicht, tragen sie ähnliche Minikleider wie Bianca. Nun kommt sich Janine wirklich fehl am Platz vor, wieder passt sie nicht dazu. Sie lässt ihren Blick weiter schweifen. Es gibt einen großen Grill, an dem mehrere Männer stehen, ein Buffet ist aufgebaut, überall wird getanzt.

Alle Frauen hier sind unglaublich schön und sexy, die meisten sind dunkle Latinas. Janine sieht auf die prallgefüllten Bikinis und fragt sich, ob das alles echt ist, Gott kann doch nicht so ungerecht bei der Verteilung gewesen sein. Bei Bianca weiß sie, dass sie nicht echt sind und sie beschließt, einfach davon auszugehen, dass alle hier nachgeholfen haben, so puscht sie ihr angeschlagenes Ego. Sie stehen immer noch am Eingang, beide halten Ausschau, sie nach dem Mann von gestern, Bianca nach Flaco. Janine bemerkt, dass alle Männer hier sehr durchtrainiert sind und sieht fassungslos, dass einige von ihnen Waffen in ihrem Hosenbund haben.

Sie will gerade Bianca darauf aufmerksam machen, als diese sie mitzieht. Sie hat Flaco entdeckt, umringt von dunklen Schönheiten und Janine spürt, dass Bianca sauer ist. »Oh nein Latinas, er gehört mir!« Janine lacht, auch wenn sie ihren Mann noch nicht entdeckt hat, während sie auf Flaco zugehen. »Warte noch kurz!« Bianca hält sie auf und stellt sich so vor sie, dass Flaco sie nicht sehen kann. Sie kramt in ihrer Handtasche und holt eine kleine Nagelschere heraus. Bevor Janine eingreifen kann, schneidet sie den ohnehin schon weiten Ausschnitt bis zum Bauchnabel auf.

»Bist du wahnsinnig?« Ihre Brüste werden nur noch verdeckt, da der Stoff so eng ist, dass er sich über den Brüsten hält. »Was machst du, wenn das verrutscht?« Bianca sieht zufrieden auf ihr Werk und steckt die Nagelschere wieder ein. »Dann hat eben Mister Armani keine gute Arbeit geleistet.« Bianca hakt sich wieder bei ihr ein und sie treten an Flaco heran, der bereits eine Frau auf seinem Schoß hat. Als er sie entdeckt, schiebt er die Frauen aber beiseite und reicht ihnen die Hand.

»Betty, richtig?« Janine muss leise lachen. »Bianca! Das ist meine Freundin Janine.« Janine gibt ihm auch die Hand und gratuliert ihm zum Geburtstag. Er deutet ihnen sich zu setzen, bleibt aber so sitzen, dass sie beide an seiner Seite sitzen müssen. Janine sieht sich weiter nach dem Mann um, doch er scheint nicht da zu sein. Wieso sollte sie auch so ein Glück haben und ihn noch einmal treffen?

»Nett, dass ihr gekommen seid.« Janine spürt, wie er den Arm um sie beide legt und versteift sich. Er muss sich sehr wichtig vorkommen, ihnen beiden den Arm umzulegen. Bianca flüstert ihm etwas ins Ohr und alle Frauen, die um sie herum sind, werfen ihnen giftige Blicke zu. Janine wird sein Ego sicher nicht noch mehr bestärken und steht schnell wieder auf. »Ich gehe mir mal was zu trinken holen, kommst du mit, Bianca?« Es wundert Janine, dass sie sie überhaupt gehört hat, während Flaco mit ihrem Hals beschäftigt ist, doch Bianca winkt ab. »Mach nur und hab Spaß hier, Süße!«

Janine wusste es, es war eine dumme Idee herzukommen, sie geht zum Buffet und zum Grill. Sie war vorhin zu aufgeregt um viel zu essen, jetzt hat sie Hunger und einen Grund, um aufgeregt zu sein, hat sie ja nun nicht mehr. Es ist zu voll, egal wo sie sich anstellt, ihr vergeht die Lust auf das Essen. Hier gibt es auch keine geordneten Reihen, es kommen immer Leute, drängen vor, knallen sich die Teller voll und gehen wieder. Janine gibt auf, nur an einem Tisch mit Melonen steht niemand und sie tut sich einige auf einen Teller, schnappt sich eine kleine kalte Flasche Limonade und setzt sich an den einzig freien Tisch, den sie entdecken kann.

Während sie sich ein paar Stücken Melone mit einer Gabel in den Mund schiebt, überlegt sie, doch noch zu Tristan zu fahren, die anderen machen sich bestimmt einen gemütlichen Abend, doch ein Blick auf die Uhr zeigt, dass es schon zu spät ist. Keine Ahnung, wie die Zeit vergangen ist, wahrscheinlich beim Bestaunen der anderen Menschen. »Hallo schöne Frau.« Ein Mann setzt sich zu ihr, er kommt nicht einmal auf die Idee sie zu fragen, ob sie das überhaupt möchte. »Ich habe dich gewonnen.«

»Was meinst du?« Janine versteht ihn nicht, er deutet auf ein paar andere Männer, die in einer Ecke stehen und sauer zu ihnen gucken. »Ich habe mit ihnen darum gespielt, wer Zeit mit dir verbringen kann und ich habe gewonnen.« Der Mann sieht nett aus, unter anderen Umständen fände Janine ihn vielleicht hübsch, doch diese Chance hat er schon beim Öffnen seines unverschämten Mundwerkes vertan. »Ich stehe nur leider nicht zum Gewinn aus.«

Der Mann lacht und kommt näher zu ihr. »Süße, alle Frauen hier sind ein Gewinn. Ich gehöre hierzu, also hab dich nicht so.« Genau wie Flaco legt auch er einfach den Arm um sie, den Janine sofort wieder entfernt, irgendetwas stimmt mit den Männern hier nicht. »So sieht man sich wieder.« Eine Stimme hinter ihr lässt ihr Herz augenblicklicher schneller schlagen und keine Sekunde später steht der Mann von gestern vor ihr. Die ganze Zeit hat sie ihn gesucht und nun steht er einfach da. »Hi.« Janine muss lächeln, auch wenn sie merkt, wie der Mann neben ihr schnell aufsteht und weggeht. Nun setzt sich der Mann zu ihr, allerdings mit einem viel respektvolleren Abstand als der Mann zuvor.

»Danke, wieder einmal.« Janine sieht dem Mann hinterher, der nun zu seinen Freunden zurückgeht und dann in die Augen des Mannes, der sie seit gestern in ihren Gedanken verfolgt. Sie sind genauso schön wie in ihren Erinnerungen. »Was meinst du?« Janine deutet zu den Männern. »Die Kerle hier verstehen wohl kein Nein.« Nun lacht er und lehnt sich zurück, wobei er sie nicht aus den Augen lässt. »Sie hören nicht oft ein Nein, vielleicht liegt es daran.« Janine lässt schnell einen Blick über ihn schweifen, er trägt heute nur eine einfache Jeans und ein weißes Shirt, seine dunklen kurzen Haare sind etwas verwuschelt, so als wäre er noch nicht lange wach, oder ist wieder aufgewacht, egal wie man es nimmt, er ist auf jeden Fall sexy.

»Er war der Meinung mich gewonnen zu haben.« Janine liebt sein Lachen und seine Grübchen, die sich auf seinen Wangen dabei bilden. »Vielleicht hat er das.« Janine schüttelt den Kopf. Auch wenn sie aufgeregt ist, will sie nicht aufhören zu reden, er soll nicht wieder so schnell verschwinden. »Ich bin kein Gewinn!« Nun wird er ernst, das erste Mal sieht er ihr direkt in die

Augen. Ihre blauen treffen auf seine dunklen und in ihrem Magen beginnen tausend Schmetterlinge herumzuhüpfen. Sie fliegen noch nicht, aber sie machen sich schon einmal startklar.

»Du passt hier nicht her, wieso bist du hier? Hat dein Freund nichts dagegen, dass du hier bist?« Etwas überrascht über seine Aussage lehnt sie sich auch etwas zurück und sucht die Wiese nach Flaco und Bianca ab. Sie entdeckt sie, als sie gerade dabei sind in die Villa zu gehen. »Ich begleite eine Freundin, sie wurde eingeladen. Und ich habe keinen Freund.« Der Mann folgt ihrem Blick, sieht auch den Zweien hinterher und hebt die Augenbrauen an. »Nette Freundinnen hast du. Ich dachte, der blonde Typ von gestern im B.B. wäre dein Freund, es sah so aus.« Janine weiß, dass er das Kompliment an Bianca ironisch gemeint hat und lächelt nun ebenfalls, ihr Herz schlägt sofort etwas schneller. Sie dachte, er hätte sie gestern gar nicht weiter beachtet, das war offenbar nicht so.

»Ich kenne sie um genau zu sein erst ein paar Tage, Steven genauso, er ist nicht mein Freund. Ich kenne sie alle erst, seit ich auf die Uni gekommen bin, aber Bianca hat mich darum gebeten und ich kann jemandem schwer etwas abschlagen.« Nun nickt er, als hätte er sich so etwas gedacht. »Und du machst dir Sorgen um andere Menschen.« Er spielt auf gestern Abend an und dass sie bei dem Versuch Mike zu suchen fast überfallen wurde. Janine lächelt und isst noch ein Stück Melone, sie hält ihm ihren Teller hin, um ihm etwas anzubieten. »Du musst aufpassen, dass du dich wegen deines guten Herzens nicht in Gefahr bringst. Bist du auf Melonen-Diät?«

Janine nimmt noch eine in den Mund und lacht. »Nein, sollte ich?« Sie haben den selben Sinn für Humor. »Nein, absolut nicht, die meisten Frauen die ich kenne, kauen aber immer nur auf Grünzeug und Obst herum und sind auf Dauerdiät.« Janine legt den Teller weg und sieht zum immer noch sehr vollen Grill und den Buffet-Tischen. »Nein, ich habe noch nie eine Diät gemacht und, um ehrlich zu sein, habe ich unglaublichen Hunger, allerdings habe ich es vorhin nicht geschafft mir etwas zu holen, es ist zu voll, keine Chance da heranzukommen.«

Der Mann steht auf. »Auf was hast du Hunger? Ich bringe es dir.« Janine zeigt zu der Menschenmenge. »Nein lass, das dauert Jahre, ich esse später etwas.« Er denkt gar nicht daran. »Keine Sorge, ich komme da schon durch. Also, Steak? Der am Grill macht die Besten, vertraue mir.« Janine gibt nach und lächelt. »Gerne und viel Glück.« Erst als der Mann ein paar Schritte gegangen ist, fällt Janine ein, dass dies keine gute Idee ist. So voll wie es hier ist, gibt es keine Garantie, dass sie ihn wiedersieht. Nicht schon wieder.

»Warte!« Das war etwas zu laut, aber wenigstens dreht er sich um. »Ich weiß immer noch nicht deinen Namen.« Der Mann lächelt, selbst von hier sieht sie seine Grübchen. »José. Und wie ist dein Name, Miss Germany?« Janine spürt wie sie rot wird, verdammter Tristan.

»Janine.«

Kapitel 5

Janine versucht José im Auge zu behalten, als er zum Grill geht. Von allen Seiten wird er begrüßt, mehrere Frauen gehen zu ihm und flüstern ihm etwas ins Ohr. Als er dann am Grill ist, machen ihm sogar alle Platz. Janine sieht sich das Ganze etwas verwundert an, er ist offenbar sehr beliebt hier. »So eine hübsche Frau sollte hier nicht alleine herumsitzen.« Janine wendet den Blick ab und sieht zu einem etwas kräftigeren Mann, der ohne ein Shirt und nur mit einer Shorts vor ihr steht und sich daraufhin sofort setzen will. Hier fragt wohl niemand nach, ob man das überhaupt möchte.

»Ich bin nicht alleine, ich warte nur auf etwas zu essen.« Vielleicht hört sich das etwas zickig an, aber Janine findet die Männer hier sehr unhöflich. »Mit wem bist du hier?« Der Mann sieht sich abschätzend um. Janine überlegt hin und her, sie ist ja nicht wirklich mit José hier, vielleicht gibt er aber dann auf. »José.« Der Mann bekommt etwas größere Augen und sieht sie dann freundlich an. »Das wusste ich nicht, viel Spaß noch.« Janine zieht die Augenbrauen hoch, der Name scheint hier wie eine Wunderwaffe zu sein. Gut zu wissen.

Als sie sich dann nach José umsieht, findet sie ihn aber nicht mehr. Sie wusste es doch, Janine sieht sich weiter um, bis plötzlich ein anderer Mann zu ihr kommt und zwei Teller auf den Tisch stellt. »Hier, ich soll das abstellen, José kommt gleich.« Janine bedankt sich und sieht auf den gut gefüllten Teller vor sich. Neben einem großen Steak ist Salat und Gemüse drauf, es gibt noch einige Teigtaschen und Besteck ist auch dabei. Nur José fehlt.

Janine wartet ein paar Minuten, dann beginnt sie zu essen und erst ein paar weitere Minuten später taucht José vor ihrem Tisch auf, stellt ihr noch weitere Limonade hin und setzt sich. »Dein Essen ist jetzt sicherlich kalt.« Er nimmt einen Bissen und schüttelt den Kopf. »Genau richtig, ich musste etwas klären.« Janine zeigt auf das Essen. »Danke, ich weiß zwar nicht, wie du das so schnell geschafft hast, aber es schmeckt sehr gut.«

Er ist nett, Janine ist zufrieden die Möglichkeit zu haben, sich mit ihm zu unterhalten. Zuerst fragt er sie aus, wie ihre Familie nach Puerto Rico gekommen ist und Janine erzählt ihm davon, auch das sie erst das Abi hier gemacht hat und seit einer Woche zur Uni geht. José ist zwei Jahre älter als sie und gerade 23 geworden. Als sie ihn dann fragt, was er beruflich macht, sind sie mit dem Essen fertig und er lehnt sich zurück. »Du bist hier und fragst, was ich beruflich mache?«

Janine versteht nicht ganz, was daran so außergewöhnlich ist und sieht sich um. »Wieso, was ist hier?« José lächelt. »Nichts, sagen wir es so: Ich bin Geschäftsmann, das trifft es ganz gut.« Janine sieht ihn fragend an. »Und hier arbeiten viele mit dir zusammen? Flaco auch?« Er zieht die Augenbrauen hoch. »Alle hier arbeiten zusammen, sie gehören zu uns.« Janines Blick fällt auf eine der Waffen, die bei einem Mann im Hosenbund steckt. Alle hier sehen gefährlich, breitgebaut aus und ihr geht ein Licht auf.

Sie beugt sich etwas vor und spricht leiser. »Kann es sein, dass ihr im Sicherheitsbereich tätig seid? Hier tragen so viele Waffen.« Er zuckt leicht die Schultern. »Kann man so sagen, außerdem machen wir noch Import-Export, die müssten hier keine Waffen tragen, das hier ist unser Gebiet, es wird bewacht, es ist eher eine Angewohnheit von vielen geworden. Macht es dir Angst?«

Janine lehnt sich nun ebenfalls zurück und sieht auf all die Männer. »Es ist ungewohnt für mich, ich habe noch nie eine Pistole von so nah gesehen.« Er folgt ihrem Blick. »Das verstehe ich, du brauchst hier aber keine Angst zu haben, hier tut dir niemand etwas, sie sind alle etwas wild, aber niemand würde hier jemanden verletzen.« Janine ist nun noch neugieriger geworden, sie hat zwar im Hinterkopf, ihn nicht zuviel auszuquetschen, da sie weiß, dass Männer das nicht mögen, doch sie kann sich nicht zurückhalten. »Und du bist der Chef der Firma?« So kommt es ihr zumindest vor, es würde erklären, weshalb alle so respektvoll zu ihm sind. »Meine Brüder und ich führen die Geschäfte. Wenn man vom Teufel spricht.«

Janine folgt nun seinem Blick hinter sich und keine Sekunde später tritt der helle Mann, den sie auch gestern im Club gesehen hat, zu ihnen. »Tauchst du auch mal auf? Was schmeißt du mich aus dem Bett, wenn du selbst noch eine Stunde brauchst? Janine, das ist mein Bruder Gabriel.« Der helle Mann, der trotzdem Ähnlichkeiten mit José hat, reicht ihr die Hand. »Die Kleine von gestern, nett. Ich musste noch etwas erledigen mit Nathan, lass uns los, sie warten schon.«

José erhebt sich und Janine ist enttäuscht, will sich aber nichts anmerken lassen. Sie hatte jetzt die Möglichkeit sich mit ihm zu unterhalten, wenn auch nur kurz. Es wirkt nicht gerade so, als hätte er großes Interesse an ihr, auch wenn er sehr nett und höflich ist, sie hat es probiert, mehr konnte sie nicht tun. »Wir haben noch einen Termin, bleibst du noch hier?« José blickt ihr in die Augen. Janine sucht nach Bianca, findet sie aber immer noch nirgends. »Ja, ich muss auf meine Freundin warten, wir sind mit ihrem Auto hier, sie ist sicher bald wieder da.«

Gabriel geht schon vor zum Parkplatz und José ruft einem Mann zu, dass sie nun weg sind, dann wendet er sich wieder an sie. »Ich kenne Flaco, das kann sicher noch dauern, du solltest nicht allein hier bleiben. Wenn du möchtest, können wir dich zuhause absetzen.« Janine wägt es im Kopf ab, sie kennt die beiden nicht und würde sonst nicht einfach mit zwei Fremden ins Auto steigen, allerdings könnte sie so noch mehr Zeit mit ihm verbringen.

»Keine Sorge, bei uns passiert dir garantiert nichts, du bist nirgendwo sicherer als bei uns, hier in Puerto Rico. Vertrau mir.« José grinst sie frech an und streckt ihr seine Hand hin, Janine wird etwas rot. Natürlich muss sie wieder wie das übervorsichtige Dummchen wirken, sie muss lernen über ihren Schatten zu springen, also nimmt sie seine Hand und folgt ihm. Dabei schreibt sie Bianca eine Nachricht, dass sie schon nach Hause fährt und sie sie nicht zu suchen braucht, auch wenn sie sich nicht sicher ist, ob sie das überhaupt tun würde.

Auf dem Weg zum Auto verabschiedet sich José von vielen, dabei lässt er ihre Hand nicht los. Erst als sie durch das leere Haus auf den Parkplatz gehen, lässt er sie wieder los. Seine Hand ist schön warm und so viel größer als ihre. Als sie an einem Spiegel vorbeikommen, sieht sie schnell nach, ob auch alles noch da ist wo es sollte und ist zufrieden. Bianca schreibt ihr zurück, dass sie noch etwas braucht und wünscht ihr viel Spaß, Janine versteht Shannons Abneigung gegen sie immer mehr. Sie steuern einen schwarzen Wagen an, es ist ein Maybach. Janine erkennt das nur so genau, weil es das Traumauto ihres Vaters ist.

»Wir bringen Janine noch nach Hause.« Gabriel wartet schon auf sie und hält Janine dann höflich die Wagentür auf. »Da hinten sind ein paar Kartons, unser Bruder heiratet bald und wir mussten ein paar Sachen abholen, wenn es zu eng ist, schieb es einfach zur Seite.« José setzt sich ans Steuer und Gabriel daneben.

Als sie starten, erklärt Janine, in welchem Viertel sie wohnt. Sie halten an der Straße, wo sie angehalten wurden und Gabriel lässt sein Fenster herunterfahren. »Simo du Arsch, ich habe gesehen, dass du das gestern warst.« Einer der Männer die Wache halten lacht laut auf und sie fahren weiter, danach hat es sich der hellere Bruder von José zur Aufgabe gemacht Janine auszufragen. Sie mag ihn, er hat einen unglaublichen Humor und nachdem er erfahren hat, dass sie aus Deutschland kommt, erzählt er ihr, dass er einmal da war, auf dem Oktoberfest und wie er dort in jedem Zelt eine Schlägerei angefangen hat. Zudem findet er, man sollte Dirndl auch in Puerto Rico verkaufen. Janine muss immer wieder über ihn lachen, José sagt kein Wort mehr, doch Janine bemerkt oft den Blick seiner dunklen Augen im Rückspiegel auf ihr.

Sie sind viel schneller bei ihr im Viertel als auf dem Hinweg, kein Wunder, wenn man bedenkt, dass die beiden sich hier viel besser auskennen. »Ihr könnt mich hier rauslassen, ich wohne in der Straße.« Sie zeigt in ihre Straße. José hält und steigt aus, um ihr die Tür zu öffnen.

Janine verabschiedet sich von Gabriel und als José die Tür hinter ihr wieder schließt, bleibt sie vor ihm stehen. »Danke, für das nach Hause bringen und für alles andere.« José sieht sie einen Augenblick nur aus seinen schönen dunklen Augen an. Janine ist gespannt was jetzt kommt und trennt den Blickkontakt nicht. Sie erwartet, dass er nach ihrer Nummer fragt, oder ob sie sich wiedersehen, sie hofft es zumindest. »Geh nicht mehr zu diesen Feiern, du hast da nichts verloren, du passt da nicht hin.« Er sagt das etwas leiser, aber Janine sieht, er meint es ernst.

»Okay … ähm, danke noch einmal.« Sie dreht sich um und geht mit schnellen Schritten nach Hause, sie sieht nicht noch einmal zurück, auch nicht, als sie bemerkt, dass der Motor erst ertönt, als sie an ihrer Haustür angekommen ist. Als sie eintritt und sich gegen die Tür lehnt, atmet sie tief durch.

Was war das?

Ihre Enttäuschung sitzt tief in den Knochen und sie schüttelt über ihre eigene Dummheit den Kopf.

Den ganzen Sonntag verbringt Janine zu Hause, sie liegt lange im Bett und redet in ihren Gedanken mit Maribel. Es ist der Weg, den sie gefunden hat, um über ihren Verlust hinwegzukommen. Für sie ist ihre beste Freundin noch da, immer bei ihr. Sie erklärt, wie beeindruckend sie José findet, die einzige Erklärung dafür, dass sie das erste Mal so offensiv gegenüber einem Mann war und sich wirklich Hoffnungen gemacht hat und wie enttäuscht sie nun ist, nicht einmal nach ihrer Nummer gefragt worden zu sein.

»Du passt hier nicht hin«, deutlicher kann man keine Abfuhr bekommen. Gegenüber ihren Eltern versucht sie, sich nichts anmerken zu lassen. Es ist das erste Mal, dass ihr Vater den ganzen Sonntag zuhause verbringt und sie versucht, diese ganze Sache wieder aus ihrem Kopf zu streichen. Janine hat noch nie irgendwo wirklich dazugehört, wie konnte sie annehmen, dass sie nun genau hier in Puerto Rico irgendwo dazugehören würde.

Auch wenn Janine Shannon am Sonntag aus dem Weg gegangen ist, um den Fragen nach dem Abend zu entgehen, berichtet sie ihr am Montag in der Uni, was passiert ist. Die rothaarige Engländerin spielt die Situation herunter und findet dass sich Janine keine Gedanken mehr darum machen sollte, viele Mütter haben schöne Söhne. Natürlich weiß sie, dass sie recht hat, doch sie kann diesen hübschen Geschäftsmann vom Wochenende trotzdem auch den Rest der Woche nicht aus ihren Gedanken verbannen.

Sie konzentriert sich auf die Uni und ihre neuen Freunde. Bianca hat den Abend nicht einmal mehr erwähnt, Janine wollte auch nicht nachfragen, was nun mit ihr und Flaco sei. Die Tatsache, dass Mike, wie es die anderen gesagt haben, am Montag schon alles vergessen hat und Bianca wieder anhimmelt, lässt sie immer mehr Abstand zu der hübschen Blonden suchen. Deswegen lehnt sie auch sofort ab, als diese am Freitag bereits wieder das Wochenende in diesem B.B.-Club plant, nur Tristan und Mike begleiten sie.

Steven, Shannon und Janine verabreden sich für Samstag Abend, um ins Kino zu gehen. Marty ist immer noch krank und damit bleiben nur sie drei, doch es macht nichts. Sie haben viel Spaß, Janine entgeht natürlich nicht, dass Steven jede Gelegenheit nutzt, um ihr näher zu kommen. Shannon entgeht es auch nicht und sie ermutigt Janine, offener zu Steven zu sein. Er sei ein guter Kerl, was Janine auch weiß, nur fühlt es sich nicht an, wie es sich anfühlen sollte, wenn er den Arm um sie legt.

Am Sonntag lernt Janine für die Uni und skypt dann lange mit Yannik in Deutschland. Er denkt darüber nach, in den nächsten Ferien zu ihr zu fliegen, sie zu besuchen, doch Janine weiß nicht, ob sie dazu bereit ist. Auch wenn es schön ist, wieder Kontakt mit ihm zu haben, spürt sie, dass es nicht mehr das Gleiche ist. Sie lächelt über den Gedanken, dass sie bei ihrer Abreise nach Puerto Rico fest geglaubt hat, niemals über Yannik hinwegzukommen.

Zumindest hat sie nicht mehr an José gedacht, was sich allerdings schlagartig ändert, als sie der verkaterten Bianca am Montagmorgen über den Weg läuft und sie ihr erzählt, dass einer von Flacos Freunden nach ihr gefragt hätte. Janines Herz schlägt augenblicklich schneller, als sie José beschreibt, mehr habe er aber nicht gesagt, nachdem Bianca erklärt hat, dass Janine nicht da sei und auch nicht kommen wird. Das war es dann mit aus dem Kopf schlagen.

Natürlich drehen sich ihre Gedanken den Rest der Woche nur noch darum, wieso er nach ihr gefragt hat, wenn er doch so gar kein Interesse hat? Vielleicht hat er auch nur nicht nach ihrer Nummer gefragt, weil er davon ausgegangen ist, dass sie sich sowieso im Club wiedersehen. Shannon muss den Namen José schon satt haben, doch sie lacht, als dieses Mal Janine am Freitag nachfragt, wer ins B.B. mitkommt.

Sie gehen erst am Samstagabend, Janine muss sich zusammenreißen nicht schon Freitag alleine loszuziehen, doch auch wenn sie neugierig auf und fasziniert von dem Mann ist, muss sie doch probieren, einen kühlen Kopf zu behalten. Sie verbringt geschlagene zwei Stunden damit sich fertig zu machen, Janine zieht aber eine Hose an, sie hat beobachtet, dass sie das bei keiner anderen Frau im Club gesehen hat, und sie will auffallen. Zu der engen schwarzen Hose trägt sie ein himmelblaues Oberteil, das einen schönen aber nicht zu gewagten Ausschnitt hat. Ihre Mutter versichert ihr öfter, dass das Oberteil genau ihre Augenfarbe hat.

Einmal hatte sie die Haare hochgesteckt, einmal offen, nun bindet sie diese zu einem hohen Pferdeschwanz. Sie sieht zurechtgemacht aus, aber nicht so, als hätte sie sich stundenlang darüber Gedanken gemacht, was sie trägt. Janine ist zufrieden, als sie zusammen mit Shannon, Tristan und Steven ins B.B. gehen. Mike und Bianca sind schon da und Marty wird auch die nächsten zwei Wochen krank im Bett bleiben müssen, er hat eine Lungenentzündung. Steven und Mike waren ihn besuchen und meinten, er langweile sich zu Tode, aber er genießt auch die unifreie Zeit.

Natürlich ist José noch nicht da, es sitzen zwar wieder einige Männer um den Tisch, an dem sie ihn das letzte Mal gesehen hat. Einige von ihnen kommen ihr auch bekannt vor, doch sie durchsucht mit den Augen dreimal den VIP-Bereich und findet ihn nicht. Janine atmet durch und versucht ruhig zu bleiben. Wie kann sie ein Mann, den sie kaum kennt, so aufgeregt machen? Sie trinken etwas und nach einer Weile schaffen es Tristan und Steven, sie mit auf die Tanzfläche im anderen Stockwerk zu ziehen.

Janine hätte das noch vor ein paar Wochen nicht geglaubt, doch diese Musik, diese Stimmung schafft es wirklich sie mitzureißen und sie tanzen lange zusammen. Mehrere Männer tanzen Janine an, doch jedes Mal greifen Tristan oder Steven ein, sie benehmen sich wie alberne größere Brüder. Als Janine danach wieder nach oben geht, sieht sie erschrocken, wie lange sie auf der Tanzfläche verbracht hat. Shannon und Mike sitzen bei ihrem Tisch und unterhalten sich, Bianca ist sicherlich wieder beschäftigt. Ihr Blick fällt wieder zu dem Tisch von José.

Er ist voller, es haben sich mehr Männer eingefunden, doch trotzdem keine Spur von ihm. Etwas enttäuscht schnauft Janine leise auf. Während sie zu ihrem Tisch geht, erhascht sie einen Blick zu der Tanzfläche hier in dem Stockwerk und ihr Herz schlägt augenblicklich schneller. José sitzt auf einem der Sessel, etwas Bitteres steigt in ihr hoch, als sie sieht, dass er eine Frau auf seinem Schoß hat. Janine bleibt wie angewurzelt stehen. Sie sieht, wie die Frau sich an seinem Schoß reibt, ihr Gesicht ist an seinem Hals, sie streicht sich ihre dunklen Locken weg und José lacht, vielleicht über die Worte, die sie ihm zugeflüstert hat. Janine muss sich zwingen den Blick abzuwenden und sich ruhig zu Shannon und Mike zu setzen.

»Oh nein, ich wollte gerade zu euch auf die Tanzfläche kommen.« Shannon sieht sie enttäuscht an. Janines Rücken brennt bei dem Gedanken, wer sich dahinter amüsiert. Sie nimmt einen großen Schluck Cola und Shannon an die Hand. »Dann los, das ist ein Club, wir sind hier um zu tanzen und uns zu amüsieren.« Mike sieht sie verwundert an, sagt aber nichts, als sie mit Shannon nach unten gehen. Janine tanzt sich die Gedanken vom Leib, es ist ihr egal, wer sie antanzt, sie und Shannon amüsieren sich und sie vertreibt José ein für alle Mal aus ihrem Kopf. Sie kennt solche Männer, es war es nicht wert sich so viele Gedanken zu machen, das weiß sie jetzt wenigstens. Es trifft sie, doch sie verdrängt es, so ist es besser.

Als sie dann in den VIP-Bereich kommen, ist José weder am Tisch noch an der Tanzfläche, garantiert hat er gerade viel Spaß. Bianca will gehen, auch Janine hat genug und so verlassen sie alle zusammen den VIP-Bereich über die Treppe, genau in dem Moment, wo José mit einem anderen Mann hochkommt. Janine zwingt sich extra wegzusehen, sie beachtet ihn nicht, bis er sie am Arm festhält. »Janine.«

Sie wäre am liebsten einfach weitergegangen, doch er hält stur ihren Arm fest. Also wendet sie sich zu ihm um und bereut es gleich. Seine dunklen Augen treffen auf ihre und wieder spürt sie ein Kribbeln im Bauch. Er trägt heute einen beigefarbenen Anzug und sieht einfach nur gut aus, zu gut, erinnert sie sich selbst wieder. »José.« Janine kann sich ein leichtes Nicken abringen, was dem Lächeln, was er ihr schenkt, nicht gerecht wird. »Seit wann bis du hier? Ich habe dich gar nicht gesehen.«

Wie auch mit der Frau auf seinem Schoß. »Ich bin schon länger hier, wir gehen gerade, ich habe dich gesehen.« Nun zieht er seine Augenbrauen etwas zusammen, wodurch sein Blick sofort etwas düster wirkt. »Wieso bist du nicht zu mir gekommen, wenn du mich gesehen hast?« Janine will nicht eingeschnappt oder zickig wirken, sie kennt ihn kaum, hat keinerlei Recht dazu, doch sie kann sich eine etwas schärfere Antwort nicht verkneifen.

»Ich wollte dich nicht stören, du sahst sehr beschäftigt aus. Wie gesagt, wir gehen ...« Er unterbricht sie, offensichtlich versteht er jetzt, wann sie ihn gesehen hat. »Das war doch nichts Wichtiges, du hättest ruhig zu mir kommen können. Ich habe dich letzte Woche schon gesucht, hat dir deine Freundin das nicht gesagt?« Janine versteht diesen Mann nicht. Noch immer hält er ihren Unterarm in seiner Hand. Sie blockieren hier die ganze Treppe, aber das scheint ihn nicht zu stören.

Janine macht ihren Arm los. »José, weshalb hätte ich zu dir kommen sollen, du hast mir doch beim letzten Mal ganz klar gemacht, dass ich nicht dazu gehöre ... nicht da rein passe, wie du es genannt hast, also wozu sollte ich dich stören, während jemand bei dir war, der vielleicht dahin passt?« Sie wollte es nicht, sie hätte sich zusammenreißen müssen, daran sind sicherlich auch die zwei Gläser Champagner Schuld. Auch wenn sie kein Recht dazu hat, es hat sie verletzt, aber das ist nicht Josés Schuld, er hat nichts getan. Sie war so dumm und hat sich mehr erhofft, hat es gewagt von einem Mann zu schwärmen, den sie nicht kennt. Man hat ihr angehört, dass seine Worte sie verletzt haben und das wollte sie nicht.

José sagt im ersten Moment nichts mehr. Er sieht ihr in die Augen. Als er dann etwas sagen will, erscheint Steven zwischen ihnen. Heute hat er darauf bestanden die Rechnung zu zahlen und war noch an der Bar, jetzt legt er den Arm um Janine. »Alles okay?« Hatte Janine gerade noch gedacht, José guckt düster, so kann sie nicht beschreiben, wie sich sein Blick jetzt anfühlt, den er auf Steven und sie wirft. Sie sollten gehen. Es ist alles daneben gelaufen, manches soll einfach nicht sein. Auch Steven sieht sauer auf José und Janine zieht ihn mit die Treppe hinunter. »Ja, alles in Ordnung, wir gehen.« Ohne sich noch einmal umzudrehen gehen sie auf den Parkplatz. Steven will wissen, wer der Mann war, Shannon grinst vor sich hin, doch Janine steigt ins Auto und will nur noch weg. »Vergiss es, es ist nicht wichtig!«

Das sagt sie sich selbst auch und beschließt, José nun endgültig aus ihren Gedanken zu verbannen.

Kapitel 6

Natürlich klappt das nicht, den Sonntag und auch den Montag über beherrscht er ihre Gedanken, es war nicht richtig so zu reagieren. Er war nett zu ihr, auch auf der Treppe wollte er sicherlich nur Hallo sagen und sie zickt ihn so an. Es ist sehr wahrscheinlich, dass er sie jetzt für komplett geistesgestört hält, aber auch das ist sie ja gewöhnt, es gibt selten jemanden, der sie für normal hält. Seine Worte haben sie getroffen, vielleicht aus dem Grund, weil sie nie irgendwo dazugehört hat, selbst mit Shannon und den anderen fühlt sie sich immer etwas außenstehend.

Sie mag sie alle, abgesehen von Bianca, doch auch sie haben schon mitbekommen, dass Janine anders ist. Die ganze Mittagspause am Montag hat sie schweigend an einem Fenster verbracht und hinausgeschaut. Ihre Gedanken waren überall, aber nicht im Hier und Jetzt. Diese Aussetzer hatte sie früher öfter, sie hatte gehofft es sein lassen zu können, doch es geht nicht. Keiner von ihnen hat etwas gesagt, im Gegenteil. Shannon hat sie, als sie später wieder aufeinandergetroffen sind, angelächelt und gefragt, ob sie wieder da ist.

Keiner hat es negativ aufgefasst, aber das werden sie irgendwann. Janine kennt den Ablauf, und mit seinen Worten hat José ihr das vor den Knopf geknallt. Sie vermisst Maribel so sehr, es reicht ihr nicht, nur in Gedanken mit ihr sprechen zu können, und den restlichen Montag verbringt sie niedergeschlagen zuhause. Dienstag nimmt sie sich dann aber felsenfest vor, dass alles anders wird, sie zieht eine kurze Shorts und eine weiße Bluse an, die Maribel ihr geschenkt hat. Mit offenen Haaren und aufgesetztem Lachen verbringt sie den Tag, und wenn ihre Gedanken einmal in die Richtung José zu wandern drohten, versetzte sie sich selbst einen gedanklichen Arschtritt.

Nach der Schule, als sie mit Shannon und Tristan auf den Parkplatz geht, die anderen haben noch weiter Unterricht, sieht sie, dass all ihre Bemühungen vollkommen umsonst waren. Mitten auf dem Parkplatz steht ein silberner Mercedes, der von vielen Jungs bestaunt wird und daran gelehnt steht José.

»Janine hat Besuch ...« Shannon trällert leise vor sich hin, Janine bleibt einen Moment stehen und kann nicht glauben, dass er wirklich da ist. Ist er ihretwegen hier?

Unsicher sieht sie zu ihm, er trägt eine helle Jeans und ein schwarzes Shirt. Als dann seine Augen zu ihr blicken, kommt er ihr entgegen. Offenbar will er wirklich zu ihr. Sie hört Shannon mit Tristan schimpfen, weil der bei Janine bleiben und lauschen will, doch die Engländerin schafft es ihn wegzuziehen, bis José bei ihr ist. Janine hat sich keinen Millimeter bewegt, seit sie ihn erblickt hat, sie kann nicht glauben, dass er wirklich da ist. »Hi.« Janine kommt aus ihrer Starre. »Hi, was machst du hier?« José lächelt nicht, etwas in seinem Blick ist entschuldigend. »Ich wollte das nochmal klären wegen Samstag, es ist mir seitdem nicht mehr aus dem Kopf gegangen. Ich habe das nicht so gemeint, du hast mich falsch verstanden.«

Während er nach Worten sucht, hat sie noch nicht begriffen, dass er wirklich da ist. »Woher weißt du, dass ich hier auf der Uni bin?« Sie gehen zusammen zu seinem Auto zurück. »Das war nicht schwer, es gibt hier in der Nähe nur zwei Unis. Gestern war ich auf der einen und heute hier.« Dieses Geständnis lässt Janines Herz schneller schlagen. »Das war … ich meine, du hättest dir die Mühe nicht machen müssen, ich habe auch etwas überreagiert, tut mir leid, ich war etwas gereizt am Samstag.« Etwas ist die Untertreibung des Jahrhunderts, aber das muss er nicht wissen.

»Nein, du hast mich einfach falsch verstanden und ich will dir erklären was ich meinte, hast du Zeit?« Janine sieht zu Shannon und Tristan, die schon an den Autos stehen, Janine ist heute gelaufen, und als Shannon den Daumen hebt und selig grinst, muss auch sie lächeln. »Ja, ich habe Zeit.«

José hält ihr die Beifahrertür auf und Janine lässt sich ins gemütliche Leder fallen. Wie viele Autos hat der Mann? Als er einsteigt, lässt er gleich den Motor an und fährt vom Parkplatz, wobei er das Radio leiser stellt. Janine bemerkt sofort die Blicke der anderen und fühlt sich gut. Ja, sie, die Normale, fährt mit so einem Traummann weg, am liebsten würde sie einigen die Zunge herausstrecken, doch sie kann sich gerade noch beherrschen.

Als sie aus dem Uniparkplatz herausfahren, klingelt Josés Handy. Er spricht kurz und abgehackt, er wirkt etwas genervt, sagt der Person am Telefon dann aber, dass er in einer Stunde da sein wird. Als er auflegt, wendet er sich an sie. »Es ist doch noch etwas dazwischengekommen, ich muss gleich los, aber wegen Samstag noch einmal, ich wollte wirklich nicht, dass du es in den falschen Hals bekommst.«

Janine ist enttäuscht, hört ihm aber weiter zu. »Diese Feier, auf der du warst, bist du auf solchen schon öfter gewesen?« Janine schüttelt den Kopf. »Ich war hier in Puerto Rico erst in einem Club und jetzt im B.B., das war die erste Privatparty, auf der ich war. Was ist denn so schlimm an den Feiern?« Er hält an der Stelle, wo er sie mit seinem Bruder schon herausgelassen hatte und wendet sich zu ihr um. Hier im Auto wirkt alles von ihm so viel intensiver. Sein Duft, seine Augen, seine Nähe.

»Sie sind nicht schlimm, aber auf diesen Feiern werden nur Frauen eingeladen, mit denen man schnellen Spaß hat. Als ich dich da gesehen habe, hatte ich nicht das Gefühl, dass du diese Art von Frau bist, deswegen habe ich gesagt, dass du da nicht hingehörst. Das war nicht böse gemeint, im Gegenteil.« Janine versteht langsam. »Deswegen war es für die Männer da so selbstverständlich, sich neben mich zu setzen und zu erwarten, dass ich nett zu ihnen bin.«

José nickt. »Man nimmt sich die Frau, die man haben will und hat Spaß, ich denke immer noch nicht, dass du dahin gehörst.« Nun lächelt Janine über seine charmante Art. »Nein, da hast du recht, sind diese Frauen alle Prostituierte?« Sie sollte Bianca sagen, dass sie sich auch von solchen Feiern fernhalten soll. »Nein, es sind keine Prostituierten, es ist im Grunde ja auch nichts Schlimmes, sie wollen ihren Spaß und die Männer auch, alles andere ergibt sich dann. Für jemanden, der aber nicht so denkt, ist es sicherlich nicht der richtige Ort. Ich meine, ich kenne dich nicht, vielleicht täusche ich mich auch, aber mein Bauchgefühl hat mir einfach gesagt, dass du da fehl am Platz bist, und ich höre auf mein Bauchgefühl.«

Er schlägt sich leicht auf seinen sicherlich gut durchtrainierten Bauch und grinst sie frech an. »Danke, dass du es mir erklärt hast, aber wieso bist du dann auf solch einer Party?« Janine legt den Kopf leicht schief und sieht ihn abwartend an. Nun grinst er nicht mehr. »Ich habe keine feste Freundin und ein Freund hatte Geburtstag, aber wie du gesehen hast, bin ich ja auch gleich wieder abgehauen.« Das bringt ihn dazu auf die Uhr zu sehen. »Bist du also noch sauer wegen dem, was ich gesagt habe?«

»Nein, ich verstehe es jetzt.« José sieht ihr in die Augen. »Deine Augen erinnern mich an das Meer.« Sie senkt etwas verlegen den Blick. »Bist du am Wochenende im B.B.?« Janine wird dafür sorgen. »Bestimmt, aber ich weiß noch nicht wann.« José holt sein Handy heraus und gibt Janine seine Nummer, während er ihre einspeichert. »Sag mir Bescheid, wann du da bist, ok?« Janine will die Tür öffnen, doch wendet sich noch einmal um. »Aber wenn du wieder so beschäftigt wie am Samstag bist, werde ich dich sicherlich wieder nicht stören wollen.«

José versteht den Seitenhieb. »Das bedeutet mir nichts, nimm so etwas nicht ernst. Aber ich werde dann dafür sorgen, dass ich nicht beschäftigt bin.« Janine lächelt und weiß, dass sie mutiger sein muss. Sie nimmt all ihren Mut zusammen und beugt sich zu ihm hinüber, um ihm einen Kuss auf die Wange zu geben. »Danke, dass du dir die Mühe gemacht hast und es mir erklärt hast.« Sie zieht sich zurück und trifft auf seinen dunklen Blick. »Kein Problem, wir sehen uns am Wochenende. Und melde dich, wenn du weißt, wann du kommst.«

Als Janine dieses Mal durch die Haustür kommt und sich, nachdem sie sie geschlossen hat, dagegen lehnt, spürt sie keine Enttäuschung, sie lächelt in sich hinein, da piepst ihr Handy. 'Tut mir leid, dass ich gleich los musste, wir holen das am Wochenende nach.' Janine grinst das Handy an. 'Kein Problem, ich habe mich sehr gefreut, dass du gekommen bist.' Gerade als sie die Nachricht abschickt, kommt ihre Mutter die Treppen herunter, um zur Nachmittagssprechstunde in ihre Praxis zu gehen. Sie fragt verwundert, wie Janines Tag war und sieht ihre strahlende Tochter an. »Wunderschön, unerwartet schön.« Mit den Worten gibt sie ihrer Mutter einen Kuss und eilt nach oben, um Shannon anzurufen und sich gedanklich mit Maribel auszutauschen.

Janine kann das Wochenende nicht abwarten. José meldet sich nicht mehr und jeden Tag versucht sie aus seinem Verhalten schlau zu werden. Hat er Interesse an ihr? Wieso hätte er extra zur Uni kommen sollen, wenn es nicht so ist und wieso sollte er sie sonst wiedersehen wollen? Sie hofft es, doch er meldet sich nicht, obwohl er ihre Nummer hat. Auch wenn er sehr nett und charmant zu ihr ist, es hat immer etwas Kaltes und Abweisendes an sich.

Sie hat ja selbst gesehen, dass er anders sein kann. Dass er nicht einfach nur schüchtern ist, hat sie im B.B. selbst gesehen, sie wird nicht schlau aus ihm. Shannon hat ihr mittlerweile verboten, sich weiter Gedanken darum zu machen, Janine hat sie sicherlich in den Wahnsinn getrieben. Ihre neue Freundin rät ihr, einfach abzuwarten, was sich ergibt und wie es am Wochenende sein wird.

Natürlich haben alle mitbekommen, dass José vor der Uni war, Steven hat nichts gesagt, aber Janine spürt, dass er sauer ist. Es fühlt sich merkwürdig an, sie mag ihn und will ihn nicht verletzen, aber mehr als Freundschaft ist da nicht und sie bemüht sich, ihm das auch noch deutlicher zu zeigen. Als

Shannon und sie dann aber besprechen, Freitag ins B.B. zu gehen, wollen sich Tristan, Mike, Bianca und Steven natürlich anschließen. Janine kann nur hoffen, dass Steven sich zurückhält.

Donnerstag Abend schreibt sie José dann, dass sie am Freitag ins B.B. kommt, sie wartet die halbe Nacht auf eine Rückantwort und schläft schließlich ein. Am nächsten Morgen entdeckt sie die Nachricht, die erst gegen vier Uhr Morgens eingegangen ist. 'Ich habe Freitag ein paar Sachen zu erledigen, komme dann aber später auch ins B.B.' Janine versucht krampfhaft diese Nachricht nicht zu analysieren und zwingt sich endlich etwas entspannter zu werden. Sie erkennt sich selbst nicht wieder, noch nie hat sie sich so viele Gedanken um jemanden gemacht, den sie noch nicht einmal richtig kennt. Allerdings hat sie davor auch noch nie jemanden wie José getroffen, der ihr von Anfang an so gut gefallen hat.

Freitag Abend steht sie unschlüssig vor dem Spiegel, als Shannon sie abholt. Sie hat sich gefühlte 100 Mal umgezogen und ist dann bei einem einfachen schwarzen Kleid geblieben, dessen Taille mit Pailletten bestickt ist. Ihre Haare hat sie offen und geschminkt ist sie auch nicht sonderlich stark. Es ist anstrengend, nicht zu zurechtgemacht zu wirken und dabei Stunden zu brauchen, es so hinzubekommen. »Du siehst toll aus und jetzt komm!« Shannon steht plötzlich hinter ihr und zieht sie mit nach draußen, ihre Mutter muss sie hineingelassen haben und diese verabschiedet sich lachend.

»Viel Spaß und sag dem unbekannten Mann vielen Dank, dass er meine Tochter wieder lächeln lässt.«

Janine redet sich immer wieder ein ruhig zu bleiben. Sie atmet tief durch, als sie in den VIP-Bereich treten und zu Tristan, Steven und Mike stoßen. Ein Blick zu dem Tisch, an dem José bisher immer gesessen hat und sie registriert, dass er noch nicht da ist, was sie durchatmen lässt. Sie muss sich entspannen, Bianca kommt und ordert mehrere Flaschen Champagner. Sie hat offenbar vor zu feiern, auf ihre eigene Art.

Janine bleibt an ihrem Tisch sitzen, es kommen hin und wieder Männer und setzen sich um den Tisch herum, aber kein José. Ihr Blick fällt immer wieder auf ihr Handy, doch auch keine Nachricht kommt an. »Na los, krieg deinen Kopf frei, lass uns tanzen.« Janine würde lieber darauf verzichten, lässt sich aber von Shannon mitziehen. Dieses Mal klappt es aber nicht wirklich, sich von der Musik in den Bann ziehen zu lassen, und sie geht nach zwei Liedern schon wieder in den VIP-Bereich zurück.

In der Zeit hat sich einiges getan, der Tisch von José ist voll, nun sitzen da auch Frauen und Janine erkennt ihn sofort. Er steht noch, ist vielleicht gerade erst herein, dreht sich in dem Moment um und entdeckt sie und Mike die Treppe hochkommen. Alle Anspannung und Aufregung fällt von Janine ab, als sich ein Lächeln auf seinem Gesicht bildet und er ihr entgegenkommt. Mike stößt sie leicht mit dem Ellbogen in die Seite und grinst, bevor er sich an ihren Tisch zurückzieht.

»Hey, es hat etwas länger gedauert.« José gibt ihr einen Kuss auf die Wange, so wie sie ihn beim letzten Mal verabschiedet hat. Janine will etwas erwidern, doch erst, wo er jetzt so nah bei ihr steht, sieht sie, dass er eine Verletzung an seiner Augenbraue hat. Eine Platzwunde, die er schon seit gestern oder vorgestern haben muss. Und die etwas dunkleren Ringe unter seinen Augen verraten, dass etwas passiert sein muss. Er trägt eine Jeans und einen V-Ausschnittpullover und wirkt in seiner ganzen Haltung angespannter als sonst. »Was ist passiert?« Janine zeigt auf seine Wunde und José fasst dahin. »Berufsrisiko, das gehört dazu.«

»José, Lanco behauptet, er hätte sich um den Cousin gekümmert.« Sie werden von dem Tisch gerufen, an denen nun so viele sitzen. Janine ist es unangenehm, als José mit ihr dahin geht, sie versteht zwar nicht, worüber die Männer reden, doch sie merkt, dass sie sich gegenseitig aufziehen. Nun blicken alle zu ihnen und Janine würde sich am liebsten ein kleines Loch graben und sich darin verstecken. Doch dann legt José seine Hand an ihren Rücken und stellt die vielen Männer namentlich vor. Sie kann sich gar nicht alles merken, so viele sind es, nur als er seine Brüder Nando und Gabriel erwähnt, sieht sie genauer hin.

Nando sieht auch etwas älter als José aus und man erkennt sofort, dass sie Brüder sind, während Gabriel mit seinen hellen Haaren und dem typischen Surferaussehen auf den ersten Blick gar nicht dazu passt, nur wenn man ihm ganz genau ins Gesicht sieht, erkennt man die gleichen Gesichtszüge wie bei den anderen beiden. Janine nickt allen zu, ihr fällt genau in dem Moment auf, dass er ihr die Frauen nicht vorgestellt hat, als eine Frau von hinten zum Tisch kommt und José einen Kuss auf die Wange gibt.

Danach gibt sie Janine die Hand und lächelt sie freundlich an. »Und ich bin seine zukünftige Schwägerin Lina, lass dich nicht von den Kerlen hier beeindrucken, sie wirken so hart, sind aber alles liebe Kuschelbären.« Mit einem Augenzwinkern nimmt die hübsche Dunkelhaarige Janine die letzte Verkrampftheit und lässt sich unter dem Gemurmel der Männer auf den

Schoß von Nando plumpsen. »Du ruinierst unseren Ruf, liebe Schwägerin.«
Gabriel zwickt Lina in den Arm und bekommt daraufhin einen leichten
Schlag von Nando, was nun auch Janine lächeln lässt.

»Komm, wir lassen die Verrückten mal alleine.« José führt Janine zur Bar.
Sie ist ihm dankbar dafür, er muss gespürt haben, dass die Situation unangenehm für sie war. Als sie alleine an der Bar sitzen, atmet sie tief durch,
und nachdem er Getränke beim Barkeeper, der ihn offensichtlich gut kennt,
bestellt hat, sind sie endlich etwas ungestört. »Du arbeitest anscheinend
sehr viel.« Es ist eine Feststellung, zu der sie ihn gar nicht so lange kennen
muss. José nimmt einen Schluck von seinem Getränk. »Um ehrlich zu sein,
es gibt bei uns keine festen Arbeitszeiten, wir arbeiten eigentlich immer,
manchmal gibt es viel zu tun, manchmal weniger.« Er sieht sie interessiert
an. »Was studierst du genau?«

Janine räuspert sich, kaum einer versteht, warum sie Geschichte studiert.
»Geschichte.« Sie muss lachen, als er seine Stirn in Falten legt, sie ist diese
Reaktion gewohnt.

»Es gibt ein Sprichwort, das Vergangene ist geschrieben und man soll es
ruhen lassen … oder so ähnlich.« Nun muss sie noch mehr lachen. »Es fasziniert mich, ich bin mir auch absolut sicher, dass es noch so viel zu entdecken gibt, dass es Teile der Vergangenheit gibt, die wir noch nicht vollstän-
dig begreifen oder ganz falsch interpretieren. Es ist nur ein Teil davon, die
Geschichte zu studieren, sich die dazugehörigen Werke und Bauten anzuse-
hen, alte Dokumente aufzuarbeiten, all das gehört dazu.«

»Bist du schon viel herumgekommen?« Janine nickt. »Ich war in Italien,
Ägypten, Australien, meine Eltern haben meine Schulferien immer genutzt,
um mich in meinem Interesse für Geschichte zu unterstützen. Es ist nicht
wirklich so, dass ich eine bestimmte Zeit interessant finde. Es ist eher so,
dass ich mir die Gebäude oder die Statuen ansehe und die Geschichte dazu
kennen will und forsche, bis ich mein eigenes Bild dazu habe.«

Janine muss sich selbst stoppen, sie gerät wieder in ihre eigene Welt, doch
José hört ihr interessiert zu, auch wenn immer wieder jemand vorbei-
kommt, ihm auf die Schulter klopft oder ihn sonst wie begrüßt. »Interessie-
ren dich nur Gebäude und Statuen oder auch die Geschichten der Menschen?« Janine bemerkt, dass sie auch einige böse Blicke der Frauen auf
sich zieht, weil sie hier mit José sitzt. »Besonders die. Die Geschichte eines
Menschen hat ihn zu dem gemacht, was er jetzt ist.« Er stimmt ihr zu und
fragt sie gleich zu ihrer Geschichte aus. Man spürt, dass sie beide neugierig

aufeinander sind. Sie erzählt von ihren Eltern, was sie hier arbeiten und erfährt, dass Josés Eltern bei einem Verkehrsunfall ums Leben gekommen sind.

Es ist unglaublich, wie schnell die Zeit mit José vergeht, es kommt ihr vor, als würden sie erst seit zehn Minuten zusammen sitzen, dabei sind schon fast zwei Stunden vergangen, als plötzlich die Brüder neben ihnen stehen und Bescheid geben, dass sie langsam gehen. Auch Lina ist dabei und lächelt Janine freundlich an. José sieht sie fragend an. »Bleibst du noch oder soll ich dich nach Hause bringen?« Es ist bereits nach drei Uhr morgens, doch die anderen sind noch tanzen. Ihr Tisch ist leer. »Wenn es dir keine Umstände macht, ich sage nur schnell Bescheid.«

José fragt gar nicht nach einer Rechnung sondern legt einen 100-Dollar-Schein auf den Tresen. Sie haben vier Getränke bestellt, seine Geschäfte müssen sehr gut laufen. Sie hat keine Hoffnungen Shannon zu finden und schreibt ihr eine Nachricht, dass sie schon losgeht und gefahren wird, sofort kommt auch ein OK und ein Smiley zurück, aber als sie neben José die Treppe hinuntergeht, laufen sie direkt in Steven hinein.

»Wohin?« Janine hört sofort, dass er sauer ist. »Ich gehe, viel Spaß euch noch, Shannon weiß schon Bescheid.« Steven wirft José einen abschätzenden Blick zu. »Ich bringe dich, warte ich hole nur meine Jacke.« Janine will gerade etwas sagen, da antwortet José schon. Erst jetzt sieht sie ihn an und bemerkt, dass auch er sauer ist. »Ich bringe sie nach Hause!« Für einen Augenblick ist er nicht mehr der charmante Mann, mit dem sie sich die letzten Stunden unterhalten hat, seine Augen und die Art wie er gesprochen hat bereiten Janine eine Gänsehaut.

Steven geht auch einen Schritt zurück, doch will er noch einmal ansetzen etwas zu sagen, aber bevor die Situation eskaliert, greift Janine ein. »Schon gut Steven, ich fahre mit ihm, aber danke für das Angebot, amüsiere dich noch, wir sehen uns Montag.« Janine lächelt, geht dann aber weiter die Treppe hinab. José bleibt zum Glück neben ihr, ohne dass weiterer Streit entsteht. Sie hat die Worte ernst gemeint und hofft, dass Steven das verstanden hat. Sie mag ihn, sie will keinen Streit, er soll sich einfach amüsieren und sie nur als Freundin sehen.

José sagt nichts mehr, die anderen Männer und Lina verabschieden sich und sie fahren alleine in seinem Auto in ihre Richtung. »Weiß der Typ, dass er nur ein Freund für dich ist?« Sie blickt aus dem Fenster, sie spürt, dass José noch etwas aufgebracht ist. »Ja, ich versuche es ihm zumindest zu zeigen, dass da nie mehr sein wird. Eigentlich ist er auch nicht so wie gerade eben, er ist ein sehr netter.« Sie sieht ihn an und dann lächelt er. Es bilden sich wieder diese Grübchen auf seinen Wangen. In dem Moment weiß Janine, dass sie gerade dabei ist, sich Hals über Kopf in ihn zu verlieben.

»Du solltest es ihm vielleicht noch einmal klarer machen, ich weiß nicht, ob ich noch einmal so ruhig reagieren kann, wenn er sich so vor mich stellt.« Janine sieht ihn gespielt erschrocken an, sie haben den selben Humor. »Das war ruhig?« Sie muss lachen. »Also wenn du da noch ruhig warst, will ich lieber nicht dabei sein, wenn du mal wirklich wütend wirst.« José lacht und fährt in ihre Straße, dieses Mal dirigiert sie ihn bis vor ihre Haustür. »Heißt das, du vertraust mir jetzt etwas mehr?« Er zeigt auf das Haus und sie muss lächeln.

»Hör mal, wo du mir vorhin von deiner Vorliebe für Geschichte erzählt hast, warst du schon bei der alten Festung von San Juan? Das musst du wirklich gesehen haben.« Janine schüttelt den Kopf, sie hat sich Puerto Rico wirklich noch nicht viel angesehen. »Nein, ich wollte mir das aber unbedingt noch ansehen.«

»Ich muss am Montag etwas in San Juan erledigen, wenn du Lust hast, kannst du mitkommen und wir gehen danach dorthin, ich war auch schon ewig nicht mehr da.« Janines Herz schlägt schneller, sie werden sich wiedersehen. »Gerne, ich habe Montag nur bis um elf Uni, den Rest des Tages habe ich frei.« Sie hätte nachmittags noch einen Kurs, aber den kann sie ja einmal ausfallen lassen, immerhin tut sie damit auch etwas für ihr Studium. »Okay, dann hole ich dich ab.«

José steigt aus und bringt sie bis zur Haustür, vor der er ihr wieder einen Kuss auf die Wange gibt und geht. Als Janine kurze Zeit später im Bett liegt, denkt sie glücklich über den Abend nach. Zugegeben, er ist kein Mann, der einen überrumpelt, der ihr schnell zeigt, wie seine Gefühle sind. Es ist, als würde eine Mauer um ihn herum sein, aber genau das schätzt sie auch an ihm.

Sie verbringt ihre Zeit gerne mit José, die Schmetterlinge die zwar schon in ihrem Bauch waren, sich aber noch nicht gerührt haben, fangen langsam an mit ihren Flügeln zu schlagen und Janine schläft glücklich ein.

Kapitel 7

»Du kennst den Kerl doch kaum.« Janine verdreht die Augen und beißt von ihrem Apfel ab. Den ganzen Montagmorgen versucht Steven Janine einzureden, dass sie die Sache mit José sein lassen soll. »So ist das doch immer Steven, was soll der Blödsinn, man muss einen Menschen immer zuerst kennenlernen. Uns kennt sie doch auch noch nicht so lange.« Shannon mischt sich ein und Janine steht auf, um zu ihrem letzten Unterricht zu gehen. »Shannon hat recht, es ist nett, dass du dir Sorgen machst Steven, aber das brauchst du nicht.«

»Ich habe bei dem Kerl kein gutes Gefühl.« Janine ignoriert seine letzte Bemerkung und geht mit Tristan in den Unterricht. Sie freut sich auf den Tag mit José heute und vergisst die warnenden Worte von Steven, zumindest scheint er verstanden zu haben, dass Janine nichts weiter als Freundschaft von ihm möchte. Auch wenn sie sich nun die blöden Kommentare zu José anhören muss, ist das immer noch besser, als wenn er sich noch Hoffnungen machen würde.

Sobald der Unterricht vorbei ist, geht sie schnell auf den Parkplatz. Janine trägt nur eine kurze Jeansshorts und ein schwarzes Shirt, dazu schwarze Ballerinas und ihre Tasche. José steht entspannt an seinem Auto, er trägt eine schwarze Sportshorts und ein graues T-Shirt, zudem hat er ein Käppi auf und lächelt ihr entgegen. Die Schmetterlinge fangen an zu fliegen, als sie freudig auf ihn zugeht und ihm einen Kuss auf die Wange gibt. Dieses Mal ist alles schon viel vertrauter, José legt seine Hände auf ihre Hüften und sieht ihr in die Augen. »Uni überstanden?« Janine nickt. »Gerade so.« José hält ihr die Tür auf und sie steigt in den schwarzen Maybach. »Dann lass uns losfahren.«

Janine war erst ein einziges Mal in San Juan, es ist ungefähr eine Autostunde entfernt. José fragt sie aus, ob Steven noch etwas zu ihr gesagt hat. Janine will ehrlich zu ihm sein, von Anfang an. Also erzählt sie, er hätte nun kapiert, dass da nichts passieren wird zwischen ihnen, er aber offen seine Bedenken äußert, da sie José ja noch nicht lange kennt. Er lacht nur leise darüber und murmelt, dass Steven ihn langsam wirklich nervt. Janine will die Stimmung nicht verderben und lenkt ihn ab. Sie fragt ihn über Frauen aus, ob er schon viele Beziehungen hatte.

»Es kommt drauf an, was du unter einer Beziehung verstehst. Wenn es darum geht, eine Frau eine Zeitlang öfter gesehen zu haben, ja, da gab es schon einige. Aber es hat nie lange gehalten, ein paar Wochen höchstens.« Janine sieht ihn von der Seite an. »Woran liegt es, war noch nicht die Richtige dabei?« José sieht weiter auf die Straße und zuckt die Schultern. »Ich weiß es nicht, vielleicht glaube ich nicht daran, an die große Liebe und all das Drumherum.«

Die Antwort war ehrlich und dämpft Janines Schmetterlingsschwarm im Bauch etwas. Als er sie dazu fragt, erzählt sie ihm etwas von Yannik und dass danach auch nicht mehr wirklich etwas gewesen ist. »Hat er dich so sehr verletzt?« Sie weiß nicht, warum es danach niemand mehr wirklich in ihr Herz geschafft hat. »Damals hat es mir sehr wehgetan.« Sie fahren in San Juan rein und Janine betrachtet fasziniert die engen Straßen und bunten Häuser. Als sie vor einem Café halten, bittet José sie im Wagen zu warten, er muss kurz etwas erledigen.

Er holt eine schwarze Sporttasche aus dem Kofferraum und geht in das Café. Janine holt ihr Handy heraus und schreibt ihrer Mutter, sie muss etwas zu tun haben, sie darf sich nicht wieder so viele Gedanken machen. Es ist eine Angewohnheit von ihr, alles Gesagte, jede Geste des Anderen analysieren zu wollen, sich stundenlang den Kopf zu zerbrechen, doch sie nimmt sich Shannons Worte zu Herzen und versucht es dieses Mal nicht zu tun und einfach alles auf sich zukommen zu lassen.

Sie sieht sich alte Bilder von Maribel an. Wie gern sie jetzt mit ihrer besten Freundin reden würde, sie wüsste so gerne, was sie von José gehalten hätte, wahrscheinlich käme ein Spruch wie 'er ist heiß, egal was er will, lass dir das nicht entgehen!' Ein Lächeln schleicht sich auf ihr Gesicht bei den Erinnerungen an sie. Sie fehlt.

Es sind nicht einmal fünf Minuten vergangen, da kommt José wieder aus dem Laden, mit einer etwas kleineren und blauen Sporttasche. Er tut diese auch wieder in den Kofferraum und setzt sich dann neben sie. »Wie sieht es aus, hast du Hunger? Wollen wir erst einmal essen, bevor wir etwas für dein Studium tun?« Janine hat wirklich Hunger und sie fahren einige Straßen weiter. José kennt sich hier gut aus und führt sie in das angeblich beste Restaurant San Juans. Es sieht von draußen aus wie eine Bruchbude, aber Janine vertraut lachend auf sein Urteil.

Als sie aus dem Auto steigen und zum Restaurant gehen, legt José Janine den Arm um die Schulter. Es ist nur eine kleine Geste, doch sie spürt sie in ihrem ganzen Körper. Sie genießt den engen Kontakt und führt ihre Hand an seine Hand, die über ihrer Schulter liegt. »Deine Hände sind fast doppelt so groß wie meine.« Er hat große, breite Hände, ihre wirken dagegen schmal und fein. Dazu kommt noch der Kontrast ihrer Hautfarben. José sieht auf ihre Hände und umfasst mit seiner Hand ihre. »Sie sind dafür gemacht deine zu beschützen.« Er hält ihr die Tür zum Restaurant auf und grinst sie frech an.

Janine wäre von allein niemals in diesen Laden gegangen. Es sieht von außen und auch von innen sehr einfach eingerichtet aus, doch als der Besitzer ihnen einige Teller mit verschiedenen Gerichten serviert und Janine probiert, kommt sie aus dem Schwärmen nicht mehr heraus. »Es ist köstlich, ich muss unbedingt meine Mutter einmal hierherbringen, sie liebt diese Tintenfischringe.« José überredet sie alles zu probieren und als sie den Laden verlassen, ist Janine mehr als satt.

Sie fahren danach an die Küste und laufen zu der bekannten Festung, die Janine schon so oft auf Bildern gesehen hat, aber bisher noch nie da war. Es ist beeindruckend. Sie sehen sich die alten Gemäuer an und Janine ist vollauf begeistert. »Die Festung ist aus dem 16. Jahrhundert und wurde nach dem spanischen König Phillip II. benannt, El Casto San Felipe. Sie war dazu da, den Hafen zu bewachen und alle ankommenden Schiffe zu bemerken.« Janine will mit den Touristenstrom mitlaufen, doch José, der wieder den Arm um sie gelegt hatte und bisher ziemlich stumm neben ihr hergelaufen ist, nimmt seinen Arm herunter und umfasst ihre Hand mit seiner.

»Das war jetzt genug des Touristenwissens, nun zeig ich dir die puertoricanische Sicht.« Janine muss lachen, als er sie über einige Steine zu einer alten Treppe führt. Nun sind sie ganz allein und Janine sieht sich unsicher um. »Das ist bestimmt verboten, meinst du nicht, wir sollten ...« José hilft ihr die Treppe hochzuklettern, da diese kaum noch betretbar ist. »Die besten Dinge sind verboten!« Oben angekommen, befinden sie sich auf einer kleinen Steinplattform mit Wiese vor der Festung, sie sehen direkt auf das Meer. Eine Familie sitzt auf der Wiese und picknickt, von hier aus hat man den besten Blick auf die Festung und direkt auf das Meer. »So sehen wir hier El Morro, wie wir es nennen.« Er zwinkert ihr zu und führt sie an den Rand der Klippen.

Es ist schön und gruselig zugleich, die Klippen sind sehr hoch. José setzt sich hin und lässt die Beine herabbaumeln, das Meer peitscht mit hohen

Wellen daran und Janine kann nicht nach unten schauen, als sie sich neben ihn setzt. Sie sieht auf das endlose Meer. »Warst du schon oft hier?« José sieht ebenfalls auf das Meer, er zieht nachdenklich die Stirn zusammen. »Ja, früher ein paar Mal, als wir alle noch kleiner waren, mit meinen Eltern zusammen haben wir hier auch manchmal den Nachmittag verbracht. Meine Mutter hat diesen Ort geliebt, jede Frau in Puerto Rico liebt diesen Ort, man sagt, es sind die Felsen der Sehnsucht.« Er lacht kurz bitter auf, doch Janines Neugier ist schon längst geweckt.

José hat sie bisher meistens lächelnd erlebt, manchmal ernst, einmal sauer, aber bisher hat sie noch nie diese nachdenkliche traurige Seite an ihm gesehen. Janine legt ihren Kopf an seine Schulter und als wäre es selbstverständlich, legt er seinen Arm um sie. »Erzähl mir davon, wieso nennt man sie die Felsen der Sehnsucht?« Auch wenn sie beide auf das Meer schauen, kann sie sein Lächeln an ihrem Kopf spüren. »So etwas kann man eben nicht in Geschichtsbüchern lernen, so etwas sind die Geschichten, die sich nur unter den Menschen erzählt werden, die hier leben.

Es heißt, dass ein Mädchen hier gelebt hat, Elisa, meine Mutter hat meine Schwester nach ihr benannt. Sie soll auf einem Markt einen Seemann aus England kennengelernt haben. Ihre Eltern durften davon nichts wissen, also haben sie sich immer hier getroffen. Er ist alle paar Monate wieder gekommen, jedes Mal hat sie hier auf den Felsen nach seinem Schiff Ausschau gehalten. Man sagt, sie hat ihn so sehr geliebt und ihre Sehnsucht war so groß, dass sie nie wieder einen anderen Mann angesehen hat. Sie hat immer auf das Schiff gewartet, egal wie viele Wochen es gedauert hat.

Das ging über mehrere Jahre so, er hat ihr bei einem seiner Besuche einen Heiratsantrag gemacht und wollte sie bald mit nach England nehmen, Elisa wusste nur noch nicht, wie sie das ihren Eltern erklären sollte. Als er abfuhr, wartete sie wieder wochenlang. Zu der Zeit, zu der er eigentlich langsam wieder anreisen wollte, war sie jeden Tag am Felsen, doch er kam nicht. Jeden Tag hat sie da gesessen, sie war schwanger von ihm und konnte es nicht erwarten es ihm zu sagen.

So saß sie auf den Felsen jeden Tag voller Sehnsucht und er kam nicht. Erst einige Wochen später hat sie zufällig einen anderen Mann getroffen, der mit ihm auf einem Schiff gearbeitet hat. Er erzählte ihr, dass ihr Schiff angegriffen worden ist und der Mann, auf den sie so lange gewartet hat, seit Wochen schon tot ist. Elisa soll daraufhin vor Sehnsucht verrückt geworden sein, sie hat sich mit dem Baby im Bauch hier von den Klippen gestürzt, um bei ihrem Seemann zu sein, für immer.«

Jetzt erst wendet sich José wieder zu Janine um, die schon lange den Kopf von seiner Schulter genommen hat und ihn fasziniert anstarrt. »Das ist ... oh mein Gott wie traurig, das ist ... ich finde keine Worte, das ist so schön und traurig zugleich. Wieso kannte ich diese Geschichte nicht, das lässt diesen ganzen Ort ganz anders erscheinen.« José lacht und steht auf, er hält ihr die Hand hin, sodass sie auch aufstehen kann. »Ihr Frauen steht echt auf solche Geschichten, meine Schwester hat früher immer Bilder von der Geschichte gemalt, sie konnte das stundenlang hören. Immer wenn wir hier waren, hat sie meine Mutter so lange genervt, bis sie ihr wieder die Geschichte erzählt hat. Irgendwann hat Gabriel ihr gedroht, er schmeißt sie über die Klippen hinterher, wenn sie noch einmal diese Geschichte hören will.«

Janine muss auch lachen. »Ihr seid fiese Brüder, aber ich verstehe wirklich nicht wie es kommt, dass ich noch nie etwas davon gehört habe. Ich dachte, ich wüsste alles von dem Ort.« José führt sie zu dem alten Friedhof, der gleich neben der Festung liegt und genauso bekannt ist wie sie. »Merk dir eins Janine, wenn du etwas über einen Ort oder einen Menschen wissen willst, fahre zu dem Ort und sprich dort mit den Menschen, dann erfährst du mehr, als du es in jedem Buch erfahren kannst.«

Janine stimmt ihm zu. Bevor sie auf den alten Friedhof gehen, bekreuzigt sich José. »Bist du gläubig?« Sie zuckt die Schultern. »Es geht, wir gehen hin und wieder zur Kirche, aber nicht so wirklich. Müssen wir hier auf den Friedhof?« Sie spürt, wie sich in ihr diese schreckliche Unruhe ausbreitet, wie sie sie auf der Beerdigung von Maribel verspürt hat, sobald sie zwischen den alten weißen Gräbern herumlaufen. »Ja, das ist auch ein Teil der Geschichte von El Morro, man muss hier eine Kerze für die Toten anzünden, ansonsten verfolgen dich ihre Seelen.« Er lächelt selbst über diesen Aberglauben. Als er in Janines Gesicht sieht, bleibt er stehen. »Alles okay?«

Janine geht weiter und sieht auf die schön gepflegten Gräber. »Man muss Friedhöfe nicht als etwas Schlechtes sehen, die Seelen leben weiter und der Tod gehört zum Leben.« José merkt, dass Janine unwohl ist und hält sie an der Hand fest. »Das ist es nicht, ich habe nur gerade den wichtigsten Menschen in meinem Leben verloren und bin hier glücklich mit dir, aber mein schlechtes Gewissen frisst mich auf. Jedes Mal wenn ich lache, fühle ich mich schuldig, weil Maribel es nicht mehr kann. Wie kann ich einfach so weiterleben, wenn sie nicht mehr da ist? Ich tue es einfach, aber habe immer ein Schuldgefühl in mir, weil ich es nicht gemerkt habe.«

Sie hätte sich zusammenreißen müssen, aber hier auf dem Friedhof platzen die Wunden auf, die noch gar keine Zeit hatten, richtig zu verheilen. Janine verdrängt all das, jeden Tag, doch hier geht es nicht mehr. Sie kämpft gegen die Tränen und Josés intensiver Blick auf ihr macht es auch nicht besser. »Komm her, von wem redest du?« Behutsam zieht er sie in seine Arme und umfasst sie. Janine will nicht weinen, doch sie genießt diese Umarmung und legt ihren Kopf an seine Brust. Dann kommt alles aus ihr heraus, sie erzählt José alles, wie nah Maribel ihr stand, von ihrem Umzug, von ihrem Versuch den Kontakt so zu halten, wie sie es gewohnt waren, von ihrem Tod, der Beerdigung und Janines komplettem Versagen als beste Freundin.

»Das tut mir leid, aber du darfst dir deswegen nicht die Schuld geben. Denkst du, deine Freundin hätte das gewollt? Wenn sie dich nur halb so gern hatte wie du sie, würde sie nicht wollen, dass du dir solche Vorwürfe machst.« Er legt seine Hand unter ihr Kinn und hebt ihr Gesicht so, dass sie ihn angucken muss. »Ich weiß, ich vermisse sie nur so sehr und ich hätte es merken müssen.« José lächelt sanft und streicht ihr eine Strähne weg, die in ihren Wimpern hängengeblieben ist. »Wie du es gesagt hast, sie war psychisch krank, das hört sich jetzt vielleicht hart an, aber ich bin mir sicher, dass, wenn du ihr hättest helfen können, sie sich gemeldet hätte.« Janine nickt, sie will ihn nicht noch mehr mit ihren Problemen belasten.

Noch immer hat er seine Arme um sie geschlungen und sieht ihr in die Augen, dann beugt er sich vor und das allererste Mal berühren seine Lippen ihre. »Komm mit.« Er löst seine Arme und nimmt ihre Hand. Janine hätte sich am liebsten noch einmal auf ihre Lippen gefasst, dieser Kuss, so kurz und keusch er auch war, ging ihr durch den ganzen Körper. Ihre Schmetterlinge schlagen Purzelbäume in ihrem Bauch und sie verschlingt ihre Finger miteinander.

Er führt sie in ein kleines rundes Gebäude, das am Rande des Friedhofes steht. Es gibt darin nur einen Raum, auf dem vor einem riesigen Tisch Hunderte von Kerzen stehen. Einige brennen noch. José bekreuzigt sich und Janine tut es ihm gleich. Dann zündet er eine Kerze an. »Für die Seelen der Verstorbenen.« Er reicht Janine eine Kerze. »Zünde eine für Maribel an, damit sie weiß, dass hier in Puerto Rico jemand an sie denkt.« Janine lächelt und zündet die Kerze an, eine Weile bleiben sie beide still vor den Kerzen stehen. Janine fühlt sich besser, sie stellt sich vor, was Maribel denken würde, wenn sie Janine jetzt hier mit José sehen könnte und sie ist sich sicher, dass sie sich freuen würde.

Es kommen andere Leute herein und sie verlassen die kleine Kapelle. Langsam und schweigend gehen sie zurück zum Auto. Bevor sie dort ankommen, zieht Janine ihn am Arm zurück, so dass er sich zu ihr umwendet. »Danke für den Tag, er war wirklich wunderschön.« Dieses Mal gibt sie ihm einen Kuss auf den Mund, genauso süß und kurz wie er vorhin. José legt sofort wieder seine Arme um sie herum. »Aber zum Schluss warst du traurig«, stellt er fest und blickt ihr dabei in die Augen. Seine Augen drücken so vieles aus, José ist ein Mann mit vielen Widersprüchen.

Seine Augen wirken dunkel und gefährlich, doch auf sie blicken sie ganz sanft. Seine Hände sind so groß und breit, als könnte er sie damit ohne Probleme verletzen, doch sie sind ganz behutsam, bei jeder Berührung. Seine Arme, seine Brust, sein ganzer Körper ist durchtrainiert und hart und doch kann er so weich sein. Sie liebt es.

»Aber du hast mir die Trauer wieder weggenommen, du hast es in etwas Ertragbares verwandelt. Du hast ein sehr gutes Herz.« Mit diesen Worten ändert sich sein Gesichtsausdruck, er wird ernst, gibt ihr noch einen Kuss auf den Mund und streicht über ihre Wange. »Das habe ich nicht wirklich, Janine, dir kommt das nur so vor. Ich kann auch anders sein.« Sie gehen weiter zum Auto und er hält ihr die Tür auf. »Jeder Mensch kann anders sein, das ist nichts Schlimmes.« José lächelt mild bevor er einsteigt, sagt aber nichts mehr dazu. Sein Blick allerdings lässt in ihr kurz ein ungutes Gefühl aufkommen, aber Janine ignoriert es und konzentriert sich auf die Schmetterlinge in ihrem Bauch.

Kapitel 8

Es fühlt sich gut an mit José, sie fühlt sich wohl, anders kann man nicht beschreiben, was Janine fühlt. Mittwoch und Freitag holt er sie von der Uni ab. Momentan hat er mit seiner Arbeit viel zu tun, deswegen gehen sie nur schnell etwas essen, doch Janine schätzt es umso mehr, wenn sie merkt, wie oft sein Handy klingelt und er eigentlich keine Zeit hat, sich aber die Zeit für sie nimmt. Sie werden sich immer vertrauter in der kurzen Zeit, er hält immer ihre Hand oder hat den Arm um sie.

Janine ist richtig stolz, wenn sie ihn mit einem Kuss vor der Uni begrüßt. Beide wollen auch intensiver Kontakt haben, das spürt man, wenn sie sich in die Augen sehen oder im Restaurant Körperkontakt zu den anderen suchen, doch mehr als die kurzen Begrüßungs- und Abschiedsküsse gab es noch nicht, einfach nur deshalb, weil sie keine Minute mehr ungestört verbracht haben. Als sie sich am Freitag verabschieden, sind sie wieder nicht alleine, Gabriel ist im Auto, sie haben ihn unterwegs mitgenommen, da beide noch in die nächste Stadt fahren müssen.

José fragt sie, ob sie vorhat ins B.B. zu gehen, Bianca hatte sie gefragt, Shannon muss das ganze Wochenende lernen. Als sie sagt, dass sie wahrscheinlich gehen wird, druckst er erst etwas herum. Er bittet sie nicht zu gehen. Man spürt, dass er unsicher ist, wie sie reagieren wird. Ihm sei nicht wohl dabei, wenn Janine ohne ihn dort ist und er wird es heute nicht schaffen. Für sie ist es ungewohnt, dass man sie um so etwas bittet. José muss es an ihrem Gesichtsausdruck bemerkt haben. Sie erinnert sich an Shannons Kommentare über puertoricanische Männer und wie besitzergreifend und eifersüchtig sie sind.

Sie mag José und sie möchte, dass es zwischen ihnen funktioniert. Es ist ihr nicht wichtig ins B.B. zu gehen, deswegen verzichtet sie darauf, es bedeutet aber nicht, dass sie sich Sachen verbieten lassen würde. An seinen Erklärungen und wie unsicher er wirkt, ist sich Janine aber auch sicher, er weiß, dass sie sich nichts verbieten lässt und er sich wirklich nur keine Sorgen machen möchte. Sie sagt, sie würde stattdessen auch mal in die Bücher schauen, was nicht schlecht wäre, die Uni ist schon jetzt am Anfang sehr schwer und Janine hat bisher noch nicht viel dafür getan.

Auch wenn es für sie wirklich in Ordnung war, schreibt ihr José noch drei Nachrichten, die Janine immer lächelnd beantwortet, bevor sie sich richtig auf das Lernen konzentriert. Sie ist so in ihre Arbeit vertieft, dass sie irgendwann mit einem Buch in der Hand auf dem Bett eingeschlafen ist. Als sie am nächsten Morgen aufwacht, ist es schon Mittag und sie wird nur wach, weil ihre Mutter hereinkommt und fragt, ob sie heute noch einmal aufstehen möchte.

Ihr ganzer Rücken tut weh, sie hat halb im Sitzen geschlafen, irgendjemand hätte sie ja mal aus der Position erlösen können, so wie sie ihre Eltern kennt, sind die schon lange wach. Janine greift nach ihrem Handy und sieht, dass José irgendwann in der Nacht versucht hat sie anzurufen. Sie entdeckt auch zwei Nachrichten. 'Lernst du noch? Bin auf dem Weg zurück'. Janine lächelt, sofort hellt sich ihre Laune auf. Sie sieht noch eine Nachricht von Shannon, in der sie die gesamte Lehrerschaft der Uni verflucht und dann eine von Bianca.

Die Nachricht ist um drei Uhr morgens angekommen. 'Ich habe dir doch gesagt, du hättest mit ins B.B. kommen sollen, dein Typ, dieser José ist auch gerade gekommen'. Janine liest die Nachricht noch einmal und ruft dann sofort Bianca an. Natürlich geht die müde und verkatert ans Handy, doch immerhin ist sie so wach, dass sie Janine erzählen kann, was gestern Abend war. Sie hat gesehen, wie José mit ein paar anderen, darunter waren wohl auch Frauen, ins B.B. gekommen ist. Sie hat sich nur geärgert, dass Janine nicht mitgekommen ist, aber nicht weiter auf sie geachtet. Bianca erwähnt, dass sie beschäftigt war, weil sie einen süßen Typen kennengelernt hat, mit dem sie heute im Pyrus verabredet ist.

Janine ist viel zu aufgebracht um darauf einzugehen und fragt, ob sie José noch gesehen hat. Bianca versteht ihre Aufregung nicht ganz, sie kann ja nicht ahnen, dass Janine nur seinetwegen zuhause geblieben ist und sie wird ihr das sicherlich auch nicht auf die Nase binden. Bianca ist sich nur noch sicher, dass sie ungefähr eine halbe Stunde nach seinem Kommen gegangen ist und da war er noch im Club. Sie hat ihn beim Hinausgehen noch gesehen, er saß am Tisch und hat sich mit anderen Männern unterhalten.

Janine sagt Bianca, dass sie sich später meldet und legt schnell auf. Ihre Finger kribbeln und ihr Herz rast, was denkt er sich? Sie fühlt sich dumm, wie konnte sie nur so dumm sein? Sie ist enttäuscht, dass sie sich so in ihm getäuscht hat. Sofort wählt sie seine Nummer. Es klingelt, aber niemand hebt ab, was sie noch wütender werden lässt. Janine geht nach unten in die Küche, murmelt ihrer Mutter und ihrem Vater, der schon wieder dabei ist das Haus zu verlassen, nur ein muffiges 'Morgen' zu und gießt sich Kaffee ein.

»Es war doch keine gute Idee sie aufzuwecken.« Ihr Vater lacht leise und drückt ihr und ihrer Mutter einen Kuss auf die Wange. Janine greift in den Korb mit Brötchen, lässt das ausgewählte dann doch wieder fallen und nimmt sich einige Kekse, die auf der Anrichte liegen. »Du solltest mehr von den Brötchen essen.« Ihre Mutter backt ihnen mehrmals die Woche Vollkornbrötchen, sie nimmt sich dafür extra die Zeit, da man hier kaum dunkles Brot bekommt und sie der Meinung ist, sie würden das unbedingt brauchen. »Du wolltest doch, dass ich mich anpasse.«

Janine nippt genervt an ihrem Kaffee. Ihr Blick liegt auf dem Handy, was sie mit heruntergenommen hat. Sie kann nicht abwarten, dass José zurückruft, er schläft garantiert noch, er hatte ja offenbar eine lange Nacht. Ihre Mutter ist Janine sehr wichtig, sie sind nicht nur Mutter und Tochter, sondern man kann fast schon sagen, sie sind auch Freundinnen. Ihre Mutter kennt sie ganz genau, sie merkt, wie geladen ihre Tochter ist, trotzdem setzt sie sich in ihrer gewohnten Art auf den Stuhl und sieht sie streng an. Janine verdreht die Augen, das ist so sicherlich der blödeste Zeitpunkt für eine Ansprache.

Das Räuspern ihrer Mutter verrät, dass sie dieses Gespräch schon länger plant. »Janine, ich weiß, dass du momentan viele Veränderungen durchmachen musst, negative und positive. Wir haben alle unseren Engel Maribel verloren, die Uni, neue Freunde, du hast jetzt einen Freund.« Janine spuckt fast den Kaffee wieder aus. »Ich habe keinen Freund!« Ihre Mutter lächelt auf diese wissende Art, wie nur Mütter es können. »Wir vertrauen dir und lassen dir viel Freiraum, doch ich hoffe du weißt, dass du trotz allem für die Uni arbeiten musst. Es ist extrem wichtig ...«

Janine tut es nicht gern, doch sie unterbricht ihre Mutter, sie hat keine Geduld sich das jetzt anzuhören. »Das sagst du mir, nachdem ich die ganze Nacht gelernt habe, statt wie die anderen wegzugehen?« Dieses Thema macht sie wieder wütender, sie blickt immer wieder zum Handy, als könne sie es so beschwören endlich zu klingeln. »Du hast dich um 21 Uhr zum Lernen zurückgezogen und als ich um 23 Uhr nachgeguckt habe, hast du schon tief und fest geschlafen.« Janine steht genervt auf und nimmt sich eines der Vollkornbrötchen, um ihre Mutter zu besänftigen, sie kann jetzt nicht auch noch Ärger mit ihr vertragen. »Mama, sei mir nicht böse, aber das ist ein schlechter Zeitpunkt, ich habe gerade keinen Kopf dafür, mach dir keine Sorgen, ich schaffe den Unterrichtsstoff schon.«

Sie geht direkt zurück in ihr Zimmer und ist dankbar, dass ihre Mutter sie gehen lässt. Sobald sie die Tür geschlossen hat, wählt sie wieder Josés Nummer, doch noch immer geht er nicht ran. Janine legt sich zurück aufs Bett. Was fällt ihm ein, sie zu bitten zuhause zu bleiben und er geht dann mit seinen Freunden ins B.B. feiern? Sie versteht nicht was das soll, wieso er sich so verhält, sie hat ihn anders eingeschätzt. Als er gestern vor ihr stand und herumgedruckst hat, nicht richtig mit der Sprache herausrücken wollte, hätte sie niemals gedacht, dass er ein paar Stunden später selbst dahin gehen würde.

Es gibt kein schlechteres Gefühl als zu merken, dass man von einem Menschen, der einem etwas bedeutet, hintergangen wird. Sie geht duschen und als sie dann aus dem Bad kommt und sich das Handtuch fester umwickelt, klingelt ihr Handy. »Hey, was ist los? Alles okay?« Man hört sofort, dass er gerade noch geschlafen hat. »Was soll das? Wieso bittest du mich zuhause zu bleiben, wenn du selbst ins B.B. gehst? Hältst du mich für dumm?« Janine kann sich nicht zurückhalten und sagt ihm sofort die Meinung. »Janine, was soll was? Ich bin nicht einmal richtig wach und du kommst gleich mit so etwas. Ich war nur kurz da.«

Janine hat keine Lust mehr mit ihm zu reden, sein Verhalten hat schon alles gesagt. »Bianca hat dich da mindestens eine halbe Stunde gesehen und als sie gegangen ist, warst du immer noch da. Dazu hattet ihr Frauen bei euch, während ich auf deine Bitte hin zuhause gesessen habe. Das ist das Allerletzte, weißt du was, vergiss es einfach.« Sie legt auf, macht das Handy aus und murmelt leise, was sie ihm am liebsten alles an den Kopf werfen würde. Immer noch sauer zieht sie sich einen Bikini über und legt sich an den Pool mit Unisachen, die sie dort lernen kann, damit ihre Mutter beruhigt ist.

Es gelingt ihr auch wirklich, sich zwei Stunden lang vollkommen darauf zu konzentrieren, sie verbietet sich jeden weiteren Gedanken an José. »Hast du dich eingecremt?« Erst als ihre Mutter mit dem Haustelefon in der Hand am Pool auftaucht, legt sie die Sachen beiseite. Janine nickt und nimmt den Hörer, den ihre Mutter ihr entgegenstreckt. Es ist Maribels Mutter. Janine atmet erleichtert auf, die letzten Tage konnten weder sie noch ihre Mutter sie telefonisch erreichen und sie haben sich schon allmählich Sorgen gemacht.

Maribels Mutter geht es aber langsam wieder besser, sie redet lange mit Janine, erzählt, dass sich alle gut um sie kümmern. Sie ist dabei ihr Haus zu verkaufen und will zu ihrer Schwester ziehen, sie denkt auch darüber nach, im Sommer bei ihnen Urlaub zu machen. In zwei Wochen ist Weihnachten. Hier in Puerto Rico merkt man nichts davon, es ist sogar heißer als die letzten Jahre zu der Jahreszeit. Janine hat sich immer noch nicht daran gewöhnt, einen Weihnachtsbaum im Wohnzimmer stehen zu haben, während draußen 25 Grad sind. Es wird schwer dieses Weihnachten, besonders für Maribels Mutter, doch sie fährt zu ihrer Schwester und Janine ist froh, dass sie nicht alleine sein muss.

Als sie das Telefonat beendet, ist es schon zu spät um weiter am Pool zu liegen. Sie schaut sich ein paar Sendungen im Fernsehen an, isst etwas, doch je dunkler und später es wird, desto unruhiger wird sie. Janine hat keine Lust, sich die ganze Nacht mit den Gedanken über José herumzuquälen. Sie geht nach oben und ruft Tristan an. Als sie das Handy wieder anschaltet, sieht sie, dass José 13 mal versucht hat sie zu erreichen. Sie ignoriert es und fragt bei dem Amerikaner nach, was sie heute Abend machen. Mike und er wollen allerdings in B.B. Und das ist der allerletzte Ort, wo sie hinmöchte. Steven und Shannon sind heute zum Lernen verabredet, weil beide Montag eine wichtige Klausur schreiben, also braucht sie es bei denen gar nicht erst probieren.

Somit bleibt ihr noch Bianca, die ja im Pyrus verabredet ist. Janine hat vor José erwähnt, dass ihre Freunde immer entweder im B.B. oder im Pyrus sind und er hat gesagt, dass das Pyrus der letzte Abschleppladen ist. Fein, genau da möchte sie heute hingehen.

Sie will sich aber nicht mit Bianca verabreden, es bringt eh nichts. Also schreibt sie ihr nur eine Nachricht, dass sie später auch vorbeischauen wird. Sie geht noch einmal duschen und macht sich danach fertig. Als sie aus dem Haus geht ist es schon fast elf Uhr, weil sie sich noch den Schluss eines Filmes mit ihrer Mutter zusammen angesehen hat.

Janine lässt ihr Auto stehen und fährt mit dem Taxi zum Pyrus, es ist nur ein paar Straßen weiter. Als sie ankommt, ist es bereits voll. Janine drängelt sich zwischen den halbnackten Körpern durch, auf der Suche nach Bianca. Sie selbst trägt heute nur eine Jeans und dafür aber ein schönes Top, wo man etwas den Bauch sehen kann und welches einen schönen Ausschnitt hat. Ihre Haare hat sie durchgelockt, auch wenn sie nicht darauf aus ist jemanden kennenzulernen. Von Männern will sie gerade nichts wissen, doch sie will sich gut fühlen, nachdem José dafür gesorgt hat, dass sie sich schlecht fühlt.

Bianca sitzt mit drei Männern an einem Tisch, der vollgestellt ist mit kleinen Happen, Obst und Champagner. Sie lässt es sich gut gehen und man erkennt schnell, wen sie sich für heute Nacht ausgesucht hat. Als sie Janine entdeckt, stellt sie sie freudig vor und zieht sie auch an den Tisch. Die Männer sind Griechen und im Urlaub hier. Sie sprechen kein gutes Englisch und kaum spanisch, sodass Janine ihre Versuche aufgibt, sich mit ihnen unterhalten. Sie lehnt sich zurück und genießt die laute Musik, die vielen Menschen, es ist unmöglich hier einen klaren Gedanken zu haben, aber genau das braucht sie jetzt.

Bianca ist zu sehr mit ihrer neuen Errungenschaft beschäftigt, doch Janine will tanzen, alles um sich herum vergessen und steht auf. Sie kommt allerdings nicht weit, da sieht sie, wie José plötzlich auf ihren Tisch zugesteuert kommt. Er ist wütend. Janine sieht sich verwirrt um. Woher kommt er und wie hat er sie gefunden und vor allem, was will er jetzt noch? Ihr Herz verkrampft sich, als sie seine wütenden dunklen Augen auf sich spürt, egal wie sie ihn verflucht hat, jetzt spürt sie wieder, wie sehr sie ihn mag.

»Wieso gehst du nicht an dein Handy ran? Ich will mit dir reden!« José beachtet weder die anderen noch lässt er sie zu Wort kommen, er ist sehr sauer, es ist aber so laut im Club, dass man ihn kaum hört. »Ich habe dazu nichts mehr zu sagen, die Aktion gestern war einfach nur ...« José unterbricht sie, wahrscheinlich versteht er sie auch schlecht. »Ich habe dir aber einiges zu sagen, komm kurz mit raus.« Janine geht an ihm vorbei und Bianca zwinkert ihr zu. Vielleicht hat sie nicht verstanden, dass sie sich gerade streiten.

José holt sie sauer ein und geht neben ihr in Richtung Ausgang. Musste sie sich vorhin noch durch die Menge drängen, wird ihnen jetzt überall Platz gemacht, viele sehen José mit einem merkwürdigen Blick an, einige nicken sogar. Wüsste sie es nicht besser, müsste man denken, er wäre ein beliebter Popstar. Als sie aus dem Club treten, wirbelt sie sofort zu ihm um. Nun können sie sich genau verstehen, die Musik dringt nur noch gedämpft zu ihnen. José bleibt aber nicht stehen sondern geht auf sein Auto zu. Janine läuft neben ihm. »Was willst du noch so Dringendes sagen?«

Sie stehen neben der Beifahrertür, als José endlich seinen Mund aufmacht. Man merkt, dass er sich etwas zusammennimmt, um nicht mehr so laut wie gerade eben zu sein. »Ich kann verstehen, dass du sauer bist, aber das nächste Mal lass mich erst einmal zu Wort kommen. Du schaltest dein Handy aus und sprichst nicht mehr mit mir, es gibt nichts, was ich mehr hasse. Komm zu mir, schrei mich an von mir aus, aber nicht so!« Janine verschränkt die Arme vor der Brust. »Ich verstehe das nicht, José, wieso tust du das? Wieso sagst du mir, ich solle nicht gehen und bist dann selbst im Club. Denkst du wirklich, ich wäre eine dieser Frauen, die für solchen Machokram zu haben sind? Ich hätte dich niemals so eingeschätzt.«

Janine kann ihre Enttäuschung in ihren Worten nicht verbergen. »Ich sage doch, du hast es mich ja nicht einmal erklären lassen. Nachdem wir fertig waren, bin ich mit meinen Bruder ins B.B. gegangen. Wir wollten seine Verlobte Lina abholen, sie war bei ihrer Freundin Josy, der das B.B. mitgehört. Als wir angekommen sind, hatten sie noch etwas zu tun und wir haben gewartet, vielleicht eine halbe Stunde, mehr nicht. Ich bin da nicht zum Feiern oder sonst etwas gewesen und ich habe dich auch versucht anzurufen. Ich wollte dich noch treffen, aber du hast schon geschlafen. Es geht auch nicht darum, dass du nicht alleine weg sollst, aber ich kenne die Männer hier, ich habe dich nur gebeten, nicht alleine in den Club zu gehen, wenn ich nicht dabei bin.«

Janine lässt ihre Arme frei, seine Worte haben ihr etwas die Wut genommen. »Bitte komm nicht mit diesem Eine-Frau-soll-nicht-alleine-in-den-Club-gehen-Blödsinn. Ich wusste nicht, dass es so war, trotzdem ist es komisch, vor allem wenn ich höre, dass ihr da mit vielen Frauen wart.« Ein fieses Lächeln schleicht sich auf Josés Gesicht. »Bist du eifersüchtig? So hätte ich dich gar nicht eingeschätzt.« Janine sieht zur Seite. »Das hat nichts mit Eifersucht zu tun, ich kam mir in dem Moment einfach verarscht vor.« José kommt einen Schritt näher, doch Janine ist noch zu aufgewühlt und geht einen kleinen Schritt zurück, sodass sie nun ganz am Auto lehnt.

»Es geht gar nicht darum, dass ich denke, du kommst im Club nicht alleine klar, aber ich bin in der Stadt sehr bekannt und wir werden jetzt oft zusammen gesehen. Die Leute wissen langsam, dass du zu mir gehörst und ich möchte nicht, dass jemand dir deswegen zu nah kommt. Meinem Bruder ist das mit seiner Verlobten passiert und ich werde so etwas nie zulassen. Wenn, dann ist es nur, weil ich mir Sorgen mache und niemals so gemeint, dass ich dir nicht traue oder dir etwas verbieten will. Die Frauen sind mit den anderen Männern da, ich habe nicht mal mit einer von denen geredet.«

Die Worte 'dass du zu mir gehörst' hallen in Janines Kopf wieder. José kommt wieder einen Schritt näher, sie kann nicht weiter zurückweichen und will es auch gar nicht. Sie sagt nichts mehr dazu und er sieht sie unsicher an. »Ich bin nur gekommen um das zu klären, Janine, wenn das zwischen uns für dich trotzdem vorbei ist, dann gehe ich wieder. Aber ich wollte das nicht einfach so stehen lassen.« Janine legt den Kopf etwas schief, dieses Mal muss sie lächeln. »Gibt es denn für dich ... etwas zwischen uns?« Man sieht einen Hauch von Erleichterung in seinen Augen und er umfasst ihre Hüften. »Sonst wäre ich nicht hier.« Janine ist nicht mehr sauer, im Gegenteil, sie ist glücklich, dass sich das alles aufgeklärt hat.

José legt seine Hand an ihre Wange und küsst sie. Als sich dieses Mal ihre Lippen treffen, ist es nicht so wie die Male davor. Seine Lippen liebkosen ihre sanft, Janine schmiegt sich enger an ihn, sie will ihn dieses Mal ganz spüren. Und als sich ihre Zungen das erste Mal berühren, seufzt sie leise auf, es ist schöner, als sie es sich jemals vorgestellt hat. Ihr Bauch kribbelt und sie vergisst alles um sich herum. José löst sich kurz, seine Lippen berühren ihre Wange, ihre Stirn, aber gerade, als er etwas sagen will, kommen laut und hörbar betrunkene Männer aus dem Club und zerstören den Augenblick.

Er greift an ihr vorbei und öffnet die Tür. »Lass uns hier verschwinden!«

Kapitel 9

Janine bleibt am nächsten Morgen verträumt im Bett. José und sie waren noch etwas essen und als er sie dann nach Hause gebracht hat, ist sie auf seinen Schoß geklettert und sie haben sich wieder geküsst. Es war so schön, auch wenn Janine sich gerade wie ein kleiner schwärmender Teeny vorkommt, kann sie einfach nicht anders, als glücklich vor sich hin zu strahlen.

José hat sie gefragt, ob sie Lust hat, heute mit ihm zu seiner Familie zu gehen. Seine Schwester ist mit ihrem Mann aus Italien da wegen der Hochzeit, die bald ansteht. Janine ist zwar sehr geschmeichelt, aber gleichzeitig hat sie auch Bedenken. Es ist doch sehr früh seine Familie kennenzulernen, aber er hat gesagt, sie gehen nur kurz vorbei, sagen hallo und können sich dann einen Film ansehen.

Natürlich hat sie zugesagt, sie hätte das nie ausschlagen können, so kann sie mehr über ihn erfahren, seine Welt sehen, auch wenn es sich noch etwas zu früh anfühlt und sie sich jetzt schon einen Kopf darüber macht, was sie anziehen soll. Sie bekommt eine Nachricht. 'Na Prinzessin, schon wach? Ich komme dich um zwei abholen.' Janine schreibt ihm zurück, dass sie gerade wach geworden ist und über gestern Abend nachgedacht hat. 'Ich hoffe nur Gutes?' Janine lächelt, 'natürlich.'

'Ich hole dich nachher um zwei ab.' Sie legt das Handy weg und nimmt sich den Bilderrahmen, in dem ein Bild von Maribel und ihr ist. »Ich glaube, er ist mein Traummann, was denkst du?«, flüstert sie leise und drückt dem Bild einen Kuss auf. Sie weiß, sie bekommt keine Antwort, doch in ihrem Herzen spürt sie, dass Maribel ihn auch mögen würde.

Als sie in die Küche kommt, hat ihre Mutter laut den CD-Player an und wirbelt durch die Küche. Janine verdreht ihre Augen, es sind über 20 Grad, im Wohnzimmer steht ein Tannenbaum und ihre Mutter backt Plätzchen. »Ich will immer wieder … dieses Feuer spüren, immer wieder …« Als Janine sich ihren Kaffee nimmt, singt ihre Mutter laut mit und drückt ihr einen Kuss auf die Wange, was Janine lächeln lässt. »Meine Tochter hat gute Laune, erfahre ich jetzt endlich den Namen des Mannes, der dich so schön lächeln lässt wie schon lange nicht mehr?« Janine nimmt einen Schluck. »José und er ist …« Janines Gesichtsausdruck sollte ihre fehlenden Worte beschreiben. Ihre Mutter setzt sich zu ihr. »Schatz, du bist ja richtig verliebt. Er ist also von hier? Das ist so schön, seht ihr euch heute?«

Sie schiebt ihr die Brötchen zu und Janine greift zu. »Ja, er nimmt mich nachher mit zu seiner Familie.« Beeindruckt sieht ihre Mutter sie an. »Das ist schön, geht er auch auf deine Uni?« Ihr Vater kommt die Treppe herunter. Da er nur eine Jogginghose trägt und ein weißes Shirt, bedeutet es wohl, dass er zuhause bleibt. Er gibt ihnen beiden einen Kuss. Auch wenn seine Haare langsam nicht mehr so voll sind und sich schon einige Lachfalten in seinem Gesichts gebildet haben, ist ihr Vater immer noch ein sehr hübscher Mann. Die hellen Haare hat sie von ihm, auch die feine Nase.

Ihre Mutter hat braune Haare, dafür hat Janine ihre blaue Augen und Sommersprossen. Janines Mutter trägt ihre Haare seit sie denken kann zu einem kurzen Bob und auch sie ist für Janine wunderschön. Lächelnd beobachtet sie, wie ihr Vater ihre Mutter am Hals küsst, als er das Weihnachtschaos im der Küche entdeckt. »Wer ist in deiner Uni? Gibt es etwas, was ich erfahren sollte?« Oh nein, Janine versucht ihre Mutter noch mit den Augen zu warnen, doch sie ist scheinbar nun noch aufgeregter als sie. »Deine Tochter hat einen Freund, José, und er tut ihr sehr gut. Sie lernt sogar heute seine Familie kennen.«

Janine seufzt auf, als ihr Vater das macht, was sie erwartet hat. Er lehnt sich an die Küchentheke, verschränkt die Arme und legt den Kopf schief, diese Angewohnheit hat sie von ihm. »Und was studiert der Mann, der meint, mein kleines Küken beglücken zu müssen?« Ihre Mutter lacht los, während Janine ihrem Vater leicht auf den Arm haut. »Du sollst mich nicht Küken nennen, das habe ich dir schon mit zehn gesagt. Und er studiert nicht, er hat eine Securityfirma oder so etwas. Zumindest scheint er sehr erfolgreich zu sein und er ist ein lieber Kerl. Wehe du bist nicht nett zu ihm, Papa!« Ihr Vater hebt aufgebend die Hände und ihre Mutter überredet Janine noch, ihr beim Plätzchenbacken zu helfen.

Danach muss sie sich richtig ranhalten, um zu duschen und sich fertig zu machen. Janine entscheidet sich für einen knielangen Rock und ein rosafarbenes Shirt, dazu rosa Sandalen, die einen kleinen Absatz haben. Sie flechtet sich die Haare zu einem Zopf und legt nur etwas Make-up auf. Sie kennt nur Josés Bruder Gabriel, seinen Bruder Nando und dessen Verlobte Lina. Wer weiß wie die restliche Familie ist, deswegen versucht sie so schlicht wie möglich zu wirken, um keinen schlechten Eindruck zu machen.

»Was macht ein Maybach in meiner Einfahrt?« Diese Worte lassen Janine in ihren Überlegungen aufschrecken. Oh nein, sie stößt fast mit ihrem Vater im Treppenhaus zusammen, als sie schnell nach unten eilen möchte, um zu verhindern, dass ... zu spät. Sie hört, wie ihre Mutter José begrüßt und flucht leise, was ihren Vater frech grinsen und vor ihr selbstbewusst die Treppen herunter stolzieren lässt. Janine zischt ihm zu, dass er nett sein soll, doch da stehen sie schon unten im Flur, wo Janines Mutter José gerade einen Teller vollgepackt mit Plätzchen hinhält. »Für Ihre Familie, es ist sehr nett, dass Sie unsere Tochter heute eingeladen haben.«

Janine verdreht die Augen. Als sie zu José tritt, merkt sie, dass er überhaupt nicht angespannt oder nervös ist. Im Gegenteil, er begrüßt ihren Vater höflich und gibt Janine einen Kuss auf die Wange, dabei legt er seinen Arm um ihre Taille. »Sie werden sich sicher freuen, meine Schwester wird die sicher für sich alleine beanspruchen, sie liebt Kekse.« Das Gesicht von Janines Mutter erhellt sich vor Strahlen, sie mag José jetzt schon. Das erkennt Janine sofort, ihr Vater ist ruhig und sieht immer wieder an ihnen vorbei aus der offenen Haustür heraus. »Na mach schon Papa, wir müssen gleich los.« Nun muss auch Janine lachen, als ihr Vater sofort aus dem Haus geht und sich Josés Maybach ansieht.

José geht ihm hinterher und zeigt ihm das Auto genau. »Schatz, wir sind in zwei Minuten wieder da, wir fahren einmal kurz ums Haus herum.« Janine lehnt sich an die Hauswand, José grinst sie an und sie schüttelt den Kopf, als die beiden Männer davonbrausen. »Dein Vater mag ihn.« Janine sieht in ihrer Handtasche nach, ob sie alles hat. »Schläfst du dort?« Janine blickt zu ihrer Mutter hoch. »Nein, ich meine, wir sind noch nicht so weit zusammen … Mama, lass das!«

Janine kennt ihre Mutter genau, sie geht nach oben und kommt mit etwas Wäsche zum Wechseln und Janines Unimappe zurück. »Als Frau muss man immer auf alles vorbereitet sein.« Als sie ihr Kondome hinhält, nimmt Janine die Wäsche und stopft sie in ihre Handtasche und nimmt die Unitasche, damit ihre Mutter beruhigt ist. Die Kondome sieht sie nur schief an. Manchmal ist es ein Fluch, dass ihre Mutter Ärztin ist und für sie manche Themen niemals peinlich sind. »So ist das noch nicht, Mama. Außerdem habe ich, seit ich 16 bin, immer Kondome in der Tasche, dazu nehme ich die beste Pille die es gibt. Bitte fang nicht damit an.« Sie hört, dass das Auto hält und drückt ihr schnell einen Kuss auf die Wange. »Bis später, hab dich lieb.«

»Es tut mir so leid, sie sind etwas verrückt.« Janine muss lachen als sie losfahren, nachdem ihr Vater endlich aus dem Auto gestiegen ist. »Wieso verrückt? Ich mag sie, wenn du sie schon verrückt findest, warte, bis du meine Familie gesehen hast.« Bei diesen Worten schlägt Janines Herz sofort schneller, jetzt wird sie seine Familie kennenlernen. Als sie an einer Ampel stehen bleiben, beugt er sich zu ihr hinüber und küsst sie. Vorhin hat er ihr ja vor ihren Eltern nur einen Kuss auf die Wange gegeben, aber als er jetzt zärtlich mit seiner Zunge um Einlass bittet, spürt sie, wie sehr ihr seine Nähe gefehlt hat, so schnell vermisst sie ihn schon. Ihre Mutter hat definitiv recht, sie ist bereits bis über beide Ohren verliebt. Sie trennen sich erst, als hinter ihnen gehupt wird.

Als sie dieses Mal in das Gebiet einfahren, wo sie schon einmal mit Bianca war, halten die Männer an der Straße sie nicht an, sie heben die Hand und begrüßen José. »Wieso stehen die Männer hier?« Wieder betrachtet Janine die beeindruckenden Villen. »Sie sorgen dafür, dass niemand hier herkommt, der nicht zu uns gehört.« Er fährt nicht in die Straße rein, in der dieser Flaco wohnt, sondern den Berg weiter nach oben, wo die Villen immer größer und prächtiger werden. Wieder sitzen Männer am Straßenrand, sie spielen an einem Tisch Karten und sehen auf, als sie vorbeifahren.

Sie halten in einer Straße, wo Villen stehen, die Janine bisher nur aus Zeitungen kennt. Beeindruckt sieht sie auf das Haus, vor dem sie halten. »Hier wohnt deine Schwester?« José nimmt ihre Hand und führt sie zur Haustür. »Nein, hier wohnt Arturo, mein ältester Bruder, sie wohnt solange sie hier ist bei ihm.« José klingelt nicht oder klopft, sondern geht direkt rein. Janine will nicht starren und reißt sich zusammen, als sie durch eine beeindruckende Eingangshalle gehen. Plötzlich kommt ein kleines Mädchen um die Ecke gerannt und springt José förmlich in die Arme.

Er hebt sie hoch und gibt ihr einen Kuss. Das Mädchen sieht danach lächelnd zu Janine. »Das ist meine Nichte Cassandra.« Das Mädchen sieht zu Janine und fasst ihren Zopf an. »Du hast ja auch so lange Haare wie ich, aber deine Farbe ist viel schöner, wie die Engel in meinen Büchern.« José lacht und stellt die Kleine wieder auf ihre Beine. »Du hast sehr schöne Haare und auch eine schöne Farbe.« Janine lächelt sie an, sie hat lange Haare, die ihr jemand in schöne Wellen gelegt hat. »Cassandra hat eine kleine Haar-Macke«, flüstert ihr José leise zu, als sie ihr hinterher in einen Garten folgen, wo ein langer Tisch aufgebaut ist, der schon eingedeckt ist.

Gabriel und ein älterer Mann kommen auf sie zu. »Na sieh an, ich wusste doch, dass ich sie wiedersehe.« Er beugt sich vor und gibt Janine einen Handkuss. José haut ihm auf den Nacken und der ältere Mann lacht. Er muss auch ein Bruder sein, die Ähnlichkeit ist nicht zu übersehen. »Lass den Scheiß, Gabo! Janine, Gabriel kennst du ja schon, das ist mein Bruder Arturo.« Auch er begrüßt sie freundlich. »Selten, dass José mal jemanden mitbringt, das muss ich mir gleich einmal genau ansehen.«

Eine Frau tritt lachend neben sie und wird Janine als Arturos Frau Olivia vorgestellt. José bleibt an ihrer Seite und überreicht Olivia die Kekse, wofür Janine ihm dankbar ist. Es sind alle sehr nett zu ihr, trotzdem ist sie etwas aufgeregt. Dann kommt sein Bruder Nando mit einem anderen Mann, der ihr als Nathan vorgestellt wird. Und als sie sich alle um den Tisch setzen, kommt eine hübsche Frau mit ihrem Mann. Es ist die einzige Schwester und Janine fragt sich, wie sie wohl aufgewachsen ist mit diesen fünf Brüdern. Elisa wirkt sehr nett, sie sieht auch etwas verwundert zu Janine und sagt, dass sie noch niemals eine Frau von José kennengelernt hat.

»Wo ist deine Verlobte? Seit ich hier bin, habe ich sie nur zweimal zu Gesicht bekommen.« Elisa wendet sich an Josés Bruder Nando. Janine sitzt neben Olivia und José, sie nehmen sich alle von dem vielen Essen, was auf dem Tisch verteilt ist. Einiges davon hat Janine noch nie gesehen, sie probiert aber alles und es schmeckt sehr gut. »Sie kommt gleich, sie arbeitet.« Elisa wendet sich an Arturo und Olivia. »Zum Glück muss Olivia nicht arbeiten, stellt euch mal vor, die Frau hat offenbar niemals Zeit.« Sie sagt das ganz ruhig, doch selbst Janine sieht verwundert auf.

»Sie muss nicht arbeiten, sie möchte arbeiten, Elisa.« José lehnt sich zurück. »Das Geschäft von gestern mit den Leuten aus Chile wird stattfinden, ich fahre mit Gabriel morgen die Feinheiten klären.« Janine sieht den dankbaren Blick von Nando auf José über den Themenwechsel. »Das ist gut, aber passt auf, ich traue den Typen nicht ganz.« Arturo sieht von seinem Teller auf und von José zu Gabriel, der wie immer frech grinst. »Sie sollten vor uns aufpassen, nicht andersherum, das weißt du doch, Bruderherz.«

Elisa mischt sich ein und zeigt auf ihren Mann. »Nehmt doch euren Schwager mit, er kann euch helfen und sich auch gleich einmal um die Familiengeschäfte kümmern, wir sind immer noch dafür, dass wir auch in Italien etwas aufbauen sollten.« José öffnet seinen Mund, um etwas zu sagen und Janine spürt, wie er von Nathan, der neben ihm sitzt, angestoßen wird. Er lacht leise. »Sei nett, er ist der Mann unserer Schwester, ob es dir gefällt oder nicht.« Zwar flüstert Nathan José die Worte nur zu, doch Janine hat sie gehört.

Janine sieht zu dem Mann neben Elisa, der unbekümmert sein Essen verschlingt, als würde er gar nicht bemerken, dass es um ihn geht. Er ist ein Italiener, das sieht man ihm sofort an, spätestens sein Name Toti verrät es. Janine fragt sich, was die hübsche Schwester von José an dem fülligen Mann mit den schmierigen längeren Haaren und den wulstigen Fingern findet. Er trägt viel Schmuck und alles an ihm schreit nach Geld. Sie alle hier haben Geld. In dem Haus, wo sie hier im Garten sitzt, steht das außer Frage, doch niemand sieht so aus, als würde er das sehr heraushängen lassen.

Man sieht ihnen an, dass sie Geld haben, aber nicht auf diese schmierige Art, wie dieser Toti sich anzieht und mit Gold behängt. Plötzlich sieht er von seinem Teller auf und Janine in die Augen. Sie wird rot, er hat sie dabei erwischt, wie sie wieder einmal zu sehr in ihren Gedanken festgehalten wurde und ihn angestarrt hat. Seine Augen suchen ihre und Janine bemerkt die zusammengewachsenen Augenbrauen, dann zwinkert er ihr zu. Janine sieht schnell weg, sie muss sich zusammenreißen. »Ach lass mal, Elisa, genießt euren Urlaub hier, wir schaffen das auch ohne ihn.« Man braucht José nicht lange zu kennen, um seine Abneigung zu dem Mann seiner Schwester zu spüren, doch genau in dem Moment kommt die hübsche dunkelhaarige Frau in den Garten, die Janine schon im B.B. getroffen hat.

»Entschuldigt, es hat länger gedauert.« Sie setzt sich zu ihrem Verlobten, der ihr einen Kuss gibt. Janine sieht weg, man spürt sofort, wie vertraut und verliebt die Beiden sind. »Hey José, ich wusste gar nicht, dass du jemanden mitbringst, wir haben uns doch schon einmal im B.B. gesehen, oder?«

Janine nickt Lina zu und lächelt. Sie versprüht eine Wärme, ähnlich wie die Frau von Arturo, bei der man spürt, dass sie ehrlich gemeint ist, die Schwester der ganzen Brüder hier hat diese Wärme nicht. »Lina, wieso arbeitest du solange? Mein armer Bruder hat ja gar nichts von seiner Verlobten.« Lina tut sich etwas zum Essen auf. »Es ist gerade viel los in der Kanzlei und Nando versteht das. Janine, was machst du beruflich?« Man spürt, dass die Verlobte von Nando krampfhaft versucht, Elisas Aufmerksamkeit von sich weg zu lenken und Janine hilft ihr lächelnd aus der Situation. »Ich studiere noch.«

José legt den Arm um Janines Stuhl und lehnt sich zurück. »Sie studiert Geschichte und hinterfragt immer alle Sachen die passiert sind, so wie du bei deinem Anwalt.« Nando lacht und wirft seinem Bruder ein Stück Brot zu, was er geschickt auffängt. »Es liegt wohl in der Familie, dass uns neugierige Frauen reizen.« Lina lacht ebenfalls und fragt Janine über ihr Studium aus, auch Olivia klinkt sich ein. Als José erzählt wo sie waren und dass er Janine die Geschichte von den Felsen der Sehnsucht und Elisa erzählt hat, ist auch seine Schwester dabei und erzählt diese Geschichte noch einmal ausführlich, egal ob sie diese schon kennen oder nicht.

Der Nachmittag verläuft gut, Janine ist glücklich, dass sie sich von Anfang an so wohlfühlt bei Josés Familie. Sie hilft Lina und Olivia noch, die Sachen in die Küche zu bringen und als sie wieder zurückkommen, albern die Brüder im Garten herum. »Manchmal habe ich das Gefühl, wenn sie alle zusammen sind, werden sie niemals erwachsen.« Lina bleibt mit ihr am Anfang des Gartens stehen, während sie beobachten, dass José Gabriel in den Pool schmeißt, auf eine Bemerkung, die er gemacht zu haben scheint. Allerdings zieht er José mit und somit schwimmen beide Brüder voll bekleidet eine Sekunde später klitschnass aus dem Pool, unter dem Lachen der anderen Brüder und dem strengen Blick des ältesten Arturo. Janine ist sich sicher, dass Arturo es nicht leicht hatte, als die Eltern von ihnen gestorben sind und er die Rolle des Familienoberhauptes übernehmen musste.

Als José aus dem Pool kommt, zieht er sein nasses Shirt aus und kommt zu Janine, die leise schlucken muss. Natürlich wusste sie, dass er gut gebaut ist, aber der Anblick seiner braunen Haut und der durchtrainierten Brust fesseln sie. »Lass uns gehen, ich muss mich umziehen und wir wollten noch einen Film sehen.« José lacht immer noch und Gabriel legt den Arm um ihn. Janine atmet leise durch und fängt sich wieder. »Gabriel du Sack, ich hole dich morgen um elf ab und wenn ich dich aus dem Bett ziehe. Stell dir endlich mal einen Wecker.« Sie verabschieden sich von allen und Janine ist zufrieden, wie sie das erste Zusammentreffen mit seiner Familie gemeistert hat.

Als sie am Auto vorbeigehen und die große Villa schräg gegenüber ansteuern, bleibt Janine stehen. »Wohin gehen wir jetzt?« Er zeigt auf das Haus. »Hier wohne ich.« Janine sieht auf die Villa, die ebenso groß ist wie alle anderen. »Alleine?« Sie gehen auf das Haus zu. »Ja, ich habe noch vor ein paar Wochen mit Nathan zusammen gewohnt, weil mein Haus noch nicht fertig war, aber jetzt lebe ich hier.« Janine sieht sich in der Straße um. »Wohnt ihr alle hier?« José zeigt auf das Haus, von dem sie gekommen sind. »Das ist Arturos Haus, daneben, gegenüber von mir leben Nando und Lina, daneben Gabriel, und neben mir Nathan. In den anderen Häusern leben einige Cousins, Onkel und Tanten, hier in der Straße leben nur Mitglieder unserer direkten Familie.

Janine zieht beeindruckt die Augenbrauen hoch. »Praktisch!«

Als sie das Haus von José betreten, muss Janine lächeln, man sieht sofort, dass er das Haus nicht allein eingerichtet hat. Es ist genauso geschmackvoll und schön eingerichtet wie das von Olivia, es ist ganz deutlich zu merken, dass sie da ihre Hand mit drin hatte. Doch die Spur eines chaotischen Mannes zieht sich durch das ganze Haus. Schon in der Eingangshalle liegen in einer Ecke Unmengen von Schuhen, Sneakers, feinere Schuhe, alles auf mehreren Haufen. Dann treten sie in ein riesiges Wohnzimmer, was sehr gemütlich eingerichtet ist, es gibt sogar einen Kamin und riesige weiche Sofas. Doch den Mittelpunkt bildet ein Fernseher, vor dem mehrere Spielkonsolen liegen und es sieht so aus, als hätte gerade erst eine wilde Schlacht an denen stattgefunden.

»Sieh dich um, ich bin gleich wieder da.« José geht die Treppen hinauf. Janine sieht sich weiter um, er hat einen schönen Garten mit Pool, man sieht, dass das Haus gerade neu renoviert wurde. Im Untergeschoss gibt es noch eine Küche, ein Gästezimmer und ein kleines Bad. Es ist alles teuer, elegant und schön eingerichtet, doch überall findet man die Spur von José und seinen chaotischen Brüdern. In der Küche stehen mindestens 10 Pizzakartons und in dem Gästezimmer hat auch jemand geschlafen, der Jeans und dem Shirt am Boden nach zu schließen, einer seiner Brüder.

Sie geht auch in das obere Geschoss, sie findet einen Trainingsraum und wieder ein Gästezimmer, dann steht sie in einem kleinen Kino und traut ihren Augen nicht. José hat ein kleines Kino zuhause, nur dass anstelle der ungemütlichen Kinositze Sofas stehen, es gibt sogar eine Popcornmaschine. »Hier kannst du dir einen Film aussuchen, egal welchen, ich habe fast alle da.« Janine kann nicht verbergen, dass sie beeindruckt ist. »Dein Haus ist wunderschön. Es gibt sogar Popcorn?« José lacht und wirft die Maschine an. »Natürlich.« Janine will sich das Haus weiter ansehen, José zeigt ihr alles. Auf dem Stockwerk gibt es noch ein Gästezimmer und sein Schlafzimmer. Es ist riesig, er hat ein mindestens 2,50 Meter breites Bett und eine komplette Wandfront besteht nur aus Kleiderschrank. Was Janine aber wirklich fasziniert, ist, dass er keine Wand nach außen hat sondern alles verspiegelt ist. Er sieht vom Bett aus direkt auf die Landschaft unter dem Berg, auf dem sie alle leben. Janine hat das Gefühl, er kann von hier aus ganz San

Sebastian überblicken. »Wow, aber fühlst du dich nicht beobachtet?« José legt den Arm um sie und zeigt zu der Glasfront.

»Wir können alles sehen, aber niemand kann hier hereinsehen, zudem sind wir viel zu weit oben.« Das stimmt, Janine ist fasziniert, er bringt sie in den dritten Stock, der nur aus einem riesigen Raum besteht, in dem neben einem Hallenschwimmbad, ein Billardtisch, eine Sauna und einige Spielautomaten stehen. »Ich glaube, ich würde das Haus nie wieder verlassen an deiner Stelle.« Janine wendet sich zu José um, er trägt jetzt nur noch eine Sporthose, sein Haar ist noch feucht und sie hat noch nie einen Mann so schön gefunden wie ihn in diesem Augenblick.

»Es ist gut, dass du dich hier wohlfühlst.« José gibt ihr einen Kuss, der ihr direkt ins Herz fließt und nimmt sie dann wieder mit ins Kino. Sie entscheiden sich für einen Film, er ist gerade neu in den Kinos und sie will gar nicht darüber nachdenken, wie José ihn schon zuhause haben kann. Als er ihr das Popcorn bringt, zieht Janine ihre Schuhe aus und macht es sich auf einem der Sofas bequem. José setzt sich zu ihr und sie legt ihren Kopf auf seine nackte Brust. Es fühlt sich wunderbar an, seine warme Haut, sein Herzschlag, das gedämpfte Licht und die vielen Eindrücke des Tages lassen Janine aber müde werden, sie versucht sich auf den Film zu konzentrieren.

Als sie das nächste Mal die Augen öffnet, spürt sie, wie sie hochgenommen wird. Sie sieht sich verwundert um und findet sich in Josés Armen wieder, der sie in sein Schlafzimmer bringt und ins Bett legt. »Ich schlafe gar nicht und ich bin viel zu schwer für dich.« Janine gähnt und José lacht leise an ihren Kopf, während er sie behutsam auf das Bett legt. »Du hast wie eine süße Prinzessin in meinen Armen geschlafen und du bist leicht wie eine Feder oder traust du mir so wenig zu?« Er bleibt über sie gebeugt, auch hier ist das Licht nur leicht gedimmt und draußen ist es schon dunkel, Janine kann ihm gerade so noch in die Augen sehen. »Nein, ich traue dir viel zu.« Sie flüstert es nur, sie ist gefangen in dem Augenblick und legt die Arme um José, um ihn noch näher zu spüren.

Als sich ihre Lippen zu einem wilden Kuss treffen, knistert die Luft zwischen ihnen so stark, dass Janine alle Hemmungen fallen lässt. Sie streichelt über seine Arme, seinen Rücken und spürt seine Erregung an ihrem hochgerutschten Rock. Seine Finger fahren unter ihr Shirt, seine Lippen trennen sich von ihren und er fährt ihren Hals entlang. Als er an ihrem Ohrläppchen knabbert, stöhnt sie leise auf. José dreht sich auf den Rücken und zieht Janine auf sich, er will sie sehen.

Janine spürt keine Scham, als er ihr Shirt hochzieht und ihren BH öffnet, sie genießt seinen Blick auf sich und öffnet ihren Zopf. Bevor seine Hand sich auf ihren Oberkörper legen kann, beugt sie sich vor und erkundet seine Haut, sie küsst seine harte Brust und fährt das Tattoo an seinem Unterarm nach, was sie schon die ganzen Tage über immer wieder betrachtet hat. Da steht in schnörkeliger Schrift 'Los Natos' und daneben klein 'bis zum Tod'. »Was bedeutet Natos?« José lächelt und legt seine Hand an ihre Wange. »Los Natos, das sind wir, meine Familie.«

Janine küsst ihn, sie legt ihre Gefühle in den Kuss, die sich die letzten Tage und Wochen in ihr aufgebaut haben. Sie bildet sich ein, dass es ihm genauso geht, als er sie verlangend zurück küsst. Als sie sich dann wieder aufsetzt, liebkost er ihre Brüste, sie lehnt sich zurück und genießt seine Lippen auf sich, bis es plötzlich laut unten klopft und geklingelt wird. »José du Sack, wir waren verabredet.« Janine legt sich schnell die Decke um die Brust und er flucht leise auf. »Sind das deine Brüder?« Er steht auf und Janine legt sich ins Bett zurück. »Nein Freunde, hab die total vergessen, ich bin gleich wieder da.« Er verschwindet schnell nach unten. Janine atmet tief durch und sieht auf die dunkle Stadt und die vielen Lichter. Es ist so schön hier und der Geruch von José hüllt sie friedlich ein, sie lauscht eine Weile den Stimmen von unten. Das nächste, was sie dann spürt, sind warme Arme, die sie an sich ziehen und Lippen, die ihre Wangen küssen.

Erst als sie die Sonne an der Nase kitzelt, öffnet sie die Augen wieder. Verschlafen blickt sie zu José, der sie fest in den Armen hält, seine Beine halten ihre gefangen, dann fällt ihr Blick auf die Uhr. »Ich muss zur Uni!« Panisch steht sie auf und sucht nach ihrer Tasche, die sie neben dem Bett findet. José bewegt sich und gähnt. »Ich fahre dich.« Janine eilt ins Bad, macht sich frisch und dankt ihrer Mutter gedanklich, dass sie gezwungen hat, Wechselwäsche einzupacken. »Mist, meine Mutter, ich wette, sie hat schon den halben Polizeistaat alarmiert, weil ich nicht nach Hause gekommen bin.« Sie hört ein Lachen aus dem Schlafzimmer. »Ich habe ihr gestern von deinem Handy eine Nachricht geschrieben, als ich gemerkt habe, du bist nicht mehr wachzubekommen. Ich hoffe, das ist nicht schlimm, deine Mutter fand es gut.«

Janine muss lächeln, als sie zurück ins Schlafzimmer kommt und gibt José, der auch aufgestanden ist, einen langen Kuss. »Danke.« Seine Hände fahren ihren Rücken entlang und er drückt sie an sich. »Vielleicht muss sie sich daran gewöhnen, dass du jetzt öfter bei mir bist.« Janine nickt. »Wenn ich allerdings nicht zur Uni komme, wird sie mich zuhause einsperren.« José lacht und macht sich schnell fertig. Auf dem Weg zur Uni halten sie an einer Bäckerei und Janine kommt gerade noch dazu, ein Croissant und einige Schlucke Kaffee zu sich zu nehmen, als José sie vor der Uni noch schnell küsst und ihr sagt, dass er sich abends meldet, da er ja heute mit Gabriel zu tun hat.

Sie läuft schnell zu den anderen, die vor der Uni stehen und zu ihnen gucken. Shannon grinst bis über beide Ohren, während Steven José mit seinen Blicken fast ermordet, als dieser vom Uniparkplatz fährt. Marty ist wieder da, er sieht zwar immer noch etwas blass aus, doch offenbar ist er wieder gesund. Als sie ihn begrüßt, zieht er die Augenbrauen hoch.

»Wow, ich wusste nicht, dass du mit einem der Anführer der Natos zusammen bist, dürfen wir überhaupt noch mit dir reden?« Janine sieht ihn fragend an, sie versteht nicht, was er meint, doch bei dem Namen Natos scheint es bei allen anderen klick zu machen und sie sehen schockiert aus.

»Was bedeutet das, Natos, das ist seine Familie, was ist daran so schlimm?« Shannon sieht Josés Auto hinterher. »Ich habe schon viel von ihnen gehört, aber noch nie jemanden von ihnen gesehen, ich wusste nicht, dass er dazu gehört.« Steven flucht. »Ich hätte mich fast mit dem Kerl angelegt.« Janine wird sauer. »Kann mir mal einer erklären, wovon ihr sprecht!« Marty sieht sie fragend an.

»Weißt du nicht, wer er ist, Janine? Das ist José Nato, er ist nicht nur ein Mitglied der Los Natos, er ist einer der Anführer. Seine Familie herrscht über ganz Puerto Rico, nicht einmal die Polizei stellt sich ihnen in den Weg, sie sind eine Familia, man kann auch sagen eine Gang, jeder kennt sie, man legt sich nicht mit ihnen an, keiner ist so verrückt. Ich habe viel von ihnen gehört, wie kann es sein, dass du nichts davon weißt?«

Bei jedem Wort von Marty hat Janines Herz schneller angefangen zu schlagen, jetzt versteht sie vieles was ihr komisch vorkam, trotzdem wollen diese Worte nicht zu ihr durchdringen. Ihre Beine fühlen sich taub an, sie setzt sich auf die Treppen. »Hey Süße, atme tief durch, du bist ja ganz blass.« Janine merkt, dass Shannon neben ihr sitzt, doch registriert sie nicht. Die Worte hallen in ihrem Kopf wider.

Sie sieht in Martys Augen. »Du meinst, er ist … er gehört zu einer …? Er ist ein Gangster? Seine Familie ist …? Willst du damit sagen, er ist kriminell?«

Janine ist schlecht und ihr Herz schlägt so verzweifelt wild wie die Flügel eines Vogels, der in einen zu kleinen Käfig gesperrt wurde.

Kapitel 10

Janine kann sich nicht konzentrieren, Marty hat ihr versprochen in der Pause mit ihr zu reden, doch sie mussten alle zum Unterricht. Tristan neben ihr kennt die Natos zwar und weiß, dass es eine große puertoricanische Familie ist, mit der man sich nicht anlegen sollte, doch Genaueres weiß er nicht. Sie alle leben hier in dem Viertel, wo man kaum Kontakt zu den Puertoricanern hat und wissen nicht viel über die Natos, nur Marty kann ihr mehr erzählen.

Sobald sie in der Cafeteria angekommen ist, erklärt Marty ihr, dass die Natos schon immer die führende Familie in Puerto Rico ist, besonders hier in San Sebastian. Er erklärt, man kann es mit einer Mafia vergleichen, der Begriff Gang ist für viele mit Armut verbunden und davon kann bei der Familie keine Rede sein. Sie machen Geschäfte in ganz Puerto Rico und darüber hinaus. Für Janine ist das alles unbegreiflich. »Also hat das nichts mit einer Sicherheitsfirma zu tun?«

Marty schüttelt lachend den Kopf. »Nein, vielleicht sollte man die Menschen vor ihnen schützen.« Janine traut sich gar nicht zu fragen, doch sie muss es wissen. »Töten und bedrohen sie auch Menschen?« Marty setzt sich genau vor sie. »Janine, ich kenne die Typen nicht persönlich, nur vom Sehen und was man sich so erzählt. Ich habe gehört, dass sie ihre Familie und ihre Frauen mehr schützen als ihr eigenes Leben, ich will dir da nicht reinreden, nur, du kannst dir sicher sein, dass man soviel Macht, wie die haben, nicht ohne Gewalt bekommt.«

Sie muss schwer schlucken. Als alle anderen wieder in den Unterricht gehen, bleibt sie mit Shannon alleine zurück. »Jetzt rede erst einmal mit ihm, frag ihn danach, ich habe auch einige Geschichten von den Los Natos gehört, aber am Ende ist er der Einzige, der dir die Wahrheit sagen kann.« Janine sieht auf ihre Hand. Sie zittert, auch ihr Herz hat sich noch nicht beruhigt. »Ich kann nicht glauben, dass ich mich so in ihm getäuscht habe. Er ist kriminell? Kannst du das glauben, Shannon?« Sie schüttelt den Kopf. »Hätte Marty nicht gesagt wer er ist, hätte ich das auch niemals gemerkt.«

Es klingelt noch einmal. »Lass uns in den Unterricht gehen.« Janine bleibt aber sitzen. »Ich gehe nach Hause, ich brauche Zeit um meine Gedanken zu sortieren.« Sie sieht ihrer Freundin an, dass sie sich Sorgen macht. »Soll ich mitkommen?« Janine steht auf und gibt Shannon einen Kuss auf die

Wange bevor sie rausgeht. »Nein, ich komme schon klar, ich rufe dich später an.«

Als sie nach Hause läuft, merkt sie aber, dass sie überhaupt nicht klarkommt. Wieso hat sie sich nichts dabei gedacht, als jeder respektvoll vor José ausgewichen ist? Er hat sie sogar mitgenommen, als er diese komische Sporttasche gegen eine andere getauscht hat, Janine war so naiv und hat nicht einmal darüber nachgedacht, was sich in der Tasche befinden könnte. Als sie jetzt darüber nachdenkt, wird ihr übel. Sie überlegt kurz in die Praxis ihrer Mutter zu gehen, die nur zwei Häuser neben ihrem ist, doch das würde sie nur zu einer Befragung ermutigen und darauf hat Janine jetzt keine Lust.

Als sie die Haustür aufschließt, merkt sie sofort, dass ihr Vater im Haus ist. »Ich weiß selbst, dass wir die Situation kaum noch im Griff haben, aber wir haben keine Alternative. Bezahle sie, ich werde heute Nacht und die nächsten Tage Überstunden machen und versuchen das wieder einzuholen.« Als Janine in die Küche kommt, legt ihr Vater gerade auf. Seine Worte und sein erschöpftes Gesicht beunruhigen Janine. »Alles in Ordnung bei dir?« Ihr Vater sieht sie an und kreist seine Schultern. »Wahrscheinlich so in Ordnung wie bei dir, wenn man deinen Gesichtsausdruck richtig deutet. Soll ich dich jetzt fragen, wieso du nicht in der Uni bist?«

Bloß nicht, sie setzt sich neben ihn, ohne auf seine Frage einzugehen. »Na los, Süße, zieh dich um, wir gehen joggen, um unseren Kopf von allen Gedanken frei zu bekommen, wie früher.«

Sie gehen joggen. Normalerweise konnte Janine nie mit ihrem Vater mithalten, doch heute treibt sie die Wut und die Enttäuschung und sie rennt sich die Seele aus dem Leib. Durch das kleine Stück Wald, unweit von ihrem Haus, einen Hügel hinauf, erst da hält sie ein und wartet auf ihren Vater. Bis er ankommt, atmet sie tief durch und sieht auf die Landschaft, ihr Blick schweift umher und wirklich, sehr weit weg erkennt sie das Haus von José, oben auf einem Berg.

»Na da muss ja einiges passiert sein.« Ihr Vater kneift die Augen zusammen und hält sich die Seite, als hätte er Seitenstiche. »Danke Papa, es war eine gute Idee, musst du nicht arbeiten?« Auf keinen Fall möchte sie über dieses Thema sprechen. »Ja, aber für ein Mittagessen mit meinem Küken ist noch Zeit.« Er zieht liebevoll an ihrem Pferdeschwanz und rennt den Berg wieder hinunter. Janine muss lachen und folgt ihm.

Sie holen ihre Mutter zur Mittagspause ab, bis dahin ist Janine so ausgepowert, dass ihr gar nicht auffällt, dass etwas nicht stimmt. Sie hätte heute eh früher Schluss und somit stellt sie zu Janines Glück überhaupt keine Fragen und sie essen zusammen zu Mittag. Seit sie in Puerto Rico leben, kommen diese Familienmomente leider etwas zu kurz. Danach kehrt Janine alleine ins Haus zurück, ihre Eltern gehen zur Arbeit.

Sie sieht, dass José und Shannon angerufen haben, aber ruft nur Shannon zurück, damit sie sich keine Sorgen macht. Auf die Frage, was Janine nun tun möchte, weiß Janine keine Antwort. »Ich habe noch nicht mit ihm gesprochen und im Moment möchte ich das auch gar nicht. Ich will einfach gerade gar nichts davon hören, ich bin zu enttäuscht.« Ihre Freundin bittet sie trotzdem mit ihm zu reden, nur so kann sie wirklich alles erfahren.

Nachdem sie aufgelegt haben, sieht sich Janine einen Film an, geht in den Pool, versucht ein Buch zu lesen und lernt für die Uni. Ihr Handy klingelt noch ein paar Mal, doch sie geht nicht ran, sie hat noch keine Geduld dafür mit José zu reden.

Bevor sie schlafen geht, sagt sie ihrer Mutter, dass sie morgen zuhause lernen wird. In der Uni steht es ihr frei, solange es nicht zu oft ist. Sie begründet es damit, dass sie sich noch einiges aus der Bibliothek besorgen muss, was nicht einmal gelogen ist. Obwohl ihre Gedanken nur so um José und die Los Natos kreisen, schläft sie ziemlich schnell ein. Am nächsten Morgen entdeckt sie eine Nachricht von José. 'Bist du im Lernfieber, Prinzessin? Melde dich wenn du kannst.'

Er soll wirklich ein Gangster sein? Sie denkt an seine weichen Lippen, sehnt sich schon jetzt nach seinem Geschmack, seinem Geruch, den warmen Augen auf ihr, aber von Anfang an hat sie gemerkt, dass diese Augen auch gefährlich sein können. Hat er wirklich schon andere Menschen verletzt oder sogar getötet? Sie hat keine Ahnung, wie sie damit umgehen soll, niemals hätte sie daran gedacht, sich jemals in so einer Situation zu befinden. Sie muss mit ihm reden, sie wird da nicht drumherum kommen, doch solange sie noch so geschockt ist, will sie es so weit wie möglich nach hinten verlegen.

Also zieht sie sich einfach nur eine Trainingshose und ein Top an und setzt sich nach dem Frühstück wirklich zum Lernen hin. Nachdem ihre Mutter zum Mittag da war und zuhause bleibt, macht sie sich auf den Weg in die Bibliothek, um ihrem fragenden Blick auszuweichen. Lange kann sie ihr nichts verheimlichen. Kurz nachdem sie losgefahren ist, bekommt sie einen Anruf von Shannon. »José war gerade hier und hat nach dir gefragt.« Sie hält an einer Ampel. »Was hast du ihm gesagt?« Sie hört Steven und Tristan im Hintergrund. »Nur, dass du heute nicht da warst und gestern auch früher gegangen bist.« Janine fährt weiter. »Okay, danke. Ich melde mich später bei dir.« Sie will gerade auflegen. »Janine, er sah sehr besorgt aus, rede mit ihm.« Vielleicht will sie es nicht, weil sie weiß, wie sie reagieren wird, wie sie reagieren muss, sie kann das nicht einfach akzeptieren. Warum war er nicht von Anfang an ehrlich zu ihr?

Erst in der Stille der Bibliothek, wo Handys verboten sind, beruhigt sie sich wieder. Es tut gut, sich auf das Aussuchen verschiedener Bücher zu konzentrieren, und die Bibliothekarin ist so nett und berät sie etwas. Als sie dann anderthalb Stunden später die Bibliothek wieder verlässt und ihr Handy einschaltet, sieht sie nicht nur Josés Anrufe, auch ihre Mutter hat sie versucht zu erreichen. Nur sie ruft Janine zurück. »Schatz, José war da, ist alles in Ordnung bei euch beiden? Er hat nach dir gefragt.« Sie legt die Bücher in den Kofferraum. »Ja Mama, ich ... muss etwas mit ihm klären, ich fahre jetzt zu ihm.« Damit ist ihre Entscheidung gefallen, sie kommt um dieses Gespräch nicht mehr herum.

Sie sieht es dieses Mal mit anderen Augen, als sie in das Gebiet fährt, in dem José mit seiner Familie lebt. Sie will den Hügel anfahren, da stoppen die Männer am Wegrand sie. »Wohin, Hübsche?« Janine ist wütend auf all das, gleichzeitig macht es ihr Angst. Nun weiß sie ja, warum die Männer hier stehen und was sie sind. »Ich will zu José ...« Noch während sie darüber nachdenkt, ob sie den Nachnamen sagen sollte, nimmt der Mann, der an ihr Fenster gekommen ist, sein Handy in die Hand. »Hier ist jemand, der zu dir will ... ein hübscher blonder Engel.« Der Mann zwinkert ihr zu, aber im nächsten Moment wird er ernst und räuspert sich. »Du kannst durchfahren.«

Sie würde gerne wissen, was José dem Mann gesagt hat, doch sie gibt Gas und fährt weiter. Die nächsten Männer halten sie nicht an und zwei Minuten später hält sie vor Josés Haus. Er steht vor der Haustür, angelehnt an eine der dicken weißen Marmorsäulen davor. Janine steigt aus. José trägt eine Jeans und ein weißes Hemd. Sicherlich hatte er heute einen wichtigen Termin. Sie verzieht ihr Gesicht leicht beim Gedanken daran, was für ein Termin das gewesen sein könnte.

Er bleibt einfach angelehnt an der Säule stehen, seine Augen verfolgen jeden ihrer Schritte genau. Janine bekommt eine Gänsehaut, am liebsten würde sie jetzt zu ihm gehen, ihm einen Kuss geben und sich an ihn schmiegen, seinen Duft einatmen und seine starken Arme um sich spüren, um dieses beklemmende Gefühl loszuwerden, was sie seit gestern Morgen in sich trägt. Aber das geht nicht, er ist der Grund für dieses Gefühl, und deswegen bleibt sie auch mit einem gewissen Abstand zu ihm stehen, um erst gar nicht schwach zu werden.

»Hi.« Jetzt bewegt sich José das erste Mal. Janine hört, dass sich im Haus noch andere befinden, die Haustür steht offen. Natürlich merkt er sofort, dass etwas nicht stimmt, er sieht allerdings auch nicht gerade glücklich aus. »Willst du das jetzt immer machen? Einfach nicht ans Handy gehen, dich nicht melden, mich wie einen Hampelmann hinter dir herlaufen lassen?« Janine schüttelt den Kopf, daran hat sie gar nicht mehr gedacht. »Das ist, wenn ich über etwas nachdenke, ich kann dann nicht mit dir reden, es ist … warum hast du es mir nicht gesagt? Ich habe gestern, als du mich an der Uni abgesetzt hast, erfahren, was du bist, wer du bist … also die Natos. Wieso hast du es mir nicht gesagt?«

José steckt die Hände in die Hosentasche. »Komm rein, wir reden …« Janine schüttelt erneut schnell den Kopf. Ihr Herz schlägt wieder schneller. »Ok, dann nicht.« Er sieht nicht so aus, als würde es ihn überraschen. Er steht ganz entspannt vor ihr, seine dunklen Augen halten ihre fest, als würde er genau auf jede Reaktion achten, die sie vielleicht vorhat zu verbergen. »Was soll ich dir sagen, Janine? Ich bin José Nato, daraus habe ich niemals ein Geheimnis gemacht.« Janine spürt Wut hochkommen, wie kann er das so lässig dahinsagen?

»Tu nicht so, du weißt genau, was ich meine. Du hast mir nicht gesagt, wer oder was ihr seid und was ihr tut, aber das hättest du mir sagen müssen.« Er hebt eine Augenbraue an, seine gesamte Körperhaltung bewirkt bei Janine, dass sie sich nicht ernst genommen vorkommt. »Oh, und jetzt haben dir deine tollen Unifreunde also erzählt, was wir sind oder wer, da sie uns so gut kennen? Da bin ich jetzt wirklich einmal gespannt. Was sind wir denn?« Janine zuckt kurz zusammen bei seinen Worten, egal wie gelassen er wirkt, sie sind sehr scharf und spitz aus seinem Mund gekommen, fast, als hätte er sie ihr vor die Füße gespuckt.

»Ihr seid … eine Gang, Mafia. Ich weiß nicht, als was man das bezeichnen sollte, ich verstehe nur nicht, wieso du es mir nicht gesagt hast …« Er unterbricht sie. Nun zucken seine Mundwinkel, als würde er am liebsten loslachen. »Gangs sind eher die Leute aus den Slums in Mexiko und wir sind auch keiner italienischen Hollywood-Filmfamilie entsprungen. Wir sind eine Familia, Janine.« Janine streicht sich kurz über die Stirn, sie bekommt Kopfschmerzen, sie fühlt sich viel zu eng in ihrer Haut in diesem Moment.

»Es ist doch egal, wie man es nennt, ihr macht Sachen … du bist nicht in einer Securityfirma, wie du es mir gesagt hast.« Josés Blick ändert sich schlagartig. Er wird wütend. »Ich habe auf deine Frage gesagt, man könnte es so nennen, ein Teil unserer Arbeit ist es, Unternehmen, Leute und Geschäfte mit unserem Namen und unserem Ansehen unter unseren Schutz zu stellen, gegen Bezahlung. Ich lüge nicht Janine, das würde ich niemals tun, ich würde nie verleugnen, wer oder was ich bin, ich dachte nicht, dass es für dich so eine Rolle spielt, Einzelheiten zu erfahren über das was ich mache.«

Janine verschränkt die Arme vor der Brust. »Das ist doch nicht das Gleiche, ich kann auch nicht sagen, ich studiere Chemie und in Wirklichkeit leite ich ein Drogenlabor!« Nun lächelt José und das macht sie nur wütender. »Ich hoffe es doch nicht und falls es dich beruhigt, wir handeln nicht mit Drogen. Das machen deine Gangs aus den Slums.« Janine atmet tief ein und versucht sich zu beruhigen, sie sollte nicht vergessen, wo sie hier gerade ist. »Mit was handelt ihr dann? Ihr bietet also euren Schutz gegen Bezahlung an, ist das gegen das Gesetz? Was sagt die Polizei dazu?«

José kommt einen Schritt näher. »Janine, du bist hier nicht in Deutschland. Hast du eine Vorstellung davon, was die Polizei hier macht? Hier gelten andere Regeln und für uns gelten keine Gesetze, verstehst du das? Wir haben unsere eigenen Gesetzte, die Polizei interessiert uns nicht und sie sind schlau genug uns aus dem Weg zu gehen.« Janine geht einen Schritt zurück. Und als José merkt, wie seine harten Worte sie getroffen haben, hebt er eine Hand.

»Hör zu, du kannst mir glauben, wir alle sind … wir würden Unschuldigen niemals etwas tun, wenn, dann geht es nur ums Geschäft und wir haben sogar mehr Prinzipien als so manch andere Leute, die du vielleicht in vermeintlich ehrbaren Berufen finden würdest. Die Los Natos beherrschen das Land schon seit vielen Generation und ich bin stolz, weiter daran zu arbeiten. Ich bin nicht einfach nur ein Mitglied, ich gehöre mit meinen Brüdern zu den Anführern. Ich habe nicht vor, mich dafür zu rechtfertigen. Nur einer meiner Brüder hat das alles einmal wegen einer Frau in Frage gestellt und ich habe gesehen, wie er daran kaputt gegangen ist, also werde ich einen Teufel tun und den selben Fehler machen. Ich bin was ich bin, entweder du kommst damit klar oder es tut mir leid.«

Janine spürt, wie ihr die Tränen in die Augen steigen, vielleicht hatte sie erwartet, dass er es abstreitet oder es zumindest bereut … irgendwas, aber nicht diese harte Mauer, die José sofort um sich herum gebaut hat, nicht diese harten und viel zu sicheren Worte. »Trägst du eine Waffe, wenn du mit mir bist? Hast du schon einmal jemanden getötet?« Sie will die Antwort gar nicht wissen, doch die Worte kommen wie von selbst, auch wenn sie sich nicht mehr so selbstsicher anhören, wie sie noch vor einigen Minuten geredet hat.

José flucht, für einen Moment sieht sie etwas in seinen Augen aufblitzen, ein Verlangen, als würde er sie gerne in den Arm nehmen. Und egal was sie alles gerade erfahren hat, sie wünscht es sich, noch immer will sie in seine Arme, doch sie ist viel zu sehr ein Mensch, der seinen Kopf vor sein Herz stellt.

»Falls du jemals denkst, ich würde dir etwas tun oder jemand von uns, wir ehren und schützen unsere Familien und die Menschen, die uns wichtig sind, mit unserem Leben. Ich trage immer eine Waffe mit mir, Janine, immer … wie gesagt, ich werde niemals lügen, also wenn du eine Antwort nicht ertragen kannst, frag nicht. Würdest du mir die Frage stellen, wenn ich wie du gedacht hast eine 'Securityfirma' hätte?

Wenn einer der Leute, die diese Firma bewacht, bedroht wird und man dann eingreift, den Angreifer tötet und ausschaltet? Das wäre in Ordnung, da es unter dem offiziellen Schild der Securityfirma passiert wäre, aber bei uns, einer Familia, rümpft man die Nase? Wir sind hier nicht in Deutschland oder Europa, hier herrschen andere Gesetze, auch wenn du dich im Touristenviertel aufhältst, hättest du das schon merken sollen.«

Janine öffnet den Mund, sie will etwas sagen, doch dann schließt sie ihn wieder. Irgendwie hat er recht mit dem Vergleich, doch es fühlt sich trotzdem falsch an. »Ich gehe jetzt!« Sie wendet sich um, sie weiß nichts mehr zu sagen. »Janine!« Sie dreht sich noch einmal um.

»Wie ich es gesagt habe, ich bin wer ich bin, entweder du akzeptierst es oder nicht, aber niemals werde ich mich für das entschuldigen, wozu ich geboren wurde und es für niemanden in Frage stellen.« Er dreht sich um, geht ins Haus und schlägt die Tür zu, Janine bleibt einen Augenblick vor ihrem Auto stehen. Das war klar und deutlich. Wut, Enttäuschung, Traurigkeit, alles zusammen brodelt in ihr. Sie steigt in ihr Auto und verlässt so schnell sie kann das Los Natos-Gebiet.

Kapitel 11

»Und wie war es bei deinem Freund?« Janines Mutter sieht ihr freudig ent-gegen, als sie aber in das Gesicht ihrer Tochter sieht, vergeht ihr Lachen. »Er ist nicht ... mein Freund. Wir werden uns nicht mehr treffen und nein, ich möchte nicht darüber reden.« Ohne eine Antwort abzuwarten geht sie in ihr Zimmer.

Sie zieht sich aus und geht direkt unter die Dusche, will alles von sich abwaschen, die Gedanken, die Zweifel, alles. Doch sobald sie aus der Dusche steigt und sich aufs Bett legt, kommt alles wieder hoch. Sie hat eine Nachricht von José erhalten. 'Tut mir leid, wenn das vorhin vielleicht zu hart war, aber ich bin ehrlich.' Janines Magen zieht sich zusammen. 'Ich weiß.' Er wollte sie nicht verletzen, er war wirklich eben nur ehrlich, die Wahrheit hat sie einfach verletzt. Auf ihre Antwort kommt keine Reaktion mehr und Janine erwartet auch nichts mehr.

Sie holt sich ihren Laptop und versucht noch einige Antworten zu bekom-men, doch sie findet nichts im Internet. Es gibt ein paar Bilder der Brüder, wenn man den Namen angibt, aber ansonsten keine weiteren Informatio-nen. Sie gibt Gangs ein und landet bei einer Dokumentation über die Mara Salvatrucha. Gebannt verfolgt sie diesen Film über eine Stunde. Ihr ist schnell klar was José meinte, dass sie so eine Gang nicht sind, doch einige Parallelen findet Janine schon, wenn sie darüber nachdenkt.

So stolz und ohne Zweifel, wie er von seiner Familia redet, diesen Stolz findet sie auch bei den Mitgliedern dieser Straßengang. Auch wenn sie bei keinem der Natos eine Tätowierung im Gesicht gesehen hat, ist ihr doch aufgefallen, dass nicht nur José den Namen der Natos in seine Haut täto-wiert hat. Sie legt den Laptop weg und versucht die Gedanken beiseite zu schieben, um wenigstens ein paar Stunden schlafen zu können, was ihr aber sehr schwerfällt.

In der Uni redet sie nur mit Shannon über alles was passiert ist. Als sie ihr von dem Gespräch erzählt hat, lehnt sie sich zurück und fährt nachdenklich mit dem Zeigefinger über den heißen Becher mit Kakao, der vor ihr steht. »Und was denkst du jetzt darüber? Ich meine, unrecht hat er nicht mit dem was er gesagt hat, aber ich verstehe dich auch.« Janine legt den Kopf in den Nacken, als würde sie an der alten Cafeteria-Decke alle Lösungen finden. »Was würdest du tun? Könntest du über all das hinwegsehen?« Shannon überlegt auch einen Augenblick. »Ich weiß nicht genau, wahrscheinlich nicht, aber ich würde es zumindest probieren, wenn mir diese Person viel bedeutet und erst einmal gucken, was genau alles dahintersteckt. Viel weißt du ja immer noch nicht und vielleicht hört es sich auch erst einmal schlimmer an als es ist.«

Janine steht auf, sie muss in die nächste Vorlesung. »Darüber brauche ich mir gar keine Gedanken zu machen, José war gestern eindeutig, er hat mich nicht darum gebeten, es mir zu überlegen oder bei ihm zu bleiben, von daher brauche ich mir das gar nicht durch den Kopf gehen zu lassen. Es ist jetzt wie es ist und je schneller ich mich damit abfinde, desto besser.«

Danach lebt Janine auch die nächsten Tage, sie erwartet keine Nachricht und keinen Anruf mehr von José und es kommt auch keiner. Sie kann es nicht lassen, ihren Blick über den Parkplatz schweifen zu lassen und nach seinem Auto Ausschau zu halten, auch wenn sich immer wieder ihr Herz zusammenzieht, wenn sie es nicht sieht. Im Grunde weiß sie, dass es besser so ist. Nur ihre Träume kann sie nicht beeinflussen, sie träumt fast jede Nacht von ihm. Manchmal davon, wie er sie küsst, wie sie in seinem Bett liegt und ihn wieder bei sich hat. Ihre Finger spüren seine Haut, sie schmeckt ihn, kuschelt sich an seine harte Brust und findet den schönsten und weichsten Schlaf, den sie jemals hatte.

Aber es gibt auch andere Träume. José steht neben seinen Brüdern, seine Hände sind voller Blut und er trägt eine Waffe in seiner Hand. Dann sieht er nach oben und streckt die andere Hand nach ihr aus, er bittet sie zu ihm zu kommen, doch jedes Mal wacht sie genau an dem Punkt auf.

»Wieder eine schlaflose Nacht, du weißt, wenn du nicht schlafen kannst, bist du in den Träumen von jemand anderem wach.« Diese Weisheit kam von Tristan, als sie fast im Unterricht eingeschlafen wäre. Sie lassen sie in Ruhe, wahrscheinlich weil sie merken, wie schwer es ihr auch so schon fällt.

Als sich alle für das Wochenende zum Feiern verabreden, bleibt Janine zu Hause, sie ist noch nicht bereit dafür, sie verbringt lieber Zeit mit ihren Eltern und den Schulbüchern. Es wundert sie nicht, als sie am Sonntagmittag einen Anruf von Shannon bekommt, José war im B.B. Zwar hat er niemanden von ihnen angesprochen, doch man hat bemerkt, dass er sich nach Janine umgesehen und sie immer wieder gesucht hat. Er war mit einigen Männern und auch Frauen da, Shannon kann aber nicht sagen, ob eine der Frauen mit ihm da war, das will Janine auch gar nicht wissen.

Maribel war ihre zweite Hälfte, sie wird es immer bleiben. Natürlich hat Janine sich bei ihr all den Kummer von der Seele geredet, auch wenn sie niemals eine Antwort bekommen wird. Auch mit Yannik hat sie am Wochenende geskypt, doch als dann, ohne das sie etwas sagen musste, am Sonntagnachmittag Shannon vor ihrer Haustür steht mit mehreren Schachteln Pizza, Schokolade und DVDs, weiß sie, dass sie in ihr auch eine wirkliche Freundin gefunden hat.

Auch die nächste Woche gelingt es Janine, die Gedanken an José so gut es geht zu verbannen, nur noch ein paar Tage und es ist Weihnachten. So schwer es ihr auch fällt, aber sie geht los und besorgt trotz Hitze Weihnachtgeschenke. Selbst für Bianca findet sie eine Kleinigkeit. Janine sagt am Wochenende wieder alles ab, sie will nicht feiern gehen und dieses Mal bleiben auch Shannon, Steven und Mike den Clubs fern. Sie gehen Samstagabend Billardspielen und das erste Mal seit Langem hat Janine wieder einen unbeschwerten Abend, an dem sie sich mehr als einmal den Bauch vor Lachen hält, weil Mike und Steven alles geben, um sie wieder lächeln zu sehen.

Die gute Stimmung ändert sich aber schlagartig, als Mike einen Anruf von Bianca aus dem B.B. bekommt. Es ist schon nach ein Uhr nachts und alle wissen, dass etwas passiert sein muss. Mike hört zu und wird angespannt. »Ich komme sofort!« Shannon seufzt laut auf. »Was ist es dieses Mal?« Mike legt Geld auf den Billardtisch und will gleich los. »Bianca ist total betrunken im B.B., sie kann kaum noch drei klare Sätze sprechen. Irgendwie muss sie mit jemandem rumgemacht haben, der ihr das ganze Geld aus ihrer Tasche geklaut hat. Tristan ist schon weg und sie kann die Rechnung nicht bezahlen, sie braucht Geld und sicherlich jemanden, der sie nach Hause bringt. Außerdem denkt sie, dass die den Typen noch finden wird, nicht dass da noch Streit entsteht.«

Sie gehen Mike hinterher. »Wieso tust du das für sie? Jedes Mal wenn sie in der Scheiße steckt, ruft sie dich an und du springst. Am nächsten Tag behandelt sie dich eh wieder wie Luft, also wieso lässt du es nicht sein?« Mike öffnet seine Wagentür. »Weil ich sie liebe, Shannon, einfach nur deshalb.« Steven steigt mit ein. »Ich kenne dich, wenn du den Typen siehst, gibt es Stress und wenn Bianca besoffen ist, gibt es sicherlich eh Stress, ich komme mit.«

Shannon und Janine gehen zu Shannons Wagen. »Lass uns auch hinfahren, ich werde nicht zulassen, dass sich mein Bruder auch noch wegen ihr prügelt. Das werde ich nicht zulassen, sie ist es nicht wert. Wann kommt der Tag, bis er das auch begreift?« Sie fahren Mike und Steven hinterher, die regelrecht rasen. Schon auf dem Parkplatz sieht man, dass es voll ist. Als Janine Josés Wagen entdeckt, würde sie am liebsten auf dem Parkplatz warten, doch sie kann sich nicht ewig vor ihm verstecken, also geht sie mit Shannon hinter Mike und Steven her. Mike rennt die Treppen zum VIP-Bereich hoch. »Man kann es auch übertreiben!« Shannon verdreht die Augen und Janine muss lachen.

Sobald sie oben sind, fällt ihr Blick zu dem Tisch, an dem José immer sitzt. Wie nicht anders zu erwarten sitzt er da, viele Männer sind neben ihm und einige leichtbekleidete Frauen. Eine von ihnen sitzt genau neben ihm, sie hat die Beine übergeschlagen und spielt mit ihren schwarzen Locken, während sie José etwas erzählt. Janine ist sich sicher, würde sie sich etwas beugen, könnte sie auch die Farbe ihres Höschens erkennen, aber daran hat sie kein Interesse. In dem Moment sieht er zu ihnen, kurz treffen sich ihre Blicke, aber Janine wendet sich sofort weg, sie will sich das nicht antun.

Lieber widmet sie ihre Aufmerksamkeit Bianca, die wie ein Häufchen Elend allein an einem Tisch sitzt. Mike hat sich natürlich gleich dazugesetzt und nimmt sie tröstend in den Arm. »Der Held ist da.« Janine kann Shannon verstehen. Wäre Mike ihr Bruder, würde sie sicherlich auch nicht begeistert sein, doch am Ende muss er selbst wissen was er tut. Janine spürt Josés Blick auf sich, ihr wird heiß im Nacken. »Jetzt lasst uns die Rechnung zahlen und verschwinden!« Steven kommt neben sie und legt den Arm um sie. »Warum so ungeduldig? Vielleicht verpassen wir sonst etwas, so voll habe ich Bianca noch nie erlebt.« Janine sieht ihn mahnend an, was ihn den Arm nicht herunternehmen lässt. »Hör auf so fies zu sein.«

Kaum hat Janine die Worte ausgesprochen, springt Bianca auf. »Das ist er, da ist das Schwein, heyyyyyy!« Sie macht sich von Mike los und stolpert auf einen Mann zu, der gerade mit seinem Kumpel die Treppe hochkommt. Mike ist sofort auch auf den Beinen und Janine seufzt auf, während Steven lacht. »Wusste ich doch, dass es noch lustig wird.« Bianca schlägt wie eine Wahnsinnige auf die Brust des Mannes ein, der total überrascht ist. »Gib mein Geld zurück, du dreckiger Zigeuner, du hast keine Vorstellungen wem ...« Der Mann schlägt Bianca so fest von sich, dass sie genau vor Janine zu Boden fällt. Nun haben sie die Aufmerksamkeit aller auf sich und Steven kippt fast um vor Lachen.

Janine beugt sich zu Bianca, doch die ist schon wieder dabei aufzuspringen. Mike ist allerdings vor den Mann getreten. »Mike, lass das!« Nun mischt sich auch Janine ein, es sieht fast schon lächerlich aus, als der schmale Mike versucht, sich einen Kopf größer zu machen, um nicht ganz so mickrig vor dem Mann zu stehen. »Du solltest ihr das Geld zurückgeben, ansonsten können wir auch gern die Polizei einschalten.« Es weiß niemand, ob die beiden Männer wegen der Drohung oder Mikes Mut lachen und schneller als sie reagieren können, schlägt der Mann, der vor Mike steht, zu.

Shannon kreischt auf, auch Bianca ist zum ersten Mal seit sie da sind ruhig und Steven stürzt nach vorne. Mike hält sich die Nase, sie blutet. Der Barkeeper kommt zu ihnen und hält die Jungs auseinander. »Bring ihn auf die Toilette und guck dir seine Nase an.« Janine sieht Mike besorgt an, Shannon und Steven bringen Mike weg. Nun sind nur noch sie und die betrunkene Bianca da. »Was ist hier los, soll ich euch alle hier rausschmeißen?« Der Barkeeper ist sauer. Janine nimmt allen Mut zusammen und tritt nach vorne. Der Mann, der Mike geschlagen hat, hebt unschuldig die Hände.

»Die Betrunkene hat auf mich eingeschlagen, ich musste mich doch wehren.« Janine sieht den Barkeeper an und versucht alles zu erklären, sie zeigt auf Bianca, die blass an der Wand sitzt. »Meine Freundin sagt, dass der Mann ihr Geld aus der Tasche genommen hat, deswegen gab es den Streit.« Bevor der Barkeeper etwas sagen kann, wird der andere Mann laut. »Es reicht langsam, ich lasse mich doch nicht von den ganzen Schlampen hier beleidigen.« Es war laut genug, dass es alle mitbekommen haben und es verwundert Janine nicht, dass plötzlich José neben ihr steht, doch es fühlt sich gut an.

Der Mann wird ruhig. »Überlege dir genau, wen du hier Schlampe nennst, gib mir dein Portmonee! Ich kläre das, Joe.« Der Barkeeper zieht sich zurück. Der Mann, der gerade noch so über Mike gelacht hat, greift in seine Hosentasche. »Ich wusste nicht, dass die Leute zu euch gehören, ich schwöre ...« José nimmt ihm genervt das Portmonee aus der Hand. »Sie gehören nicht zu uns.« Er deutet kurz zu Janine. »Sie gehört zu mir und vergiss das niemals, wenn du noch einmal deinen Mund aufmachst!« Er wendet sich zu Bianca. »Wie viel hat er genommen?« Bianca sieht wieder hoch, sie ist total durch. »200 Dollar.«

José zieht ein großes Bündel Scheine heraus. Janines Augen weiten sich, das sind sicher über tausend Dollar. »War ein erfolgreicher Abend, oder?« José nimmt 300 Dollar und wirft dem Mann das Portmonee vor die Füße.

»Such dir richtige Arbeit und jetzt verschwinde.« Der Mann hebt das Portmonee auf und geht ohne ein weiteres Wort, genau in diesem Moment kommen die anderen von der Toilette. »Lasst uns gehen.« Steven sieht zu José und nimmt die anderen gleich die Treppe mit herunter. José gibt Bianca das Geld, die sich bei ihm bedankt, auch Shannon bedankt sich. »Kommst du?« Janine nickt. »Gleich.«

Sie wendet sich zu José um. »Danke, dass du Bianca geholfen hast.« Er ist sauer. »Ich habe ihr nicht geholfen, mir ist das scheißegal. Ich hätte mich nicht eingemischt, nur als er dich beleidigt hat, bin ich gekommen. Bist du jetzt mit diesem Surfertyp unterwegs, der schon von Anfang an ein Auge auf dich hatte? Der sich halb totlacht in solchen Situationen, statt dich schützend wegzubringen, ist es das, was du willst?« Schon wieder Steven. »Er ist nur ein Freund, mehr nicht, das war so und das bleibt so.«

José sieht ihr in die Augen. »Ich habe deinen Blick gesehen, du hast mich angeguckt, als wäre ich nur noch … ein Monster für dich.« Janine geht automatisch einen Schritt näher auf ihn zu. »Was redest du da? Wenn, dann war mein Blick so wegen der Frau neben dir, ich würde dich niemals so sehen.« Sie redet immer leiser, ihr wird bewusst, wie sehr er ihr fehlt, sie kann sich nicht von seinen Augen trennen. Sie kann ihn nicht als etwas Böses sehen, vielleicht in ihren Träumen, aber nicht, wenn er so vor ihr steht.

José legt seine Hand in ihren Nacken, er beugt sich zu ihrem Ohr hinunter, öffnet seinen Mund … doch es kommt nichts, als finde er nicht die richtigen Worte. Janine denkt an seine Worte vor der Haustür. Sie kann sich nicht beherrschen und legt traurig ihren Kopf an seine Schulter. Wieso muss diese Situation so sein? Sie atmet seinen Duft tief ein und spürt, wie José seine Hand an ihren Hinterkopf legt und sie auf den Kopf küsst. »Ich muss gehen.« Es ist nur noch ein Flüstern. So wie José keine Worte findet, weiß sie, dass er sie nicht aufhalten wird, er wird sie nicht bitten zu bleiben, das hat er vor seiner Haustür mehr als deutlich gemacht.

»Pass auf dich auf!« Er lässt sie los und Janine geht, die anderen warten schon draußen. Zum Glück sind alle mit Mike beschäftigt und mit Bianca, die sich kaum noch halten kann. Janine setzt sich zu Shannon ins Auto und atmet tief durch, damit sie den Kampf gegen die Tränen nicht verliert.

Drei Tage später ist Weihnachten und sie haben bis nach Silvester Semesterpause. Janine ist mit ihren Gedanken nur noch bei José, das Treffen im

B.B. hat alles wieder umgeworfen, vielleicht sollte sie es wenigstens probieren. Möglicherweise ist die Familia, wie José sie nennt, gar nicht so, wie sie sich das jetzt gedanklich ausmalt. So wird sie es nie erfahren, wenn sie nicht wenigstens einen Versuch gestartet hat, es herauszufinden und José die Möglichkeit gegeben hat ihr zu zeigen, wie seine Welt wirklich ist und ob sie damit leben kann.

Sie fasst sich ein Herz und schreibt ihm eine Nachricht. 'Ich wünsche dir und deiner Familie schöne Weihnachten.' Sie weiß natürlich, dass sie erst am 25. und nicht wie ihre Familie am 24. feiern, trotzdem antwortet er ihr nach ein paar Minuten. 'Wünsch ich dir auch, grüß deine Eltern.' Janine legt das Handy weg und geht zum festlich geschmückten Tisch. Es sind noch zwei andere Familien da, die ebenfalls aus Deutschland hergezogen sind, sie feiern zusammen, essen den leckeren Braten und packen die Geschenke aus. Janine telefoniert mit Maribels Mutter und als alle weg sind, sieht sie sich noch mit ihren Eltern einen Weihnachtsfilm an. Janine ist so vollgegessen, dass sie sich danach mühsam ins Bett schleppt.

Am nächsten Morgen schläft sie erst einmal aus, dann beschließt sie, zu ihren Freunden zu fahren und die Geschenke abzugeben, somit hätte sie wenigstens etwas zu tun. Sie sucht gerade alles zusammen, als es an der Tür klingelt. Sie hört ihre Mutter von unten rufen, dass eine Lieferung für Janine gekommen ist. Verwundert geht sie an die Haustür, heute ist der erste Weihnachtstag, es arbeitet eigentlich niemand. Doch es steht wirklich ein Mann vom Lieferservice da, vollgepackt. »Oh mein Gott.« Janines Mutter ist nicht von der Tür zu bekommen, der Mann gibt Janine einen riesigen kuscheligen Teddybären, der fast so groß ist wie sie. Dazu noch einen großen Strauß Blumen und ein kleines Geschenk, an dem eine Karte befestigt ist.

Sie bedankt sich bei dem Mann, wünscht ihm frohe Weihnachten und drückt ihrer Mutter die Blumen in die Hand, um sich die Karte ansehen zu können.

'Ich hoffe, dass du mich eines Tages nicht mehr als etwas Böses sehen wirst. Frohe Weihnachten, José.'

Janines Herz überschlägt sich fast, sie achtet gar nicht auf die Geschenke, sondern starrt die Karte an. »Schatz, ich will dich wieder glücklich sehen. Versuche doch einmal deinem Herzen zu folgen und höre nicht nur auf deinen Verstand, manchmal weiß das Herz es besser.«

Ihre Mutter zerschlägt mit diesen paar Worten Janines letzte Bedenken, sie gibt ihrer Mutter einen Kuss und geht zum Auto, die Karte hält sie fest in ihrer Hand. »Bis später, Mama.«

Kapitel 12

Als Janine dieses Mal in das Natos-Gebiet fährt, sehen die Männer nur kurz in das Auto hinein. »Es ist Josés Freundin, lasst sie durch.« Ein Mann nimmt das Handy ans Ohr und gibt ihm sicherlich Bescheid. Man könnte ihn nie überraschen, denkt sich Janine, während sie vor seinem Haus parkt. Es ist nicht verwunderlich, dass sich sofort die Haustür öffnet. Janine hält den Atem an, als sie José erblickt. Er trägt einen feinen Anzug. Es ist nicht das erste Mal, dass sie ihn in einem Anzug sieht, aber noch nie sie sah er so zurechtgemacht aus.

Alle Worte, die sie sich zurechtgelegt hatte, entfallen ihr und sie würde am liebsten noch einmal zurück, durchatmen und sich alles genau überlegen, doch er tritt bereits zur Seite, sodass sie ins Haus kann. »Hi.« José schließt die Tür hinter ihnen, sie bleiben aber genau an der Haustür stehen. »Ich habe deine Geschenke bekommen.« Sie hört selbst, wie unsicher sich ihre Stimme anhört. »Gefallen sie dir?« Janine hebt die Karte hoch. »Ich sehe dich nicht als etwas Böses an, José …«

Er nimmt ihr die Karte aus der Hand, sie sieht ein Lächeln in seinen Augen. »Wie gefällt dir das Armband?« Janine beißt sich auf die Unterlippe, das war also im Päckchen. »Ich habe es nicht aufgemacht, ich habe die Karte gesehen und bin direkt hergekommen.« Nun erhellt sein Lächeln das ganze Gesicht, mittlerweile liebt sie seine Grübchen, es zeigt ihr, dass er glücklich ist. Er tritt nah an sie heran, seine Hand legt sich an ihre Hüfte.

»Ich spüre doch, dass du gar nicht diesen Abstand zwischen uns willst, also was hält dich sonst von mir fern, wenn du in mir nicht etwas Böses sehen würdest?« Janine entzieht sich ihm nicht, im Gegenteil, sie legt ihre Hand an seine Wange. Sie hat ihn wirklich vermisst. »Es geht nicht um dich, es ist das alles, als ich das alles erfahren habe. Ich kannte das nur aus Filmen, ich weiß nicht, wie ich damit umgehen soll. Langsam wird mir aber klar, dass ich gar nicht weiß, mit was ich umgehen soll, ich habe dir nie die Chance gegeben mir zu zeigen, was das alles bedeutet, wie dein Leben wirklich ist …«

José unterbricht sie. »Das wirst du sehen Janine, ich werde nichts vor dir verheimlichen und ehrlich sein, auch wenn dir einiges sicherlich nicht gefallen wird.« Janine nickt, genau das ist es, sie muss doch erst einmal erfahren, was wirklich in seinem Leben passiert um zu entscheiden, ob sie damit zurechtkommt. Als sie ihm dazu etwas sagen will, klopft es laut an der Haustür. »Komm schon, alle warten.« José lässt sie los und öffnet die Tür. »Bin gleich da.«

Sein blonder Bruder Gabriel steckt den Kopf rein und grinst Janine zufrieden an. »Da bist du ja wieder, dann ist José wohl endlich mal nicht mehr so schlecht gelaunt.« Janine winkt ihm zu und lacht, als José seinem Bruder einen vernichtenden Blick zuwirft, der ihn schnell verschwinden lässt. Nun wird Janine mutiger. »Ich war mir nicht sicher, ob du überhaupt möchtest, dass ich wieder herkomme, du warst so … ich weiß auch nicht … kalt. Vielleicht heißt das ja, dass du mich doch irgendwie … vielleicht ein klein bisschen …« Sie tritt mit jedem Wort näher und als sie nah genug ist, stoppt José ihre verspielten Andeutungen und küsst sie.

Janines Herz zieht sich glücklich zusammen, als sie seine weichen Lippen wieder spürt und sie erwidert den Kuss sofort. Er hat ihr gefehlt. Als er ihren Mund zärtlich und besitzergreifend zugleich fordert, stöhnt sie auf. Ihre Hände greifen in seine Haare, ziehen ihn enger an sich. Dieser Aufforderung kommt er gleich nach und hebt sie auf die Kommode, die neben ihnen steht. Janine überkommt eine köstliche Hitze, sie würde zu gerne dort weitermachen, wo sie in der Nacht, in der sie bei ihm geschlafen hat, begonnen haben.

»… vermisst hast«, flüstert sie leise an seine Lippen, als er sich trennt, und wieder treten seine Grübchen hervor. Seine Hände fahren unter ihr Shirt, seine Lippen zu ihrem Hals und an ihr Ohrläppchen. »Nein!« Janine erstarrt und seine Augen suchen ihre. Liebevoll streicht er ihre Haare zurück, bevor sich seine Lippen wieder ihren nähern. »Nicht nur ein bisschen.« Sie lacht erleichtert und dieses Mal küsst sie ihn, ihre Beine umfassen ihn und sie spürt seine Erregung.

»Joséééé!«

Eine Frau ruft ihn aus einem der anderen Häuser, da muss Janine lachen. »Du solltest jetzt feiern gehen.« Er hebt sie herunter, als würde sie nichts wiegen. »Komm mit, wir essen zusammen mit meiner Familie.« Janine sieht an ihm und dann an sich hinunter. Sie trägt nur ein schwarzes Shirt und einen einfachen Rock. »Ich kann nicht, ich habe nichts Passendes an und ich habe keine Geschenke.« José zieht seine Anzugjacke aus. Sofort fällt ihr Blick auf die Waffe, die in seinem hinteren Hosenbund steckt.

Natürlich bemerkt er diesen Blick und beobachtet ihre Reaktion, als er die Waffe auf die Kommode legt, auf der sie gerade noch gesessen hat. Janine schluckt zwar, doch sie sagt nichts und zwingt sich, den Blick von der Waffe abzuwenden. Er registriert das und legt den Arm um sie, als er das Jackett weghängt. »Wir feiern kein Weihnachten Janine, ich habe das nur an, weil wir gerade alle vom Friedhof kommen, heute ist der Todestag meiner Eltern, deswegen wird bei uns nie gefeiert. Wir gehen zum Friedhof und essen zusammen, nur die Kleine bekommt Geschenke.«

Seine Stimme ist rauer, doch er sagt es ziemlich gleichgültig, Janine ist dabei, hinter seine hohe Mauer zu schauen. Sie nimmt seine Hand und küsst seine Wange, wo sofort ihre geliebten Grübchen erscheinen. »Das tut mir sehr leid, Schatz, ich bleibe bei dir, wenn du mich so mitnimmst.« José lacht und sie gehen zusammen aus dem Haus, hinüber zum Haus von Arturo. »Schatz?« Janine lacht ebenfalls. »Ich kann dich auch Schnuckelhäschen nennen, wenn dir das besser gefällt.« Ein zärtlicher Biss in ihr Ohrläppchen ist ihr Antwort genug und sie gehen herumalbernd zu seiner Familie.

Als sie reinkommen, sind schon alle da, die Janine erwartet hat. Arturo, seine Frau und ihre Tochter Cassandra, die immer noch damit beschäftigt ist, Berge von Geschenken auszupacken, Gabriel, Nathan, Elisa und ihr Mann, kurz nach ihnen kommen dann Nando, Lina und Linas Bruder Malik. Sie freuen sich, dass Janine da ist. Als sie mit Olivia Cassandras viele Geschenke bestaunen geht, sagt sie ihr leise, dass es José gut tut, Janine heute bei sich zu haben.

Es wird ein entspanntes Essen, man spürt, dass keine wirkliche Weihnachtsstimmung aufkommt, was verständlich ist, wenn man bedenkt, dass genau heute vor fünf Jahren ihre Eltern gestorben sind, doch es ist trotzdem nicht unangenehm. José, der neben ihr sitzt, hat immer ein Auge auf sie, bietet ihr Essen an, mehr zu trinken, er achtet sehr darauf, dass es ihr gut geht und Janine muss lächeln. Es ist selten, dass ein Mann so aufmerksam ist wie er. Als sie Nachtisch essen und sich etwas entspannt zurücklehnen, beginnen die Männer sich wegen einer Sache mit Geschäftspartnern aus Chile zu unterhalten.

Janine will zuhören, mitbekommen, worum es dabei geht, doch Lina und Olivia verstricken sie in ein Gespräch über Deutschland. Sie waren noch nie da und wollen wissen, wie es dort so ist. Janine greift unter dem Tisch nach Josés Hand, er nimmt sie nicht nur, sondern er verschränkt ihre Finger und streichelt mit seinen Daumen beruhigend über ihre Haut. Sie fühlt sich wohl bei ihm, es tut gut auf ihr Herz gehört zu haben, sie kann nur hoffen, dass es so bleibt.

Als sich Elisa in das Gespräch einmischt, merkt Janine erneut, wie sie immer wieder gegen Lina schießt. Sie macht es nicht offensichtlich, es sind immer wieder kleine Kommentare, die sie fallen lässt, die Janine an der Stelle von Nandos Verlobter verletzt hätten. Doch diese ignoriert die spitzen Bemerkungen gekonnt, Janine versteht nicht, wieso Josés Schwester so zu ihrer zukünftigen Schwägerin ist, Olivia mag sie, dass merkt man sofort. Janine findet Lina aber auch sehr nett und man kann gar nicht so blind sein nicht sofort zu sehen, dass Nando verrückt nach seiner Verlobten ist.

Während sie jetzt alle beobachtet, kann sie nicht verhindern zu versuchen, an dieser Familie Anzeichen dafür zu entdecken, dass sie die mächtigste Familie in Puerto Rico ist. Sie alle wirken so normal, die Männer sind sehr liebevoll zu den Frauen. Cassandra wechselt vom Schoß des einen Onkels zum anderen, Malik wird ständig stolz über seinen Wuschelkopf gefahren, Gabriel bringt jedem zum Lachen, doch trotzdem merkt man es, wenn man es weiß. Sie sieht die teure Einrichtung des Hauses. Sie sieht jetzt die Tätowierungen, Gabriel und Nando tragen ein N am Hals. Sie ist sich sicher, dass so wie José Natos am Arm trägt, auch Arturo und Nathan diese Tätowierungen haben.

Spätestens als es kurze Zeit später immer wieder klingelt und immer mehr Leute kommen, kann man darüber nicht mehr hinweg sehen. Zwar kommen viele mit ihren Familien, ein Mann, der ihr als bester Freund von Nando vorgestellt wird, bringt auch seinen Sohn Jason mit, doch als sie dann auf die vielen Männer blickt, merkt sie, dass es Wirklichkeit ist, dass diese unvorstellbare Macht Realität ist. Es ist nicht unangenehm für sie, jeder hier ist extrem freundlich zu ihr. José hält zwar nicht mehr ihre Hand, da er ständig jemanden begrüßt, doch er achtet trotz allem noch immer auf sie, aber dennoch bekommt sie ein ungutes Gefühl im Bauch.

Eigentlich sollte sie es ignorieren, ihrem Herzen und José ist sie es schuldig dem eine Chance zu geben, trotzdem bietet sie gleich Hilfe an, als Olivia in die Küche geht, um mehr Essen zu holen. Sie ist froh, aus dem vielen Trubel herauszukommen und hilft Olivia, neues Essen in die Schüsseln zu füllen, die sie dann in das Esszimmer bringt. Janine erschreckt sich, als plötzlich der Mann von Elisa hinter ihr steht. »Du bist eine große Hilfe für die Familie.« Janine wendet sich zu ihm um und bemerkt erst da, dass er unangenehm eng bei ihr steht. Während der mindestens drei Stunden, seitdem sie hier sind, hat er nicht ein Wort gesagt. Janine hat zwar immer wieder seinen Blick auf sich gespürt, doch ansonsten gab es kaum ein Lebenszeichen von ihm und nun steht er hier bei ihr.

»Danke.« Sie hört selbst, dass es etwas verwirrt klingt, doch das ist sie auch. Da sagt er wieder gar nichts, er kommt noch enger, Janine spürt seinen massigen Körper an ihrem und will sich gerade wegdrehen, da hören sie Olivia zurückkommen. »Du bist wunderschön.« Seine wulstigen Finger streichen über Janines Wange und im gleichen Augenblick verlässt er die Küche wieder. Olivia beachtet ihn gar nicht, als sie an ihm vorbei geht. »Alles in Ordnung? Du sieht aus, als hättest du einen Geist gesehen.« Janine nickt nur und wendet sich wieder dem Essen zu. Sie will keinen Streit hier in die Familie bringen, doch sie wird sich in Zukunft von Toti fernhalten.

Irgendwann kommt Lina dazu und sie führen ihr Gespräch gemütlich in der Küche fort. Während die Männer sich laut im anderen Zimmer unterhalten und man immer wieder ihr Lachen hört, setzen sie sich um einen Tisch in der Küche, trinken Kaffee und essen noch ein paar Kekse. Lina berichtet von den Hochzeitsvorbereitungen. Janine ist sich sicher, dass Nando und Lina sich lieben, doch trotzdem merkt man der hübschen Dunkelhaarigen mit den traumhaften Mandelaugen an, dass sie etwas bedrückt ist. Janine schwärmt zwar auch bei den vielen Hochzeitskleidern, Frisuren und Tischdekorationen, die sie sich in einigen Katalogen ansehen, doch dass sie so schnell heiraten wird, bezweifelt Janine stark. Sie hat einen festen Plan für ihre Zukunft, schon immer gehabt, und das passt die nächsten fünf Jahre nicht in ihre Pläne.

Genau in dem Moment, als ihr Handy klingelt und ihre Mutter fragt, ob sie heute Nacht nach Hause kommt, erscheint José in der Küche und gibt ihr einen Kuss. »Lass uns langsam gehen.« Sie sieht, wie Lina und Olivia anfangen zu grinsen und ihr zuzwinkern. »Ich denke nicht, ich melde mich morgen.« Ihre Mutter ist nicht enttäuscht, sie hatte es wohl so erwartet und wünscht ihr eine gute Nacht. Janine muss auch lächeln und verabschiedet sich von den beiden Frauen, die sie wirklich schon sehr mag. José legt den Arm um sie und sie verabschieden sich nur allgemein von der großen Gruppe, die sich mittlerweile im Esszimmer herumtummelt.

»Du hast dich gut geschlagen.« Auf dem Weg zu seinem Haus küsst José ihre Wange. Janine überlegt einen Moment, ob sie ihm von Totis unangenehmer Annäherung erzählen soll, doch lässt es dann lieber bleiben, vielleicht hat sie es auch nur falsch aufgefasst, immerhin ist er mit Josés Schwester verheiratet. »Ich würde dich ja fragen, ob du bei mir bleibst, aber um ehrlich zu sein ...« José bleibt mitten auf der Straße stehen und zieht sie an sich. »Ich fahre Weihnachten normalerweise immer nach dem Essen weg, zwei Tage, etwas Abstand von allen. Willst du mitkommen? Meine Tasche ist schon gepackt.« Es ist verständlich, dass er sich zu dieser Zeit immer eine Auszeit genommen hat. »Wenn es dir nichts ausmacht, ich kann verstehen, wenn du allein sein möchtest, ich würde dich aber gerne begleiten.«

José küsst sie als Antwort und holt seine Tasche aus dem Haus. Es ist zwar schon sehr spät, doch als sie bei Janine zuhause ankommen, sind ihre Eltern noch wach und sehen sich auf einem deutschen Kanal die üblichen Weihnachtsfilme an. Ihre Mutter springt auf, als beide eintreten. »Ich hole ein paar Sachen, wir fahren ein paar Tage weg.« José begrüßt ihre Eltern höflich und wünscht ihnen noch einmal ein schönes Weihnachtsfest. »Jetzt? Wohin wollt ihr denn?« Janine unterdrückt das Bedürfnis ihre Augen zu verdrehen. Sie ist 21, auch wenn sie noch bei ihren Eltern wohnt, sollten sie das nicht immer verdrängen. »Meine Familie hat ein Haus am Strand, es ist nur zwei Stunden von hier entfernt.«

Nun hält auch Janine an, Strand? Es ist Weihnachten, aber nun gut, die 25 Grad, die jetzt noch draußen sind, passen auch nicht wirklich ins Weihnachtsbild. Also geht sie nach oben und packt ein paar Sachen zusammen. Sie hört, wie ihre Mutter José ein paar Sachen mitgeben möchte, da sie ja nicht einkaufen können, doch er beruhigt sie. Er fährt jedes Jahr dorthin und das Haus wird vorher sauber gemacht und der Kühlschrank gefüllt. Sie hört zwar nicht mehr die Antwort ihrer Mutter, aber sie ist sich sicher, dass er sie beruhigt hat.

Janine beeilt sich, wirft ein paar Klamotten, Schminksachen, Bikini und was sie sonst noch braucht in eine große Tasche und geht schnell wieder runter, um José von ihrer neugierigen Mutter zu befreien. Ihr Vater sagt ihr, dass sie sich nach ihrer Ankunft melden und aufpassen sollen. »Pass gut auf mein Küken auf.« Janine sieht ihren Vater empört an, gibt ihm dann aber einen Kuss, während José ihm lachend verspricht aufzupassen.

Als sie aus dem Haus gehen und an dem Blumenstrauß und dem riesigen Teddy vorbeigehen, nimmt er das immer noch verpackte Geschenk. Janine öffnet es auf dem Weg zu seinem Auto und ihr stockt der Atem. Es ist ein wunderschönes Armband, es besteht aus zahlreichen ineinanderfließenden, funkelnden Steinen. Janine will nicht wissen wie teuer es war. »José, das kann ich unmöglich annehmen!« Er bleibt stehen und hilft ihr das zarte

Armband umzulegen. »Gefällt es dir?« Janine starrt immer noch gebannt darauf. »Natürlich, ich liebe es.« Er lacht. »Dann gehört es dir, ich war mit meinen Brüdern für Olivia und Lina etwas kaufen, habe es gesehen und wusste, es gehört an deinen Arm.«

Janine kann dazu nichts mehr sagen, sie bedankt sich mehrmals. Als sie aus San Sebastian herausfahren, erkennt sie kaum etwas von der Landschaft um sich herum, es ist stockdunkel. Janine fragt José etwas über seine Schwester aus. Sie erwähnt, ihr sei aufgefallen, dass sie Lina nicht so ganz zu mögen scheint, doch er denkt nicht so.

Er erzählt ihr die Geschichte von Nando und Lina, wie verrückt er nach seiner jetzigen Verlobten war und wie tief es ihn getroffen hat, als sie ihn verlassen hat. José erklärt ihr, dass Lina nicht damit zurecht gekommen ist, wer er ist und sie ein Jahr getrennt waren. In diesem Jahr ist sein Bruder durch die Hölle gegangen. Während er davon erzählt, lehnt sich Janine entspannt zurück und betrachtet sein Gesicht von der Seite. Man sieht, dass ihm diese Zeit selbst sehr zu schaffen gemacht hat.

José erklärt ihr, dass niemand Nando wiedererkannt hat. Er hat es zwar nicht ausgesprochen, aber sie haben gewusst, dass er ihre Familia dafür verantwortlich gemacht hat, Lina verloren zu haben. Elisa und Nando standen sich schon immer sehr nah und es hat ihr wehgetan ihn so zu sehen. José vermutet, dass sie diese Zeit Lina nie verziehen hat, auch wenn es jetzt hinter ihnen liegt und sie sich doch wieder gefunden haben. »Das meintest du, als du gesagt hast, du wirst seinen Fehler nicht machen?« Sein Blick fällt von der Straße weg in ihr Gesicht, dann sieht er wieder auf den Verkehr.

»Es ist nicht so, dass ich nicht verstehe, dass es für jemanden wie Lina oder dich schwer ist damit umzugehen. Wie ich es dir gesagt habe, ich würde dir unser Leben gerne zeigen, würde dir dabei auch nichts verheimlichen oder schöner darstellen als es ist, aber solltest du dich dagegen entscheiden, egal welche Frau das tun würde, ich würde niemals mich und meine Familia in Frage stellen und den selben Fehler machen wie er.« Janine nickt, sie lässt das Thema sein, aber versteht jetzt, wieso José in diesem Punkt so unnachgiebig ist. Und wenn sie seinen Gesichtsausdruck sieht, wenn er darüber redet, hat sie das Gefühl, es verbirgt sich noch viel mehr dahinter, doch sie möchte ihn nicht drängen sich zu öffnen.

Nach zwei Stunden halten sie kurz, es ist fünf Uhr morgens, aber trotz Weihnachten sind die Tankstellen geöffnet und sie frühstücken etwas bevor sie langsam in die Berge fahren. Spätestens da bereut Janine es, noch etwas gegessen zu haben. Die Wege sind schmal und so kurvenreich, dass ihr richtig übel wird. Es ist immer noch dunkel, doch José fährt sehr sicher, wobei er das Fenster an ihrer Seite öffnet und ihr sagt, sie soll durchatmen. Nach einer halben Stunde, die Janine wie eine Ewigkeit vorkamen, halten sie endlich an einem riesigen schwarzen Eisentor, vor dem ein Wachmann sitzt.

Dieses Mal ist es ein richtiger Wachmann, der José freundlich begrüßt und das Tor öffnet. Er fragt, ob die Küchenfrauen noch kommen sollen und José sagt ihm, dass sie am Mittag etwas zubereiten sollen. Janine ist sprachlos bei all dem Luxus. Sie fahren durch das Tor und zum Glück etwas bergab. Nach weiteren fünf Minuten, die sie einfach nur eine schmale Straße zwischen den Bergen hinabfahren, erscheint plötzlich eine Lichtung. Janine kann alles erkennen, da es allmählich etwas heller wird.

Es ist nicht nur eine Lichtung, es ist eine Bucht, vor der ein schönes weißes Haus steht, der Strand und sonst nichts. Janine kann es überhaupt nicht erwarten aus dem Auto zu kommen, sofort schlägt ihr der Geruch des Meeres entgegen. »Gehört das alles euch?« José schließt das Haus auf und nickt. »Die Privatbucht hat mein Vater meiner Mutter gekauft.« Janine sieht sich im Haus um, es ist nur einstöckig und erinnert an einen sehr luxuriösen Bungalow. Es gibt ein Wohnzimmer mit cremefarbenen Sesseln und Sofas, man sieht direkt auf das Meer. Von da kommt man auch auf die Terrasse, die direkt im Sand endet.

José zeigt ihr alles. Es gibt zwei Schlafzimmer, auch hell gehalten und mit riesigen Himmelbetten, zwei Badezimmer und eine Küche. Sie stellen ihre Taschen ab und Janine zieht ihre Schuhe aus, als sie auf die Terrasse treten. Wieder schlägt ihr der Wind des Meeres entgegen und sie schließt die Augen. Es ist herrlich, auch die Terrasse ist mit romantischen Korbmöbeln ausgestattet. José zieht seine Schuhe ebenfalls aus, als Janine von der Terrasse auf den Sand geht.

Sie liebt das Gefühl zwischen ihren Zehen, die kleine Bucht ist von den Bergen umgeben, sie sind wirklich ganz allein, der Strand gehört ihnen. Janine bekommt eine Gänsehaut, es ist frisch. Sie spürt José hinter sich. Als er seine Arme um ihre Taille legt, verschränkt sie ihre Finger. »Es ist wunderschön.« Er küsst ihren Hals. »Wir sind genau richtig gekommen.« Er zeigt zum Meer und Janine bemerkt erst jetzt, dass die Sonne gerade aufgeht. Sie lehnt sich an José, genießt diesen atemberaubenden Anblick und freut sich auf die gemeinsame Zeit, die sie hier haben werden.

Kapitel 13

Sie haben beide noch gar nicht geschlafen, Janine ist nur am Gähnen. José bringt sie ins Haus und sie gehen ins Schlafzimmer. Janine geht direkt unter die Dusche. Als sie wieder herauskommt, hört sie José die andere benutzen. Sie hat sich zwar etwas zum Schlafen eingepackt, nimmt aber dann doch lieber eins von seinen Shirts, die alle über einem Stuhl liegen. Auch wenn es frisch gewaschen ist, hängt sein Geruch darin und sie kuschelt sich müde ins Bett um auf ihn zu warten.

Das nächste, was sie allerdings bewusst wahrnimmt, ist der leckere Geruch von Kaffee und Croissants, der sie die Augen öffnen lässt. Es ist dunkel in dem Schlafzimmer, doch sie spürt José dicht hinter sich. Seine Hand liegt auf ihrem Bauch, seine Nase ist in ihrem Nacken und sein Atem kitzelt über ihre Haut. Er hat ein Bein zwischen ihre geschoben und es würde kein Blatt mehr zwischen sie passen. Janine muss lächeln, als sie seinen gleichmäßigen Atem hört.

Langsam gewöhnen sich ihre Augen an die Dunkelheit und sie dreht sich vorsichtig um, was ihr einen unzufriedenen Laut im Schlaf von José einbringt. Sie küsst ihn vorsichtig, doch er schläft noch zu fest, er trägt nur eine Boxershorts. Janine streichelt über seine muskulöse Brust und kuschelt sich wieder an ihn. Der Geruch lockt sie dann aber ein paar Minuten später doch nach unten, nachdem sie es geschafft hat, sich von José vorsichtig loszumachen.

Es ist schon Mittag, sie haben lange geschlafen. Der Rest des Hauses, der nicht durch die Jalousien geschützt ist wie das Schlafzimmer, wird von den Sonnenstrahlen durchflutet. Janine folgt dem Geruch in die Küche und sieht neben einem lecker gedeckten Frühstückstisch auch einige Töpfe mit Mittagessen. Die Haushälterin muss dagewesen sein und alles vorbereitet haben. Da Janine immer noch nur ein Shirt von José trägt, was ihr bis auf die Schenkel fällt, sieht sie nach, ob sie jetzt wieder allein sind, dann erst nimmt sie sich ein Glas Orangensaft und ein Croissant und öffnet die Terrassentür.

Es ist einfach nur herrlich, das Geräusch des Meeres, diese Ruhe, die Sonne, Janine hat sich in diesen Ort hier verliebt. Sie nimmt einen kräftigen Schluck Saft und geht mit dem Croissant zum Meer, sieht sich um, ob auch wirklich niemand da ist, isst den letzten Bissen, zieht sich das Shirt aus und geht nur mit ihrem Höschen in das Wasser. Es ist so türkis und klar, dass sie kleine bunte Fischschwärme entdeckt. Janine bindet sich einen leichten Zopf und schwimmt hinaus auf das Meer. Sie liebt es, man fühlt sich frei, sie könnte Stunden so schwimmen, sie war schon immer eine gute Schwimmerin.

Erst als sie sich umdreht und das Haus nur noch ganz klein wahrnimmt, wendet sie langsam. Sie schwimmt schnell. Als sie schon fast wieder stehen kann, sieht sie José an der Terrassentür stehen, etwas trinken und zu ihr blicken. Um sich nicht ganz so nackt zu fühlen, öffnet sie ihr Haarband, sodass ihre Brüste von ihren Haaren bedeckt sind, von denen nur die Spitzen nass geworden sind. Als sie dann aus dem Meer kommt, tritt er ganz auf die Terrasse. Es fühlt sich merkwürdig an, seinen Blick so sehr auf sich zu spüren.

Einerseits sieht sie, dass er sie lustvoll betrachtet, dafür braucht sie sich nicht zu schämen, trotzdem liegt etwas in dem Blick, was sie nicht deuten kann und was ihr Herz schneller schlagen lässt. Als sie fast bei ihm ist, gießt er noch einmal Orangensaft nach. Sie nimmt das Getränk dankbar an und gibt ihm einen Kuss. »Morgen, ich wollte dich nicht wecken.« Janine trinkt das ganze Glas leer. »Ich habe mich gewundert wo du bist, fast hätte man dich auf dem Meer nicht mehr gesehen.« Als er seine Arme um sie legt und sie erneut küsst, unterbricht Janine den Kuss und sieht sich um. »Sind wir alleine?« Er nickt und lächelt, als sie daraufhin ihre Haare nach hinten schiebt und sich nun ihre nackten Oberkörper treffen.

»Hmm«, schnurrt José fast wie ein Kater, als er ihren Hals entlang küsst und sich dann ihren Brüsten widmet, »du schmeckst nach Meer.« Janine würde ja etwas antworten, aber die letzten Wassertropfen auf ihrer Haut, das Salz, Josés Wärme und sein Atem an ihrer nun empfindlichen Haut lässt sie statt zu antworten aufstöhnen, als er ihre Brustwarze liebkost. Angestachelt von diesem Geräusch, umfasst er nun die andere und geht noch einmal, noch stärker über ihre Knospen. Alles in Janine zieht sich lustvoll zusammen.

Sie kann nicht mehr klar denken, geschweige denn reden, deswegen hebt sie seinen Kopf so an, dass sie ihm in einem wilden Kuss zeigen kann, wie sie sich fühlt. Es stellt sich nicht die Frage, ob José ebenfalls bereit ist, er erwidert den Kuss genauso erregt, hebt sie hoch und als Janine die Beine um seine Hüften schlingt, gleiten seine Hände unter ihr nasses Höschen auf ihren Po. Ohne den Kuss zu lösen, bringt er sie ins Wohnzimmer des Hauses, direkt vor der Terrassentür steht ein großes, weiches weißes Sofa. Er legt Janine ab und mit einem Handgriff ist es eine riesige Liegewiese.

Die Tür ist noch offen und sie sehen direkt auf das Meer. Der Wind streicht über ihre Körper, als sich José etwas zurückzieht und ihr nasses Höschen von ihren Beinen streift. Vielleicht sollte sie sich schämen, aber sie empfindet keine Scham, als sein Blick über sie schweift. Sie streckt ihre Arme nach ihm aus und er legt sich auf sie, bedacht darauf, dass er sie mit seinem viel schwereren Körper nicht belastet. Seine Hände, so groß sie sein mögen, streicheln sie zärtlich und entfachen ein Feuer auf Janines Haut, was zu einem regelrechten Brand wird, als seine Lippen jeden Zentimeter ihrer Haut liebkosen.

Janine streichelt seinen Rücken, ihre Hände verlieren sich in seinen Haaren. Als er ihre Oberschenkel entlangfährt und in ihrer empfindlichen Mitte landet, stöhnt sie laut auf. Er weiß was er tut, sicherlich ist er sehr erfahren, in wenigen Minuten hat er Janine so weit, dass sich alles in ihr verkrampft und sie für einige Sekunden das Gefühl hat zu fliegen. Doch er hört noch nicht auf, er lässt ihren Körper schnell wieder unter Strom stehen, dann erst finden sich ihre Lippen wieder. Und dieses Mal zieht ihm Janine hastig die Boxershorts aus. Sie spürt seine Erregung zwischen ihren Beinen, ihr Körper öffnet sich, und mit einem zärtlichen Kuss vereint er sie komplett. Sie beide stöhnen auf, als sie spüren wie gut sie zusammenpassen. José umfasst ihren Po und hebt ihr Becken an, bevor er sie beide in einem gekonnten Rhythmus fliegen lässt.

»Schläfst du wieder?« Die ihr nun schon so vertrauten Hände ziehen sie noch enger an sich. Sie lächelt matt, ihr Körper fühlt sich befriedigt und schlapp an, doch es ist ein schönes Summen, das noch in ihrem Kopf widerhallt. »Nein, ich könnte aber den ganzen Tag so liegen bleiben.« Ihre Stimme ist so leise, dass das Meer sie fast übertönt, doch er hört sie. »Lass uns frühstücken, ich habe jetzt richtig Hunger bekommen.« Janine lacht und erhebt sich gerade so viel, dass sie ihm in die Augen sehen kann und ihre Hände seine Brust streicheln. »Ich dachte, du hättest schon genascht.«

Er liegt entspannt da, seine Augen sind nur leicht geöffnet, sein Lächeln und die Grübchen lassen ihr Herz schneller schlagen. Sie beugt sich über ihn, ihre Haare kitzeln seine Brust. Als sie ihn küsst, legt sich seine Hand automatisch an ihre Wange. Janine hat in diesem Moment das Gefühl, er würde ihr nie einen Kuss verwehren. Ihre Hand streift weiter nach unten, sie ist extra quälend langsam, bis sie die ersten feinen Haare unten dem Bauchnabel spürt und schnell feststellt, dass er wieder komplett wach ist. Ihre Finger legen sich um seine Erregung und er küsst sie noch verlangender. Janine lächelt in den Kuss und entfernt sich dann abrupt und lachend von ihm. »Na gut, Frühstück, aber erst gehe ich unter die Dusche.« Ein Kissen landet neben ihr, sie geht schnell lachend ins Badezimmer und stellt sich unter die Dusche, wohlwissend, dass sie keine Sekunde später nicht mehr allein da ist. Und dieses Mal entwischt sie ihm nicht, als er sie fordernd unter dem warmen Strahl an die Fliesen drückt, sie öffnet sich ihm und genießt diesen Augenblick, diesen Mann, alles.

Sie verbringen den restlichen Nachmittag am Strand und im Meer. Als es langsam dunkel wird, macht José, nachdem sie gegessen haben, ein Lagerfeuer und sie setzten sich ans Meer. In dieser romantischen Kulisse, nur mit den Wellen als Zeugen, sprechen sie ganz offen und vertraut miteinander. Janine kuschelt sich in seine Arme und erzählt ihm von Deutschland, von Maribel, wie sie sich immer bei allem abseits gefühlt hat, nur bei ihr nicht. Dann kommt das Thema auf Beziehungen im Allgemeinen. Auch wenn Janine weiß, dass Männer es nicht mögen dieses Thema zu vertiefen, nutzt sie diese Gelegenheit. Sie ist eine Frau und neugierig.

»Du hast gesagt, du hast Frauen immer ein paar Wochen getroffen. Ab wann wird es für dich ernst?« Leider kann sie ihm nicht ins Gesicht sehen, da sie mit dem Rücken entspannt an ihn lehnt, beide sehen sie auf das Meer hinaus. »Ich weiß nicht genau, ich denke, wenn ich spüren würde, dass ich eine Frau wirklich liebe.« Janine ist bewusst, dass er etwas in dieser Richtung noch nicht ihr gegenüber erwähnt hat, doch es ist auch sicherlich noch zu früh, dies zu erwarten. »Die Frauen, mit denen du dich bisher getroffen hast, waren sie … puertoricanisch, also eher dunkel oder so wie ich hellere Frauen?«

Auch wenn es sich komisch anhört, doch diese Frage liegt ihr schon lange auf der Zunge, sie weiß ja, dass sie nichts mit den typischen Latinas gemeinsam hat. José lacht leise und seine Arme um sie verstärken sich. »Um ehrlich zu sein, habe ich mich noch nie mit einer so hellen Frau wie dir getroffen, es ist doch nicht schlimm, oder?« Janine überlegt einen Augenblick, sie würde sich auch nicht besser fühlen, wenn sie nur eine von vielen ist, also ist es vielleicht sogar positiv, dass sie sich von seinen früheren Frauen unterscheidet. »Nein!« Sie lacht und wendet sich nun zu ihm um. Genug aufs Meer gestarrt.

José lehnt sich entspannt zurück und sieht sie an, als sie sich auf ihn setzt. »Ich für meinen Teil bin sehr zufrieden mit dem helleren Typen.« Wieder zeigen sich seine freche Grübchen, als er ihr Shirt auszieht. »Sehr zufrieden! Was ist mit dir? Immer wenn ich deine Brüste ansehe, merke ich, dass du deinen Blick abwendest.« Janine ist erstaunt, wie aufmerksam er ist, liebevoll streicht er über ihre nackten Brüste. »Ich bin zufrieden mit mir, es ist nur, dass ich manchmal darüber nachdenke mir die Brüste vergrößern zu lassen, nicht viel, nur ein klein wenig, es würde ...« Josés Grinsen verschwindet. Er setzt sich auf, sie bleibt auf seinem Schoß und nun berühren sich ihre Nasenspitzen.

»Wenn du das tust, rede ich nicht mehr mit dir. Ich mag deinen Körper. Werde nicht eine von vielen, die alle die gleichen Brüste haben.« Janine muss lachen, auch wenn José sie ernst ansieht. »Okay, also magst du meine Brüste?« Fast schon eingeschnappt wendet er sich wieder ihrem Oberkörper zu. »Ja, das tue ich!« Janine würde gern noch etwas dazu sagen, doch was er in dem Moment mit seiner Zunge anstellt, nimmt ihr den Atem und das Thema Beziehungen ist so schnell beendet, wie es gekommen ist.

Sie verbringen zwei Tage in diesem kleinen Paradies, abgeschottet von der Außenwelt. Abgesehen davon, dass sie beide hin und wieder ihre Familien angerufen haben, ist nichts weiter an sie herangekommen. Diese Tage waren unbeschreiblich. Als sie zurück nach San Sebastian fahren, weiß Janine, sie wird diese Zeit immer in ihrem Herzen tragen. Doch auch die restliche Zeit der Ferien verbringt sie viel mit José, sie ist oft bei ihm zuhause, es sind sogar schon einige ihrer Sachen da. Er ist nur zwei Tage geschäftlich unterwegs gewesen, leider über Silvester. Allerdings konnte sie so mit Steven, Marty, Bianca, Shannon und Mike feiern, Tristan ist in den Ferien nach Amerika geflogen. José hat aber öfter angerufen. Auch wenn er nichts dazu gesagt hat, merkt sie, dass er besonders Steven nicht über den Weg traut. Es beruht natürlich auf Gegenseitigkeit, nur Shannon findet es richtig, dass sie dem Ganzen wenigstens die Chance gibt, sich alles ansieht, bevor sie vorschnell urteilt. Alle anderen sagen nichts dazu, Janine weiß, dass sie sich aber so manchen Kommentar nur verkneifen, weil sie sie mögen und ihr nicht wehtun wollen.

Zwei Tage nachdem die Uni wieder angefangen hat, holt José Janine ab, er war selbst den ganzen Tag unterwegs und hat genau wie sie Hunger. Janine darf wählen und entscheidet sich für ein leckeres indisches Restaurant, was ihr Shannon letzte Woche gezeigt hat. Unbeirrt von Josés Einwänden, er traue den Indern nicht, zieht sie ihn begeistert in die engen Gassen, die man nicht mit dem Auto erreichen kann. Janine war, bevor ihre Freundin ihr das Viertel gezeigt hat, niemals hier gewesen, auch José gibt zu, selten in der Gegend zu sein, wo viele Gastarbeiter leben.

Janine findet es faszinierend, es gibt hier ganz andere Gerüche, ganz andere Farben und Sprachen aus den vielen Fenstern der engen Gassen und auf den kleinen Ständen, die hier überall aufgebaut sind. Bei ihrem letzten Besuch hat sie ihrer Mutter einen kleinen Beutel frischen Curry geholt, den sie schnell begeistert aufgebraucht hat. Deswegen besorgen sie dieses Mal etwas mehr von dem guten Gewürz, bevor sie sich auf den Weg zum Restaurant machen. Doch kurz vor ihrer Ankunft bei dem kleinen bescheidenen Laden hält sie eine Frau auf. Sie hat einen Wahrsagerstand und José will sie lachend weiterziehen, doch Janine wollte sich schon immer mal die Zukunft vorhersagen lassen.

»Komm schon!« Sie greift nach Josés Hand, doch der winkt schnell ab. »Meine Religion verbietet das, aber mach du ruhig, ich bin gespannt.« Murrend hält nur Janine ihre Hand der Frau hin, die sich sofort eifrig darauf stürzt. Sie murmelt etwas in einer fremden Sprache. Janine würde auf polnisch, vielleicht rumänisch tippen. Und je fester ihr Griff wird, desto unruhiger wird sie. Sie ist gerade dabei ihre Hand wieder wegzuziehen, da sieht die Frau sie ernst an.

»Deine Zukunft ist noch nicht geschrieben, die Vergangenheit ist verarbeitet, doch es wird noch einmal ein Teil daraus in das Hier und Jetzt kommen und es sieht nicht danach aus, dass es etwas Gutes ist.« Janine bekommt eine Gänsehaut, José beugt sich zu ihrem Ohr und lacht. »Du wolltest diesen Blödsinn machen!« Janine nickt der Frau zu. »Und was noch? Wieso ist meine Zukunft nicht geschrieben? Ich dachte, sie sehen in die Zukunft.« Nun lacht José hinter ihr und erntet einen bösen Blick der Frau.

»Dein Weg ist noch nicht entschieden, man sieht mehrere Sachen, es hängt immer eines mit dem anderen zusammen, Krankheit und Glück, Angst und Hoffnung, Liebe und Leid. Man sieht, dass dein Herz einen schweren Kampf führen muss, aber man sieht nicht wie es endet. Du musst den Weg erst beschreiten, dann kannst du noch einmal wiederkommen und ich kann dir mehr sagen.« Janine seufzt enttäuscht auf. José drückt der Frau einen Geldschein in die Hand und führt die etwas benommene Janine weiter. »Danke!« José legt den Arm um sie und öffnet ihr die Tür zum Restaurant. »Die Antworten passen immer zu jedem Menschen, genau wie Horoskope.« Da ruft ihnen die Frau noch etwas nach.

»Denk daran, jeder möchte Glück, aber niemand möchte Schmerz, du kannst aber keinen Regenbogen ohne Regen haben!«

Als sie sich gesetzt haben und Janine die Worte der Frau langsam etwas verdaut, bestellen sie. Janine nimmt Josés Hände in ihre und sieht ihm in die Augen. »Wie laufen die Vorbereitungen für die Hochzeit?« Er küsst ihre Hand. »Wir haben damit kaum noch etwas zu tun, Elisa kümmert sich um fast alles, ich glaube aber, Lina gefällt das nicht besonders.« Janine kann das verstehen. »Es ist ihre Hochzeit, sie sollte ...« José blickt aus dem Fenster und sein Blick lässt sie mitten im Satz einhalten. Sie hat noch nicht einmal richtig bemerkt, was er da entdeckt hat, da steht er auf. »Bin gleich wieder da!«

Janine sieht ihm erst hinterher, dann aus dem Fenster, wo sie drei Männer bemerkt, die gerade in ein Auto steigen wollen. Sicherlich welche von den Natos, denkt sie sich in dem Moment, wo José zu ihnen tritt. Allerdings merkt sie schnell, dass dies nicht der Fall ist. Einer der Männer sieht José und zuckt zusammen, dann geht alles ganz schnell. Janine sieht nur Josés Rücken, doch sie sieht, dass er einen der Männer ganz schnell am Kragen packt und sein Gesicht auf das Autoheck drückt. Ihr Herz schlägt schneller und sie steht automatisch auf, auch wenn sie sich nicht vom Fleck rührt und die Szene nicht aus den Augen lässt.

Obwohl die Männer zu dritt sind und Janine zum Glück bei niemandem, auch nicht bei José, eine Waffe sieht, merkt man schnell, dass sie Angst vor ihm haben. Für Janine ist dieses Bild so unwirklich, das hat nichts mehr mit ihrem José zu tun, nichts mit dem Mann, der so liebevoll zu ihr ist. Die Männer versuchen José zu beruhigen. Auch wenn Janine von hier kein Wort vernimmt, so kann sie es erkennen. Er lässt den Mann los. Als daraufhin alle näher zu José treten, bekommt Janine Panik und stürzt ebenfalls nach draußen, wobei sie fast den Kellner umrennt, der ihnen gerade das Essen bringen wollte.

Die Männer hören die Tür und drehen sich alle zu Janine um. Als sie José anblickt, erkennt sie, dass da nicht ihr José steht, sondern der Anführer der Natos. Wahrscheinlich nur, weil sie jetzt da ist, hebt er noch einmal drohend den Finger und zischt den Männern etwas zu. Dann steigen die Männer so schnell in das Auto und fahren weg, dass José es in der Zeit nicht einmal zu ihr geschafft hat. Er ist immer noch wütend, als er sie wieder zurück ins Restaurant bringt.

»Wer war das und wieso warst du so brutal zu ihnen?« Sie setzen sich. Der Kellner, der wahrscheinlich schon besorgt war, dass sie gar nicht wiederkommen, füllt ihren Tisch weiter. »Janine, wenn so etwas ist, darfst du nicht herauskommen, das ist zu gefährlich, verstehst du?« Er ist aufgebracht und sie nicht weniger. »Ich habe mir Sorgen gemacht, sie waren immerhin zu dritt und ...« José schüttelt den Kopf. »Mach dir keine Sorgen um mich, da geht es viel um Respekt, keiner von ihnen hätte sich gewagt seinen Mund zu öffnen.«

Janine sieht ihn immer noch schockiert an. »Du hast gesagt, du wirst ehrlich zu mir sein, also wer war das und wieso bist du so wütend?« José nimmt sein Handy heraus und schreibt eine Nachricht. »Das waren Männer einer Familia aus Chile, sie versuchen hier Geschäfte zu machen und wir haben es ihnen verboten. Ich habe sie quasi gerade erwischt, sie haben hier nichts zu suchen. Sie haben sich herausgeredet, dass sie uns einen Deal vorschlagen wollen und deshalb hier sind. Wärst du nicht hier, würde das Ganze gleich geklärt werden, so treffen wir uns nochmal und klären das alles.«

Janine weiß nicht was sie dazu sagen soll, ihr Herz schlägt noch immer schnell und sie ist durcheinander. José nimmt ihre Hand und küsst sie. »Das hat alles viel mit Respekt und unseren Gesetzen zu tun, woran sie sich gerade nicht halten, aber du brauchst dir um mich keine Sorgen zu machen, versprochen. Und jetzt komm, lass uns essen.« Janine nickt, aber weder ihr noch José kann sie etwas vormachen, das gerade hat sie von ihrer traumhaften kleinen Welt, in der sie beide ein paar schöne Tage verbracht haben, direkt in die Realität katapultiert.

Kapitel 14

Janine erwähnt diesen Vorfall nicht mehr. Sie hat selbst gesagt, dass sie auch in diesen Teil von Josés Welt blicken möchte, da kann sie nicht nach einem Vorfall sofort aufgeben, doch sie kann nicht verhindern, dass sie automatisch etwas Abstand nimmt. Es ist für sie so fremd, Gewalt ist für sie immer ein Tabu gewesen, sie kann es einfach nicht mit ihrer Welt vereinbaren. In dieser Nacht hat sie auch das erste Mal wieder diese Träume, von José, Blut an seinen Händen, mit denen er dann ihr Gesicht umfasst. Zärtlich sehen die Augen, die sie so sehr liebt, sie an und er flüstert, dass sie sich keine Sorgen machen muss. Doch alles worauf Janine guckt, ist das Blut an seinen Händen.

Am nächsten Tag hat sie lange Uni und geht dann mit Shannon zum Lernen in die Bibliothek. Sie schreibt am nächsten Tag eine wichtige Klausur und sie bleiben dort bis zum späten Abend. José und Gabriel bringen ihnen zwischendurch Pizzen vorbei. Es ist wieder die aufmerksame und liebevolle Art, die sie so sehr an ihm schätzt. Er versteht, dass sie zu tun haben und zieht Gabriel, der mit Shannon zu flirten versucht, schnell wieder hinaus, nachdem er sich einen Kuss abgeholt hat. Als ihre Gedanken wieder anfangen sich um dieses Thema zu drehen, schiebt sie es weit weg, sie muss sich auf die Klausur konzentrieren.

Auch wenn sie wenig geschlafen hat, ist sie am nächsten Tag zufrieden, als sie aus der Uni kommt, sie hat ein gutes Gefühl. José hat einen wichtigen Termin, sie kann ihn telefonisch nicht erreichen. Er hat ihr aber zugesagt sie abends zuhause abzuholen und sie wollen essen gehen. Deswegen geht sie zu ihrer Mutter in die Praxis und hilft ihr dort etwas, bevor sie dann zusammen nach Hause gehen. Als ihr Vater kommt, macht sie sich für das Abendessen mit José fertig. Sie versucht ihn immer noch zu erreichen, doch sein Handy ist aus.

Eine Stunde nach ihrem verabredeten Termin beginnt sich Janine langsam Sorgen zu machen, sie war viel zu abgelenkt durch die Klausur, um genau nachzufragen, was für ein Treffen José und seine Brüder haben und um was es da geht. José ist immer pünktlich und sagt ihr Bescheid, wenn etwas dazwischenkommt, sie geht hibbelig im Haus umher, bis ihr Handy klingelt. Sie kennt die Nummer nicht, doch ihr Bauchgefühl zwingt sie ans Handy zu gehen. Es ist Elisa, Josés Schwester. Janines Herz zieht sich zusammen, sie spürt genau, dass es nichts Gutes bedeutet, wenn sie anruft.

Elisa sagt schnell, dass José sie gebeten hat anzurufen, sie hatten einen Vorfall bei dem Treffen und sind jetzt im Krankenhaus, sie soll sich aber keine Sorgen machen. Janine atmet tief durch und fragt, wo genau sie sind. Keine Minute später sitzt sie im Taxi und lässt sich zu der Privatklinik fahren, deren Adresse ihr Elisa gegeben hat. Die Schwester war ruhig am Telefon, nur diese Tatsache lässt Janine einen kühlen Kopf behalten, wäre etwas Schlimmeres passiert, hätte man das gemerkt.

Trotzdem ist sie nervös, als die Krankenschwester in der Empfangshalle sie zu einem Zimmer bringt, in dem José sein soll. Als sie eintritt, ist neben José seine halbe Familie da. Gabriel, Nando, Arturo, Elisa und dieser Alonzo sehen ihr entgegen. José kommt zu ihr, er hält seinen Arm komisch, der Arzt sieht sich gerade eine Platzwunde am Kopf von Gabriel an und Nando hat sein Bein auf einen Stuhl gelegt. Überall ist Blut, doch jeder hier scheint zufrieden zu sein. »Hey, du hättest nicht extra kommen müssen, tut mir leid, dass ich es nicht geschafft habe.« Er gibt ihr einen Kuss und die anderen nicken ihr zu.

Janine kann den Kuss nicht erwidern, sie sieht geschockt in dem Raum umher, dann auf seinen Arm. »Was ist passiert?« Erst jetzt bemerkt sie, dass er ein Shirt um den Arm gebunden hat. »Das sieht schlimmer aus als es ist, erinnerst du dich an die Männer vor dem Restaurant? Wir haben sie heute getroffen und sie wollten uns eine Falle stehen, ist ihnen aber nicht gelungen.« Er grinst frech und sie zeigt auf seinen Arm, Gabriels Kopf und Nandos Bein. »Wieso seid ihr verletzt?« Elisa kommt zu ihr und führt sie zu einem der Stühle. Sie setzt sich neben Alonzo und Arturo, die beide nichts abbekommen zu haben scheinen.

»Das gehört dazu, an so etwas musst du dich gewöhnen, es ist nicht so schlimm.« Elisa klopft ihr aufmunternd auf die Schenkel, während der Arzt zu José tritt und ihm das Shirt abnimmt. Janine öffnet schockiert den Mund, er hat einen Messerstich am Arm, einen ziemlich langen, es blutet immer noch. Weder den Arzt noch sonst jemanden hier scheint das alles sonderlich zu wundern, aber Janine wird schlecht, als der Arzt mit gekonnten Handgriffen die Wunde näht und José einen Verband umlegt. Sie lachen über Gabriel, der noch immer sehr aufgebracht ist und schwört, dass die Männer für diese Platzwunde noch einmal von ihm hören werden.

Genau in diesem Augenblick geht die Tür auf und Lina kommt herein. Sie ist die erste, die eine für Janine normale Reaktion zeigt und laut aufkeucht. Sie merkt jetzt das erste Mal, dass Nando nicht so liebevoll wie sonst immer zu seiner Verlobten ist. »Hey, hat deine Arbeit heute so lange gedauert?« Lina ist schockiert. Janine kann sie sehr gut verstehen, endlich mal jemand, der so wie sie reagiert. »Was ist passiert?« Wieder ist es José, der seiner zukünftigen Schwägerin in knappen Worten zusammenfasst, was geschehen ist.

Das Grinsen von José verrät, dass sie all das überhaupt nicht ernst nehmen, sie finden es nicht beunruhigend, dass hier zwei mit Stichverletzungen und einer mit einer großen Platzwunde am Kopf sitzen, als wäre das Alltag für sie. Der Arzt widmet sich gerade Nandos Bein, dessen Stichwunde ebenfalls genäht wird. »Und was ist mit deinem Bein?« Lina steht blass neben ihrem Verlobten. »Einer war schneller, wir haben das Messer nicht gesehen, aber halb so schlimm.« Alonzo zwinkert ihr zu und Janine schließt kurz die Augen, es ist alles zu unwirklich für sie. »Die anderen sehen viel schlimmer aus.« Janine will sich nicht vorstellen, wie die anderen zugerichtet sind.

Als ihr Blick auf Elisa und sie fällt, wird Lina wütend. »Wieso hat mich niemand angerufen und Bescheid gesagt? Ich wäre doch sofort gekommen.« Ihr Verlobter sieht seine Schwester an. »Du wolltest doch allen Bescheid sagen.« Janine spürt, wie sich Elisa neben ihr verkrampft, doch ihrem Gesicht sieht man nichts an. »Es war ja nicht so schlimm und Lina ist immer so beschäftigt, dass ich sie nicht stören wollte, ihre Arbeit scheint ihr zu wichtig zu sein.« Janine sieht beschämt zur Seite, das Verhalten von Josés Schwester gegenüber Lina ist unglaublich. »Er ist mein Verlobter, du hättest mich anrufen müssen, meine Arbeit ist mir doch nicht wichtiger als er!«

Lina wird lauter und Janine kann sie verstehen. »Wir sind doch da, du hättest hier eh nichts tun können.« Nandos Verlobte deutet auf Janine. »Aber Janine hast du Bescheid gesagt? Sie konnte hier etwas tun?« Janine sieht auf den Boden, nicht nur das ihr die ganze Situation irreal schrecklich vorkommt, jetzt wird sie auch noch in einen Familienstreit hineingezogen. Zum Glück erhebt jetzt das erste Mal der Arzt die Stimme, er ermahnt die Männer, morgen zur Kontrolle wiederzukommen und entlässt dann alle nach Hause.

Als sie alle langsam die Klinik verlassen und sich auf die Autos verteilen, sagt Janine zu José, dass sie mit Lina fahren will, die immer noch wütend ist und allein zu ihrem Auto geht. Sobald sie losgefahren sind, atmet Lina laut aus, sie ist sicherlich sehr sauer. Janine kann sie voll und ganz verstehen, sie mag Nandos Verlobte sehr. Ihre Gefühle sind selbst das reinste Chaos und sie versucht sich etwas zu sammeln. »Passiert das öfter?« Sie spricht viel zu leise, doch Lina hört sie. »Dass sie verletzt sind? Seit ich Nando kenne, ist es das erste Mal, dass ich das wirklich mitbekommen habe. Ich weiß aber nicht, wie oft sie schon in Gefahr waren, ich erfahre solche Sachen nicht.«

Janine sieht die hübsche dunkelhaarige Frau neben sich an, ihre langen dunklen Haare schimmern im Licht der Straßenbeleuchtung und sie versteht, wieso Nando so verrückt nach ihr ist. Sie ist wunderschön. »José hat mir erzählt, dass du Nando deswegen verlassen hast, doch jetzt akzeptierst du es?«

Ein Lächeln legt sich auf Linas Lippen. »Ich muss es akzeptieren, weil ich Nando liebe, ich habe mich mit der Familia auseinandergesetzt und weiß jetzt, dass sie nicht so sind, wie ich es mir vorgestellt habe, auch wenn ich nicht so naiv bin zu denken, dass so etwas wie heute nicht passieren kann. Es stellt sich nicht mehr die Frage, ob ich es akzeptiere, dass Nando zu den Natos gehört, er ist es. Sie alle sind es, es ist kein Beruf, es ist keine Sache, die man wieder ausschalten kann oder verleugnen. Sie sind dazu geboren und ich lebe damit, weil ich Nando über alles liebe.«

Das erste Mal ist Janine ganz ehrlich und lässt ihre Bedenken einfach heraus. »Ich kann das nicht!« Sie halten gerade an einer Ampel. »Was genau meinst du?« Janine sucht nach den richtigen Worten. »Ich mag José, er ist ein sehr lieber Mensch und sehr aufmerksam und er ... also wenn wir alleine sind, ist alles perfekt, ich würde mich gar nicht dagegen wehren mich in ihn zu verlieben. Doch wenn ich das sehe, wenn ich daran denke, wer er ist, ich kann das einfach nicht. Ich sollte lieber jetzt einen Schlussstrich darunter ziehen, bevor es für uns beide ernster wird.«

Eine ganze Weile sagt die Verlobte von Nando nichts, auch sie scheint ihre nächsten Worte gut zu überdenken. Janine weiß, dass sie José sehr lieb hat, sie hat beobachtet, wie die beiden zueinander sind. »Höre auf dein Herz, es zeigt dir deinen Weg!« Für Janine ist die Antwort mehr als deutlich, ansonsten hätte sie es ihr probiert auszureden, doch Lina weiß, wie schwer das Leben an der Seite eines Anführers der Los Natos ist.

Sie halten und sehen, dass die anderen schon auf sie warten. Elisas Blick auf Lina sagt mehr als 1000 Worte und Janine wendet sich noch einmal an sie, Lina tut ihr leid. »Sie mag dich nicht besonders, oder?« Nandos Verlobte lacht leise auf. »Sie hasst mich, nur bin ich die Einzige, die das so sieht.« Janine muss auch lachen, es ist mehr als offensichtlich, dass die Schwester etwas gegen Lina hat.

Als sie aussteigen und zu den anderen gehen, verabschieden sich Nando und Lina schnell, Janine ist sich sicher, dass es zwischen den beiden noch einiges zu besprechen gibt. José legt ebenfalls den gesunden Arm um ihre Schulter und sie gehen in sein Haus. Er hat eine Spritze bekommen und wirkt jetzt sehr erschöpft. Janine will am liebsten einfach gehen und das alles sacken lassen, doch sie merkt, dass José von der Spritze sehr benommen ist. Er versucht sich auszuziehen, um sich unter der Dusche das Blut abzuwaschen, Janine hilft ihm dabei. Trotz der Spritze verzieht er noch schmerzvoll das Gesicht. Sie haben noch kein Wort gesprochen, seit sie ins Haus gekommen sind. Sie wartet vor der Dusche, bis sie sein umständliches Hantieren bemerkt und sich ebenfalls auszieht.

Ohne ein Wort zu sagen, steigt sie zu ihm in die Dusche, nimmt einen Waschlappen und hilft ihm das getrocknete Blut abzuwischen, ohne dass sein verletzter Arm nass wird. Janine ist mit ihren Gedanken bei dem Gespräch mit Lina und bemerkt gar nicht, dass José ganz ruhig dasteht und sie beobachtet. Erst als sie die Dusche ausschaltet und ihm ein Handtuch reicht, nimmt er ihr Gesicht in seine Hände. »Es ist schön, dass du da bist.« Janine lächelt matt und hilft ihm dann eine Shorts anzuziehen, bevor er sich müde ins Bett legt. Sie fragt ihn, ob er Hunger hat, doch er erklärt müde, dass er nur noch schlafen möchte.

Janine geht in die Küche. Ihr Magen knurrt, sie wollte ja mit ihm essen gehen und hat dementsprechend Hunger. Sie macht sich einen Toast und isst ein Joghurt, dabei muss sie lächeln. Erst seit Janine regelmäßig hier ist, gibt es überhaupt etwas Essbares hier, davor war außer ein paar Pizzen und Cola nie etwas da. José ist immer bei jemandem aus seiner Familie essen gewesen. Sie weiß einfach nicht, was sie mit diesem Mann machen soll, er hat zwei Seiten an sich, doch diese zwei Seiten sind so unterschiedlich, sie könnten nicht gegensätzlicher sein.

Nachdem sie etwas gegessen hat, setzt sich Janine an sein Bett und beobachtet ihn beim Schlafen. Wie kann sie diese beiden Seiten vereinen? Er ist so lieb zu ihr, aufmerksam und dann die Seite, die sie heute gesehen hat und vor ein paar Tagen. Wie können die Hände, die so liebevoll nach ihr greifen, gleichzeitig so brutal sein? Sie sieht Lina und dass selbst sie damit noch nicht zurechtkommt, wie soll sie das jemals schaffen? Wenn sie José jetzt betrachtet, weiß sie, dass er schon tief in ihrem Herzen ist, dass sie ihn vielleicht sogar liebt.

Gleichzeitig weiß sie auch, dass es bei ihm aber noch nicht so weit ist, er hat noch niemals etwas in der Richtung gesagt, nicht einmal angedeutet. Ihr Entschluss das alles zu beenden, bevor sie sich beide da noch mehr reinfallen lassen, wird immer fester. Wenn sie ihn jetzt ansieht, kann sie das Blut, das an ihm geklebt hat, nicht vergessen, nicht nachdem sie es mit eigenen Augen gesehen hat. Sie hat die Angst in den Augen der Männer gesehen, wie kann der Mann, der sie so glücklich macht, andere Menschen so in Angst und Schrecken versetzen?

Janine steht auf und geht, sie fährt nach Hause und legt sich direkt schlafen. Sie wird niemandem davon erzählen, was heute passiert ist. Sie möchte nicht, dass ihre Eltern dieses Bild von José mit sich herumtragen, es wird ihr schon schwer genug fallen, dieses Bild jemals wieder los zu werden. Als sie am nächsten Tag vor der Uni steht, ruft José sie an. Er fragt, wieso sie nicht geblieben ist. Feige wie sie in dem Moment ist, redet sie sich damit heraus, dass ihre Unisachen zuhause waren, statt ihm ihren Entschluss mitzuteilen.

Sie hat Glück und er bemerkt auch nichts. Obwohl er verletzt ist, ist er an dem Tag mit seinen Brüdern wegen einer Lieferung unterwegs. Sie fragt gar nicht weiter nach, sie will all das gar nicht mehr wissen. Als er ihr abends schreibt, antwortet sie nur knapp, dass sie müde ist und schlafen geht, so schafft sie es, ihm zwei Tage aus dem Weg zu gehen. Erst am Samstag reicht ihm ihr Versteckspielen und er ruft sie am Abend an um zu erfahren, was wirklich los ist.

Es war ihr klar, dass sie um dieses Gespräch nicht herumkommt. Sie sagt, sie ist zu ihm unterwegs und möchte dann mit ihm reden. Doch José ist schon viel zu genervt, als sie bereits halb bei ihm ist, sagt er ihr, dass er keine Geduld mehr für dieses Hin und Her hat. Er ist nicht zu Hause und will jetzt wissen was los sei. Janine muss eh zu ihm und ihre Sachen holen, deswegen fährt sie weiter und versucht ihm am Telefon zu erklären, wie sie sich fühlt und dass sie das einfach nicht kann. Sofort bildet José wieder diese Mauer um sich und antwortet ihr kühl und gefühllos.

»Verstehst du? Ich habe es probiert, doch ich kann es nicht ertragen, wenn ich dich so sehe, voller Blut und weiß, dass du gerade andere Menschen verletzt hast. Ich kann das einfach nicht, du bist so lieb zu mir und ich bin glücklich, aber dann gehst du raus und ich kann nicht damit leben, was du dann machst.« José atmet tief durch. »Du kennst meine Meinung dazu, es ist deine Entscheidung, Janine, ich werde dich nicht halten und ich werde dich nicht noch einmal darum bitten, das alles zu überdenken. Wenn du damit nicht klarkommst, ist es so, andere Frauen kommen damit klar!«

Janine steht vor seinem Haus und sieht auf das Handy, er hat einfach aufgelegt. Sie geht in den Garten und öffnet die Terrassentür. Sie weiß, dass diese offen steht, wozu sollten sie in der überwachten Gegend abschließen? Als sie im Haus ist, atmet sie tief ein. Erst ist sie wütend über Josés Antworten, die für sie wie ein Schlag ins Gesicht waren, doch als sie dabei ist ihre Sachen zusammenzusuchen, kommen ihr die Tränen.

Natürlich ist es ihr schwergefallen und sie ist dem Thema ausgewichen, bis es nicht mehr ging. Sie hat Gefühle für ihn und der Gedanke, dass nun alles vorbei ist, tut ihr weh, doch sie will nicht auf ihr Herz hören und sein Verhalten jetzt bestätigt ihr, dass sie das Richtige tut. Vielleicht hat sie die Hoffnung, er würde nach Hause kommen, sie lässt sich viel Zeit ihre Sachen zusammenzusuchen. Sie will nicht so mit ihm auseinandergehen. Ihr ist klar, dass José diese Worte nur aus verletztem Stolz gesagt hat, aber sie ist selbst so unglücklich über ihre Entscheidung, dass sie sie sich wünschte, er würde wenigstens versuchen sie zu halten, ihr irgendwie entgegenkommen, aber es kommt nichts von ihm.

Als sie fertig ist, wartet sie noch eine Stunde in der Hoffnung, er würde kommen, doch als sich nichts tut, ruft sie ihn noch einmal an. Er geht an sein Handy und sie hört sofort, dass er irgendwo feiern ist. »Ich bin bei dir und habe meine Sachen geholt.« José sagt nichts dazu. »Ich will nicht, dass wir so auseinandergehen. Das wollte ich nicht, es fällt mir nicht leicht, aber ich weiß einfach nicht, wie ich damit umgehen soll. Es ist alles so fremd für mich, es ist für mich unvorstellbar, all das zu tolerieren, dich blutig zu sehen und mir vorzustellen, was du getan hast, ich … kannst du das nicht verstehen?«

Es ist nicht mehr ihr José, mit dem sie redet, das merkt sie sofort. »Doch, kann ich, aber es lässt sich nicht ändern.« Janine beginnt zu weinen, es tut ihr weh, dass er eine solche Distanz zwischen ihnen aufbaut. »Willst du nicht herkommen und wir reden in Ruhe darüber?« Er zögert, doch dann räuspert er sich. »Es gibt nichts mehr zu reden Janine, du hast recht, es ist besser so. Belassen wir es einfach dabei und vergessen wir das Ganze.« Auch wenn es sie selbst war, die diese Entscheidung getroffen hat, verletzten sie seine kalten Worte. »Mir fällt es wenigstens schwer, bei dir fühlt es sich so an, als wärst du froh, dass du mich jetzt los bist.«

Wieder antwortet er nicht. »Ich wollte das alles auch lieber beenden, bevor ich noch mehr Gefühle für dich aufbaue, denn jetzt ist es so, du bedeutest mir etwas, mehr schon als jeder vor dir. Und ich wollte verhindern, das ich daran eines Tages kaputt gehe.« Sie hat es getan, sie hat ihren Stolz überwunden und hat als erstes über ihre Gefühle geredet, sie hat ihm das Geständnis vor die Füße geworfen. Es ist jetzt an ihm, wenigstens etwas dazu zu sagen. »Wir sollten auflegen, pass auf dich auf.«

Janine ist außer sich. »Das ist alles? Mehr hast du dazu nicht zu sagen? Bin ich für dich nur eine Frau von vielen, für die du nicht einmal ein bisschen etwas empfindest? Habe ich mir das alles nur eingebildet?« Als er wieder nichts sagt, legt Janine auf, sie kann nicht glauben, wie sehr sie sich erniedrigt hat, und von ihm kommt nichts.

Dieses Mal leitet die Wut ihre Tränen, sie hat ihre Entscheidung selbst nicht gewollt, ihr Herz wollte es nicht, doch jetzt ist sie so froh darüber. Sie ist ihm scheißegal, hätte sie weiter für ihr Herz gekämpft, hätte sie einen Kampf für nichts und wieder nichts geführt. Sie rollt sich auf dem Sessel zusammen und versucht ihre Tränen zu beherrschen, seine unausgesprochenen Worte nehmen ihr die Luft zum Atmen.

Als Janine wach wird, dröhnt ihr Kopf, sie muss auf dem Sessel eingeschlafen sein, panisch steht sie auf und sieht sich um. Sie will José nicht mehr sehen, nie mehr, doch zu ihrem Glück ist er auch nirgendwo zu sehen. Sie geht durch das Haus, die Sonne ist gerade erst aufgegangen und als sie ihn nirgends findet, weiß sie, er hat die Nacht sicherlich mit einer neuen Frau verbracht. Dass sie ihm nichts bedeutet hat, weiß sie ja jetzt, dass er sich so schnell eine Neue ins Bett holt, lässt sie schlagartig wach werden.

Sie nimmt die Tasche und verlässt das Haus, innerlich schwört sie sich niemals wieder herzukommen. Als sie zu ihrem Auto will, bemerkt sie wie die Haustür von gegenüber aufgeht und Lina herausgelaufen kommt. Wenn Janine denkt, ihr gehe es schlecht, will sie nicht wissen, wie es der Verlobten von Nando gehen muss, die sich kaum auf den Beinen halten kann.

»Lina?« Sie geht zu ihr, doch die hübsche Dunkelhaarige bemerkt sie gar nicht, bis sie Janine bei ihrem vollen Namen ruft, so wie sie sonst nur Nando tut. »Celina?« Abwesend nickt sie ihr zu, doch sie wankt und kann sich kaum auf den Beinen halten, da eilt Janine zu ihr hinüber.

»Celina, meine Güte, was ist passiert, was hast du?«

Kapitel 15

»Celina, meine Güte, was ist passiert, was hast du?« Das erste Mal sieht die Verlobte von Josés Bruder sie wirklich an, doch anstatt etwas zu sagen, beginnt sie schluchzend zu weinen und Janine sieht sofort, dass es heute nicht das erste Mal ist, sie ist ganz blass und ihre Augen rot unterlaufen. Janine weiß nicht was sie tun soll, es muss etwas Schlimmes passiert sein. Vorsichtig versucht sie Lina zurück zum Haus zu bringen aber sie lässt es nicht zu und geht wieder zum Auto. »Ich muss weg hier!«

Janine bleibt bei ihr. »Celina, du kannst dich nicht einmal auf den Beinen halten, das geht nicht, komm, wir gehen ins Haus ...« Sie unterbricht sie. »Ich muss zu Josy, jetzt!« Janine hat keine Ahnung was passiert ist, aber sie wird Lina nicht allein lassen. »Okay, von mir aus, aber ich fahre dich, du kannst keinen richtigen Schritt machen.« Janine fragt sich wo Nando ist, wo ist José? Es wirkt alles wie ausgestorben, allerdings ist es auch noch sehr früh.

Sobald sie im Auto sitzen, gibt Janine Gas. Lina flüstert leise, dass sie ins B.B. fahren soll, Josy wird noch da sein. Sie kommen gut durch, weil noch kaum Verkehr ist. Als sie fast da ist, hält Janine es nicht mehr aus, Lina so fertig zu sehen. »Celina, was ist passiert? Du stehst total unter Schock, du kannst mir vertrauen!« Wieder beginnt Lina zu weinen und schweigt. »Hat es etwas mit Nando zu tun? Soll es seine Familie nicht erfahren? Hat er dir etwas angetan?« Sie reicht ihr ein Taschentuch.

»Celina, ich weiß, wir kennen uns noch nicht lange, aber ich schwöre dir, was du mir erzählst, bleibt unter uns. Niemand erfährt davon, du kannst mir vertrauen, nur sage mir, was dir Schreckliches passiert ist.« Sie halten vor dem B.B. im selben Moment, als eine Putzfrau und die rothaarige Frau, der das B.B. gehört, aus dem Laden herauskommen. Als sie Janine und Lina erblickt, wird sie ganz blass, mit ihrer allerletzten Kraft öffnet Lina die Tür und wankt in die Arme ihrer Freundin. Janine geht hinterher, dann bricht Lina zusammen.

Janine und Josy stützen Celina und bringen sie in die Umkleidekabinen, wo sie sie auf ein Sofa legen. Lina hat die Augen offen, ist aber vollkommen abwesend, bis Josy ihr einen Waschlappen auf die Stirn legt. »Was ist passiert, Celina, wer hat dir etwas getan? Wo ist Nando?« Lina weint immer weiter. Janine streichelt ihre kalte Hand, was sie zu beruhigen scheint. Dann endlich beginnt sie zu reden. »Keiner hat etwas getan, ICH habe etwas Schreckliches gemacht!« Sie setzt sich auf und sieht beide an. Dann beginnt sie zu erzählen.

Es ist alles etwas verwirrend, Lina fällt es schwer in richtigen Sätzen zu sprechen, sie steht vollkommen neben sich. Sie erzählt von einem Fotografen, dem sie Unterlagen bringen musste, wie sauer Nando war, dass sie wieder arbeiten war, statt bei ihm zu sein. Immer wieder bricht sie weinend ab. Sie musste auf den Fotografen warten und hat einige Gläser Sekt getrunken. Sie verträgt zwar nicht viel Alkohol, doch sie ist sich sicher, ganz klar gewesen zu sein. Dann kam der Mann und sie hat auf seine Unterschrift gewartet, dort hat sie nur noch Cola getrunken, er hat sie angemacht und dann ist alles schwarz. Das Einzige, woran sie sich erinnert, ist wie sie heute Morgen halbnackt mit ihm und einer anderen Frau im Bett aufgewacht ist.

Janine und Josy sind beide schockiert. Auch wenn Janine Nando und Lina nicht so gut kennt, merkt man sofort, wie sehr sich beide lieben, das war das Allerletzte, was Janine jetzt erwartet hätte. »Wie konnte ich? Nando ist der Mann meines Lebens, mein Leben, ich kann mir keinen Tag ohne ihn vorstellen, wie konnte das passieren?« Josy ist die erste, die ihre Stimme wiederfindet. »Celina, ganz ruhig, du stehst total neben dir. Hast du mit ihm geschlafen?« Celina zuckt hilflos die Schultern. »Nein, ich könnte das niemals tun, aber ich bin halbnackt neben ihm wachgeworden, was soll ich sonst getan haben? Ich verstehe das selber nicht, ich habe das Gefühl verrückt zu werden, ich kann mich an nichts mehr erinnern, es ist wie ein großes schwarzes Loch.« Janine seufzt leise auf, sie hat Mitleid mit Lina, sie ist völlig verzweifelt.

»Du hast einen Blackout, ich hatte das auch schon mal, ich hatte zu viel getrunken und ...« Celina unterbricht sie fast schon panisch. »Ich habe nur zwei Gläser Sekt getrunken, das weiß ich ganz genau!« Josy schüttelt den Kopf. »Aber du kannst dich doch kaum an etwas erinnern, vielleicht hast du dann doch noch etwas getrunken, was dazu geführt hat. Wir sollten zurück und ...« Celina springt entsetzt auf. »Ich will da nie wieder hin, niemals wieder!« Im gleichen Moment wankt sie wieder, stürzt zur Toilette und übergibt sich. Josy rennt ihr hinterher und hält ihre Haare, während Janine ein Glas Wasser holt.

Janine weiß, dass irgendetwas nicht stimmt. »Als Erstes musst du zum Arzt, Celina, du siehst aus wie der der Tod persönlich.« Janine gibt ihr das Glas Wasser, als Lina sich erschöpft an die Fliesen lehnt. »Ich kann nicht

zum Arzt, er ist der Familienarzt und ...« Sie muss es gar nicht weiter erklären, es ist klar, warum sie nicht dahin kann. Janine hält ihr die Hand hin.
»Meine Mutter ist Ärztin, ich rufe sie an, wir treffen sie in ihrer Praxis, die
ist nur zwei Häuser neben unserem Haus. Komm, du musst dich untersuchen lassen.«

Lina ist immer noch abwesend, doch sie kommt wenigstens mit. Sie ruft
ihre Mutter an und gibt ihr Bescheid. Janine weiß, dass sie sich immer auf
sie verlassen kann. Auch wenn es Sonntag ist und ihre Mutter anscheinend
noch geschlafen hat, sagt sie sofort zu, gleich da zu sein. Als sie dann in die
Praxis kommen, ist ihre Mutter auch schon da und sieht sich besorgt Lina
an. Sie bittet, ihr alles zu erzählen, während sie sich Notizen macht. Als sie
merkt wie fertig Lina ist, bittet sie sie auf die Liege und untersucht sie.

»Sie haben einen Schock, Celina, so wie es sich anhört, haben Sie gestern
etwas getrunken, was Sie nicht vertragen haben oder zu viel, auch wenn Sie
sich nicht erinnern. Ich gebe Ihnen jetzt etwas zur Beruhigung und für
Ihren Magen, der Schwindel wird dann auch aufhören. Sie müssen viel
Wasser trinken und zur Ruhe kommen, dann werden vielleicht auch wieder
ein paar Erinnerungen kommen.« Lina wischt sich die Tränen weg. »Ich will
es gar nicht mehr wissen, ich habe einen großen Fehler gemacht, ich habe
alles zerstört.« Josy, die neben Janine sitzt, mischt sich ein.

»Hör auf dich zu fertig zu machen, selbst wenn du einen Fehler gemacht
hast, ist das ganz menschlich, du musst erst einmal zur Ruhe kommen,
dann können wir weitersehen.« Janine nickt zustimmend, sie merkt, dass
ihre Mutter irgendetwas beunruhigt. »Sie scheinst auf irgendetwas sehr heftig reagiert zu haben, deswegen würde ich Ihnen gerne Blut abnehmen und
alles kontrollieren lassen, wenn Sie nichts dagegen hast.« Lina hält ihren
Arm hin. »Mit dem Blutlabor in San Sebastian hatte ich schon einige
Schwierigkeiten, sie arbeiten mir nicht genau genug, ich schicke meine Blut-
proben immer zur Analyse woanders hin, wo sie wirklich alles durchtesten.
Das kann allerdings ein paar Tage dauern, bis die Ergebnisse hier sind. Ich
kann die Blutprobe auch erst morgen dem Kurier mitgeben.« Lina nickt nur
ganz schwach, die Mittel ihrer Mutter scheinen zu wirken und sie wird ruhiger. »Ich kann gewisse Untersuchungen nicht machen, Sie sollten noch zu
einem Frauenarzt gehen.«

Als ihre Mutter Lina entlässt, fährt Janine Josy und sie ins B.B. statt zu
Lina nach Hause und sie tauschen die Nummern aus. Janine erklärt leise,
dass sie nicht mehr ins Natos-Gebiet will. Auch wenn Lina noch so fertig

ist, drückt diese mitfühlend Janines Hand. »Ich rufe dich später an, und wenn etwas ist, melde dich. Sobald meine Mutter die Blutergebnisse hat, sage ich Bescheid.« Sie umarmen sich noch einmal, bevor Janine nach Hause fährt. »Und das bleibt alles unter uns, du kannst mir vertrauen.«

Erschöpft kommt Janine nach Hause, wo ihre Mutter sie schon erwartet. »Warst du mit dieser Lina bei diesem Fotografen?« Janine schüttelt den Kopf, sie hat gar nicht daran gedacht, dass sie die Nacht weggeblieben ist, ohne ihren Eltern Bescheid zu geben. Ihre Mutter ist erleichtert. »Ich dachte, weil du auch so blass und verweint bist.« Janine ist am Ende ihrer Kräfte, sie will nur noch schlafen, die Augen zumachen und alles vergessen. »Ich habe mich von José getrennt, endgültig. Dann habe ich Lina getroffen und mich um sie gekümmert. Jetzt will ich nur noch schlafen.«

Ihre Mutter nimmt Janine in den Arm und es tut gut. Jetzt lässt sie ihren Tränen freien Lauf. »Er bedeutet dir sehr viel, oder? Es tut mir so leid.« Janine nickt und wischt sich gleichzeitig die Tränen weg. »Ja, aber es spricht einfach zu viel dagegen und er empfindet nicht dasselbe für mich, falls ich ihm überhaupt etwas bedeute.« Ihre Mutter küsst ihre Wangen. »Wenn er so blind ist und eine so hübsche Frau mit so viel im Kopf und einem so großen Herzen nicht zu schätzen weiß, ist er selbst Schuld, auch andere Mütter haben hübsche Söhne.« Janine trinkt etwas, bevor sie nach oben geht, doch dann hält sie noch einmal ein. »Mama, tu mir einen Gefallen, lass uns nicht mehr darüber reden, ich will das vergessen … es tut sehr weh.« Als sie verständnisvoll und besorgt nickt, geht Janine duschen. Danach legt sie sich gleich schlafen und wünschte erst wieder wach zu werden, wenn der Schmerz vorbei ist.

Leider wird ihr der Wunsch nicht erfüllt. Sie geht am nächsten Tag zur Uni, sie versucht sich einfach abzulenken, doch es fällt ihr schwer, all das was passiert ist auszublenden. Besonders da sie sich auch noch Gedanken um Lina macht. Die nächsten Tage bleibt sie mit ihr und Josy im Kontakt. Nando hat alles erfahren und soll sehr ausgerastet sein. Er hat Celina verlassen und sie ist nun zurück zu ihrer Mutter. Als Janine sie dort ein paar Tage später das erste Mal besucht, ist von der fröhlichen Frau, die sie an Nandos Seite kennengelernt hat, nicht mehr viel übrig. Sie ist fertig, noch immer kann sie sich nicht erinnern, die Untersuchungsergebnisse lassen auch auf sich warten.

Trotzdem merkt Janine, dass es ihr gut tut bei Lina zu sein. Sie spürt, dass Janine genauso leidet, doch Janine ist noch nicht in der Lage darüber zu reden, sie erklärt ihr nur, dass sie und José kein Paar mehr sind. Wenn sie dann zusammen auf der Terrasse im Haus von Linas Mutter sitzen, reden sie nicht über die Männer. Janine weiß allerdings, dass Nando sicherlich genauso leidet wie Lina. Sie hat sofort gemerkt, wie sehr er sie liebt. José hat sich nicht einmal gemeldet, nichts, er hat sicherlich schon längst Ersatz für sie gefunden, aber genau das lässt sie so trotzig gegen die Sehnsucht, die sie empfindet, ankämpfen.

Shannon ist an Janines Seite und alle versuchen sie abzulenken, doch als ihre Mutter dann zu einem Kongress nach Wien muss, überredet Janine sie zwei Tage lang, sie mitzunehmen. Sie will weg, eine neue Umgebung, das alles hinter sich lassen, auch wenn es nur für zwei Wochen ist. Doch erst als sie mit den Lehrern und Professoren geredet und Tristan ihr hoch und heilig versprochen hat, alles per Mail an sie weiterzuleiten, hat ihre Mutter dann endlich zugestimmt. Kurz vor ihrem Abflug telefoniert sie noch einmal mit Lina, die mit Josy ebenfalls verreisen will und sie fragt, ob sie mitkommen möchte.

Nun ist Janine verplant, doch sagt sie Lina extra noch einmal, sie soll die Blutergebnisse bei der Vertretung ihrer Mutter abholen. Dann erzählt sie ihr, dass Olivia sie angerufen hat. Janine hat sich im ersten Moment sehr gewundert, sie hatte die stille Hoffnung, dass sie ihr etwas von José sagt, vielleicht wegen ihnen beiden nachfragt, doch Olivia fragte sie nur, ob sie wisse, wie es Celina geht. Sie kann sie nicht erreichen, Lina geht nicht an ihr Handy und sie macht sich Sorgen um sie. Janines Nummer hat sie von Elisa. Janine kann Arturos Frau etwas beruhigen und bittet Lina sich bei ihr zu melden. Olivia hat José mit keinem Wort erwähnt.

Als sie dann abfliegen, schwört sich Janine, diese zwei Wochen zu nutzen, um all das hinter sich zu lassen und nach vorne zu schauen. Schon kurz nach der Landung geht es ihr viel besser, nichts hier erinnert sie an Puerto Rico, sie checken in einem schönen Hotel ein und gehen am Abend noch essen. Leider konnte Janines Vater nicht mit ihnen kommen, da er zu viel zu tun hat. Janine bleibt am nächsten Tag im Hotel, geht in die Sauna, lässt sich massieren und arbeitet dann für die Uni. Sie lenkt sich ab, Lina und Josy schreibt sie nur kurze SMS, dass es ihnen gut geht, wie es ihr geht, selbst mit Shannon schreibt sie nur. Sie will versuchen Abstand zu gewinnen.

Es ist etwas über eine Woche her, dass sie sich von José getrennt hat. Jetzt wirkt das alles so irreal für sie, natürlich hat sie das Richtige getan. Es hat sich so falsch angefühlt, die Entscheidung, ihn wegen seiner Familia zu verlassen, hat ihr den Brustkorb zugeschnürt, sie wollte es nicht, nicht wirklich von Herzen, doch ihr Gewissen hat sie dazu geleitet und nun ist sie mehr als dankbar dafür. Erst dann hat sie gemerkt, dass sie sich ganz umsonst so viele Gedanken gemacht hat. Er hat überhaupt keine Gefühle für sie. Janine hat geweint und er hat sie kalt abgewiesen, sie hat ihm ihre Gefühle gestanden, von ihm kam nichts. Wozu hätte sie für so etwas kämpfen sollen? Es war richtig, absolut richtig, sie kann es sich gar nicht oft genug in Gedanken selbst zuflüstern, doch jedes Mal verkrampft ihr Herz dabei erneut. Wieso versteht ihr dummes Herz nicht, was ihr Verstand schon lange weiß?

Am Wochenende zwischen den beiden Wochen in Wien fliegen sie zurück nach Deutschland, um Maribels Mutter zu besuchen. Sie helfen ihr dabei ihr Haus leerzuräumen und für Janines Seele ist es heilender Balsam zu merken, wie langsam wieder Leben in den Körper der Mutter ihrer besten Freundin kommt. Sie verbringt einen ganzen Nachmittag an Maribels Grab, redet sich alles gedanklich von der Seele und fühlt sich gut, wieder hier zu sein. Sie trifft Yannik und sie gehen zusammen essen, nichts erinnert sie mehr an den Mann, der ihr damals das Herz gebrochen hat. Wenn sie jetzt darüber nachdenkt, muss sie lächeln, sie dachte damals, ihre Welt würde untergehen, doch erst jetzt weiß sie, was wirklicher Schmerz ist.

Yannik lässt sie jede Sekunde spüren, dass er wieder Interesse an ihr hat. Er sagt, dass er oft an sie denken muss seit ihrem letzten Kuss. Um fair zu sein, erzählt ihm Janine von José. Sie erwähnt nicht, was er tut, nur wie unschön sie sich getrennt haben. Als ihr alter Freund danach die Latinos und ihre Art mit Frauen umzugehen von allen Seiten schlecht beleuchtet und Janine gar nicht oft genug sagen kann, wie viel mehr sie wert ist, als sich so einem hinzugeben, bringt er sie wieder zum Lächeln, wofür sie ihm sehr dankbar ist.

Er scheint aber auch verstanden zu haben, dass Janine momentan gar nicht in der Lage ist, an irgendetwas Neues zu denken und belässt es dabei, wofür sie ihm noch dankbarer ist. Einige Stunden bevor sie zurück nach Wien fliegen, klettert Janine zu der Stelle, an der sie und Maribel so oft die Fernzüge beobachtet haben. Zu der Stelle, wo sie ihr großes Abenteuer geplant haben, was ihnen nicht geglückt ist. Sie legt sich in den weißen Schnee, der hier sicherlich noch eine Weile liegen bleiben wird. Die Bäume erstrahlen in reinem Weiß und Janine kommen die Tränen. Wie sehr sie sich dahin zurück wünschte, als sie hier mit Maribel lag. Es kommt ihr ewig vor, sie wollten damals einfach nur schnell erwachsen sein.

Was sich alles seit damals geändert hat, hätte sie das alles geahnt, hätte sie Maribel in die Arme geschlossen und niemals gehen lassen. Sie ist tot, auch wenn sie in Gedanken immer bei Janine ist, es ist nicht das Gleiche, bei Weitem nicht genug. Das Leben in Puerto Rico ist immer noch fremd und nun durch José hat es einen sehr bitteren Beigeschmack bekommen. Janine atmet tief durch, die Tränen auf ihren Wangen brennen kalt. Sie bleibt noch lange so liegen, überdenkt die letzten Wochen, Monate, Jahre. Sie denkt an die Worte der Wahrsagerin, die ihre Zukunft nicht gesehen hat.

'Denk daran, jeder möchte Glück, aber niemand möchte Schmerz, du kannst aber keinen Regenbogen ohne Regen haben!'

Sie bezweifelt, dass sie einen Regenbogen bekommen wird.

»Es ist nicht so, wie wir uns das immer vorgestellt haben, Maribel, es ist nicht so!« Janine schließt die Augen, sie bildet sich ein, der Wind, der ihr kalt um das Gesicht streicht, wäre eine liebe Berührung der Seele ihrer besten Freundin.

Kapitel 16

Der Abstand, die zwei Wochen haben Janine gut getan, trotz allem kann sie nicht aufhören über José nachzudenken, er ist fest in ihr verankert, obwohl die Zeit, die sie zusammen hatten, nicht sehr lang war. Doch dafür ist sie Janine tief unter die Haut gegangen und hat einen Teil in ihrem Herzen berührt, der diese Zeit nicht aufgeben will. Manchmal hat sie das Gefühl verrückt zu werden. Sollte nicht allein die Tatsache, dass sie weiß, an seinen Händen hat Blut geklebt, sie so sehr abschrecken, dass sie die schönen Erinnerungen von sich stoßen müsste? Wieso kann sie ihn nicht vergessen, sehnt sich nach seinen Berührungen und wacht fast jede Nacht auf. Wenn sie von ihm träumt, von dem Blick, den er ihr geschenkt hat, der sie so getäuscht hat, wenn sie doch jetzt genau weiß, dass all dies sowieso keine Bedeutung für ihn hatte, nicht die Bedeutung für ihn hatte, wie es für sie von Bedeutung war.

Die Zeit heilt alle Wunden, sie kann nur auf diese alte Weisheit bauen, als sie wieder in Puerto Rico landen. Eigentlich möchte Janine sich gleich mit Shannon treffen, doch sie halten noch kurz bei der Praxis ihrer Mutter, da sie die Unterlagen und neuen Medikamente vom Kongress gleich dort abstellen möchte. Auf ihrem Schreibtisch stapeln sich die Briefe, ihre Vertretungsärztin war wohl nicht sehr zuverlässig. Ein großer brauner Umschlag sticht in der Post heraus und ihre Mutter zieht ihn hervor. »Deine Freundin hat ihre Untersuchungsergebnisse nicht abgeholt.«

Lina ist noch immer nicht in der Lage, sich an diese Nacht zu erinnern, und die Trennung von Nando macht ihr schwer zu schaffen. Soweit Janine es mitbekommen hat, leidet auch Nando sehr darunter, trotzdem hat er sich von Lina getrennt, als er von ihrem vermeintlichen Verrat erfahren hat. Die Geschichte tut Janine sehr leid, die beiden lieben sich sehr, ihre Hochzeit hätte bereits stattfinden sollen, sie hätte sich für beide ein anderes Ende gewünscht.

»Ich habe es mir gleich gedacht, Schatz, deine Freundin hat eine Droge im Blut gehabt, es ist kein Wunder, dass sie sich nicht mehr an diese Nacht erinnern kann.« Janines Herz schlägt schneller, sie nimmt die Papiere in die Hand und überfliegt sie ebenfalls, dabei wird ihr Mund ganz trocken. Die arme Lina, die ganze Zeit hat sie sich selbst Vorwürfe gemacht, genau wie alle anderen ihr welche gemacht haben, für etwas, wofür sie gar nichts kann.

Sie holt sofort ihr Handy heraus. »Ich muss ihr das zeigen, sofort!« Nach ein paar mal Klingeln geht sie ran.

»Lina, wo bist du? Ich muss dich sofort sehen!« Janine ist viel zu aufgebracht um ruhig zu sein, auch ihre Mutter versteht, was das bedeutet und sie gehen schnell zum Auto ihrer Mutter zurück. »Ich bin gleich bei mir … bei Nando zuhause, ich muss nur kurz etwas klären, dann können wir …« Die Verbindung ist schlecht und wird getrennt, doch Janine reichen diese Informationen, sie weist ihrer Mutter den Weg in die Gegend der Natos. Keine zehn Minuten später sind sie da. Die Wachen haben sie wieder durchgelassen, auch wenn sie sofort zum Handy gegriffen haben.

»Wieso wird diese Gegend bewacht?« Janine winkt ab. »Frag erst gar nicht.« Angespannt sieht sie auf die Häuser, die ihr mittlerweile schon sehr vertraut sind. Als sie das letzte Mal hier war, hatte sie sich geschworen nicht wieder herzukommen. Sie sehen wie Lina gerade zum Haus von Gabriel gehen will, als sie ihr Auto entdeckt. Olivia, Arturo und Elisa sind auch da. In dem Moment geht die Tür zum Haus von Gabriel auf und José kommt heraus.

Janine atmet tief ein, als sie ihn nach knapp drei Wochen das erste Mal wieder sieht, sie zwingt sich wegzusehen und zu Lina zu blicken, als ihre Mutter den Wagen hält. Neugierig kommen alle zusammen. Janine steigt schnell aus, sie kann es nicht erwarten, Lina endlich von den Qualen der Schuldgefühle zu erlösen. »Da bist du ja endlich, meine Mutter und ich sind gerade angekommen, wir sind kurz in die Praxis und ich habe gesehen, dass du deine Blutergebnisse nicht abgeholt hast.« Ihre Mutter kommt zu ihnen, sie sieht, wie sie José, der nun auch bei ihnen steht, dem sie aber keinen Blick zuwirft, ein Lächeln schenkt. Dann holt sie die Unterlagen aus dem Umschlag. »Wir sollten das in Ruhe besprechen, Celina, ich hatte schon so einen Verdacht, da es dir an dem Tag so schlecht ging. In deinem Blut konnte eine Droge nachgewiesen werden: GHB. Es ist eine Droge, die nur schwer im Blut nachweisbar ist, doch da ich dir so schnell danach Blut abgenommen hatte, konnten wir sie nachweisen.«

Celina sieht sie verwirrt an. »Was heißt das?« José neben ihr flucht auf, er hat bereits verstanden, was das zu bedeuten hat. »Celina, du sagst doch die ganze Zeit, du kannst dich nicht erinnern, wie es passiert sein konnte, dass du am Morgen neben ihm aufgewacht bist?« Celina nickt. »Er muss dir diese Droge verabreicht haben, sie wird in flüssiger Form in einen Drink geschüttelt, du schmeckst sie nicht und erkennst sie nicht.« Endlich scheint Celina alles zu begreifen.

»Als er mir ein Glas Cola gebracht hat, ich musste auf seine Unterschrift warten.« Janines Mutter nickt, man sieht, dass es ihr leid tut für Lina. »Diese Droge wirkt unterschiedlich, manche bekommen Lust auf Sex, man verliert die Kontrolle über den Körper, wird bewusstlos. Es ist eine bekannte Party-droge, die Frauen wachen am nächsten Morgen mit einem Blackout auf, sie wissen nicht was passiert ist, dass sie vergewaltigt wurden, ihnen geht es einfach nur schlecht. Selten gehen die Frauen zum Arzt, wo diese Droge mit einem Bluttest, wenn er schnell genug erfolgt, nachgewiesen werden kann.«

Celina beginnt zu weinen. »Ich dachte, ich werde verrückt, ich wusste, dass ich das niemals getan hätte. Ich konnte es nicht verstehen, ich habe mich selber gehasst, ich hatte das Gefühl, ich verliere den Verstand.« Janines Mutter überreicht ihr die Unterlagen, Janine sieht das erste Mal zu José, der aber genau wie Gabriel zu Boden sieht. Wer weiß, wie viele Vorwürfe sie Lina gemacht haben. Janine sieht sich nach Nando um, kann ihn aber nir-gendwo sehen. In dem Moment hebt José seinen Kopf und als Janine ihm in die Augen sieht, zieht sich ihr Magen zusammen, wie sehr sie diesen Mann vermisst und verflucht zugleich. Man kann nichts in seinem dunklen Blick erkennen, keine einzige Gefühlsregung, wie auch? Sie blickt wieder zu ihrer Mutter, die Lina versucht zu beruhigen.

»Du konntest dich nicht erinnern, du hast dein Bewusstsein verloren, was da passiert ist, ist nicht deine Schuld.« Janine weiß nicht, ob sie sich für Celina freuen soll, dass sich alles geklärt hat oder ob sie mit ihr weinen soll wegen dem, was ihr passiert ist. »Celina, warst du danach beim Frauenarzt, hast du untersuchen lassen, ob du Sex hattest?« Sie schüttelt den Kopf. »Ich habe niemals an so etwas gedacht, für mich war es klar, ich bin halbnackt wach geworden neben ihm. Ich wusste, dass ich es nicht wollte, aber es gab auch einen Augenblick, da wollte ich und deswegen dachte ich, dass ...« Janine streichelt Celinas Hand. »Das war die Droge, Celina, wer genau war der Kerl? Du musst ihn anzeigen.«

Celina wischt sich die Tränen weg und nennt die Adresse und den Namen, Janines Mutter notiert sich alles. »Lass uns in meine Praxis fahren, wir soll-ten in Ruhe besprechen, was du jetzt tun willst.« Celina nickt dankbar und Janine lächelt. Ihre Mutter hat ein gutes Herz, sie hat schon immer einge-griffen, wenn jemandem unrecht getan wurde. Sie wollen zu den Autos zurück, um in die Praxis zu fahren, als Janine sieht, wie sich José abwendet und mit dem Handy telefoniert. Aus dem Augenwinkel sieht Janine, dass Celina von Olivia und Arturo umarmt wird, es wird so einige geben, die sich jetzt bei ihr entschuldigen müssen.

Janine und ihre Mutter fahren vor Celina und Josy aus dem Natos-Gebiet heraus. Auf halber Strecke klingelt Janines Handy, ihr Herz schlägt schneller, als sie sieht, dass es José ist. Seit Wochen hat er sie nicht mehr angerufen, aber ihr Herzschlag beruhigt sich schnell, sie weiß ja, weshalb er anruft. »Janine, sag Celina Bescheid, ihr braucht keine Anzeige zu machen, Fernando weiß alles, wir gehen los und kümmern uns darum.« Janine atmet laut ein.

»Das solltet ihr nicht tun. Mir ist klar, dass Nando sauer ist, der Mann wird seine Strafe bekommen.« Sie hört, dass er auch schon in einem Auto unterwegs ist. »Wir kümmern uns darum ...« Janine unterbricht ihn sauer, als würde er auf sie hören. »Wieso könnt ihr ...?« Wieso ruft er sie an? Wieso ruft er nicht direkt bei Lina an. Er hört ihr gar nicht zu. »Fahrt nach Hause und Janine ...« Er wird leiser und ihr Herz schlägt hoffnungsvoll schneller, dummes Herz. José stockt, sie hört Gabriels Stimme. »Ja?« Er räuspert sich kurz, dann ist er wieder der kalte Geschäftsmann. »Wie gesagt, wir erledigen das, fahrt nach Hause.« Die Verbindung ist unterbrochen und Janine ruft Lina an.

»José der Dummkopf hat mich gerade angerufen. Du sollst den Mistkerl nicht anzeigen, er hat Fernando Bescheid gegeben, sie kümmern sich darum.« Celina zieht scharf die Luft ein. »Ist er wahnsinnig? Fernando wird ... er wird total ... Janine, ich melde mich später bei dir, wir müssen das Schlimmste verhindern.« Lina legt auf. Einen Moment überlegt Janine auch dorthin zu fahren, doch dann lässt sie es sein, es ist die Angelegenheit der Familie, sie mag Lina und wird ihr auch weiterhin helfen wenn sie Hilfe braucht, doch ansonsten muss sie all dem aus dem Weg gehen. Sie sagt ihrer Mutter, dass Lina sich später meldet und sie fahren endlich nach Hause.

Ihre Mutter denkt, Celina sollte unbedingt eine Anzeige machen, aber Janine erklärt ihr, dass es ihre Entscheidung ist und sie sich später melden wird. Als sie dann endlich in ihren Zimmer ist, packt sie gar nicht aus, sondern geht direkt duschen. Ihr Vater ist da und hat Pizza bestellt. Sie zieht sich eine Jogginghose und ein Top an, bindet ihre Haare faul zu einem Konten hoch und genießt die warme Pizza. Sie ist ihrer Mutter dankbar, dass sie Lina nicht vor ihrem Vater erwähnt. Sie sind dabei, von Wien zu erzählen. Als sie gerade das letzte Stück Pizza essen, klingelt ihr Handy erneut, es ist Lina. Janine geht aus dem Raum, Lina erklärt müde, dass sie Nando davon abhalten konnte, dem Fotografen etwas anzutun und sie nun mit Josy unterwegs zu einem Anwalt ist. Sie fragt, ob Janine und ihre Mutter dazukommen würden, als Zeugen. Janine sagt sofort zu.

Sie verbringen über zwei Stunden bei Herrn Torres, dem Anwalt, bei dem Lina vor dem Zwischenfall gearbeitet hat. Es wird auch die Polizei dazu geholt. Celina ist nicht die erste Frau, es gibt einige Fälle in Pierres Akte, die auf den Missbrauch der Droge hinweisen. Zum Glück weiß Celina nun durch Fernando, der sich Pierre vorgenommen hat und Lina gerade das Schlimmste verhindern konnte, dass es mit ihr zum Glück nicht zum Sex kam. Er hatte ihr so eine hohe Dosis gegeben, dass sie, noch bevor etwas passieren konnte, fest eingeschlafen war.

Sie alle sind nach dem Aufnehmen der Anzeige müde und kaputt. Josy und Janine bieten Lina an bei ihr zu bleiben, doch sie möchte jetzt unbedingt allein sein und ihre Gedanken ordnen. Janine kann das verstehen, für sie ist das alles viel zu viel, sie will sich gar nicht vorstellen, wie es Lina dabei geht. Also fährt Janine erst ihre Mutter nach Hause und bringt dann Josy ins B.B., wo sie noch einiges zu tun hat. Als beide allein im Auto sind, atmet sie tief aus. »Das ist alles ziemlich heftig, glaubst du, Lina schafft es?«

Josy nickt. »Ja, vorhin im Haus war wirklich die Hölle los, aber Celina und Fernando werden das hinbekommen, er ist auch total fertig. Sie müssen sich einfach aussprechen, ich habe noch niemals zwei Menschen getroffen, die sich so sehr lieben wie die beiden.« Janine lächelt matt und hält vor dem B.B. »Im Übrigen, Lina hat mir erzählt, dass José und du nicht mehr zusammen seid. Wir kennen uns nicht lange, aber ich bin wirklich schwer beeindruckt und dankbar, was du und deine Mutter alles für Celina getan habt. Mittlerweile kenne ich José auch etwas besser, ich will mich nicht einmischen, aber ich habe das Gefühl, dass es ihm mit eurer Trennung nicht so gut geht.« Janine zieht die Augenbrauen hoch. »Wie kommst du darauf?«

Josy lächelt. »Er war in letzter Zeit oft im B.B. Normalerweise lässt er nichts anbrennen, doch er hat zwar versucht sich abzulenken, ich habe ihn aber mehr als einmal Frauen abweisen gesehen, was für ihn sehr ungewöhnlich ist. Und ich habe seinen Blick vorhin auf dich gesehen, er leidet, auch wenn er sich, so wie ich ihn kenne, eher die Zunge abbeißen würde als dies zuzugeben. Als wir gerade losgefahren sind zum Anwalt, hat er Lina gebeten dir etwas zu sagen, doch dann hat er es sich noch einmal anders überlegt und gesagt, wir sollen einfach auf uns aufpassen.«

Janine sieht aus dem Fenster. »Ich glaube nicht, dass er sehr leidet, er hat mich niemals gebeten zu bleiben und er ist so kalt zu mir, es tut weh zu spüren, dass ich ihm so egal bin.« Josy schüttelt den Kopf. »Das glaube ich nicht, versuche es nochmal, rede mit ihm. Ich denke, wenn der ganze Wahnsinn vorbei ist, sollten wir Mädels mal zu dritt etwas 'Normales' zusammen machen, ins Kino gehen oder so etwas, dann können wir uns richtig unterhalten.« Janine lacht und erwidert die Umarmung von Josy beim Abschied. Es war wirklich viel in letzter Zeit, es war alles zu viel. »Das machen wir unbedingt!«

Zuhause versucht Janine, Josys Worte wegen José zu verdrängen. Es bringt nichts, jede Bewegung, jeden Kommentar von ihm zu deuten, das was am Ende zählt, sind seine Worte ihr gegenüber und sein Verhalten. Es würde sie nur verrückt machen und die Wut unter ihrer Haut noch weiter tanzen lassen.

Es fällt ihr immer schwerer, von all diesen Ereignissen der letzten Wochen Abstand zu nehmen und wieder in den Uni-Alltag einzusteigen. Am nächsten Tag erhält sie eine Nachricht von Celina und Fernando, die offensichtlich an alle geschickt wurde.

'Egal welche Steine in unseren Weg geworfen wurden - am Ende hat die Liebe gesiegt - . Wir haben geheiratet und befinden uns auf dem Weg in die Flitterwochen. Liebe Familie, kriegt keinen Herzinfarkt, wenn wir wieder da sind, feiern wir mit euch, aber das war eine Sache zwischen Gott und uns. Wir lieben euch und sind bald zurück.'

Janines Lächeln geht von einem Ohr zum anderen, sie wünscht den beiden alles Glück der Welt. Janine kann sich vorstellen, dass einige, die diese Nachricht gelesen haben, wirklich vom Stuhl gefallen sind, dass sie ohne die Familien geheiratet haben, doch Janine freut sich für sie.

Nach dieser Nachricht kehrt Ruhe ein und Janine ist dankbar dafür. Sie verbringt die nächsten zwei Wochen ausschließlich an der Uni, zu Hause und ab und zu unternimmt sie etwas mit Tristan, Mike, Marty oder Shannon. Steven versucht sie etwas zu meiden. Seit er erfahren hat, dass sie und José nicht mehr zusammen sind, macht er sich wieder Hoffnungen. Janine kann damit noch nicht umgehen, deswegen versucht sie erst gar keine Situation zustande kommen zu lassen, in der Steven die Chance hat, sein

Glück zu probieren. Das B.B. meidet sie komplett und auch sonst hört sie nichts mehr von der Familie und allen anderen der Natos und es tut ihr gut.

Leider bedeutet es nicht, dass José nicht in ihren Gedanken oder in ihrem Herzen ist. Mit soviel Abstand betrachtet fällt es ihr immer schwerer, die Gefühle für ihn zu unterdrücken. Sie vermisst ihn, vermisst sein Lachen, wie er sie im Arm gehalten hat, wie er sie von der Uni abgeholt hat, sein selbstbewusstes Auftreten, was sie doch von Anfang an beeindruckt hat, auch wenn sie nun den Grund dafür kennt. Es sind die Kleinigkeiten, die ihr mitten in der Nacht hochkommen, ihr fallen die vielen Situationen ein, wo er unauffällig versucht hat ihr Haarband zu lösen, da er ihr Haar viel lieber offen gesehen hat und ständig mit einer ihrer Haarsträhnen gespielt hat, als würde ihn diese einfache Bewegung beruhigen.

Wie sie am Strand lagen und er ihre Sommersprossen auf der Nase gezählt hat, nachdem sie versucht hat ihn davon abzuhalten, weil sie gut und gerne auf die kleinen Punkte verzichten könnte, hat er liebevoll ihre Nase geküsst und ihr versichert, jeder einzelne Punkt wäre tief in sein Herz gebrannt.

Janine versucht sich dann immer wieder die negativen Sachen ins Gedächtnis zu rufen, doch es fällt ihr schwerer darüber nachzudenken, sie versteht Lina jetzt immer besser. Es war naiv zu sagen, sie sollte alles stoppen, bevor sie noch mehr Gefühle aufbaut, vielleicht merkt sie aber auch erst jetzt, dass José und ihre gemeinsame Zeit ihr auch schon jetzt sehr viel bedeutet. Celina konnte nicht ohne Nando leben, ihre Liebe war schon viel zu stark. Sie lernt, mit der Familia zu leben, wenn Janine jetzt darüber nachdenkt, sträubt sich noch immer alles dagegen, sie kann sich nicht vorstellen, damit Leben zu können. Aber wenn sie jetzt zurückdenkt, merkt sie auch, dass José sie schon sehr in seiner Hand hatte.

Ein liebes Wort, eine liebe Geste und sie wäre ihm vermutlich wieder um den Hals gefallen. Im Grunde hatte sie an dem Tag in seinen Haus nur darauf gehofft, dass er zurückkommt und sie bittet zu bleiben. Es ärgert sie, Janine ärgert sich über sich selbst, wie hoffnungslos verliebt und naiv sie ist, wenn es um José geht. Wie oft hat sie ein Buch zurückgelegt, einen Film ausgeschaltet, wenn sich eine Frau wegen eines Mannes so benommen hat, wie sie selbst es tut. Nie hat sie verstanden, wie man von gewissen Prinzipien ablässt, Sachen duldet und all das wegen der Liebe zu einem anderen Menschen. Janine hat sich das niemals vorstellen können, bis sich diese Liebe jetzt in ihrem Herzen breit macht und sie innerlich aufzufressen scheint.

Sie kann Celina nun nicht nur verstehen, sondern es auch nachempfinden. Wäre José nur etwas wie sein Bruder, würde sie vielleicht auch anders handeln. Nando ist so anders als José. Er liebt Celina sehr. Wie José es ihr erzählt hat, war es ein schwerer Kampf für ihn, vielleicht wäre er sogar bereit gewesen, alles für diese Liebe aufzugeben und allein dieses Wissen hat Celina dazu gebracht, ihn mit der Familia zu lieben und zu akzeptieren. José hingegen ist eiskalt, wenn es um dieses Thema geht, er hat nicht einmal mit der Wimper gezuckt, Janine gehen zu lassen, als würde sie und die gemeinsame Zeit, an die sie mit so schmerzendem Herzen zurückdenkt, gar nicht existent.

Wozu sollte sie sich Gedanken darüber machen, ob sie mit seinem Leben zurechtkommt? Wozu sollte sie Kompromisse eingehen? Wozu kämpfen? Sie glaubt gar nicht, dass José nicht in der Lage wäre, für eine Beziehung zu kämpfen, er wird es sicherlich einmal machen, aber er hat es bei ihr nicht getan. Es liegt nicht daran, dass er nicht kann, sondern einfach nur daran, dass sie für ihn nicht die Frau war, um die es sich zu kämpfen lohnt.

Wozu ihre Kraft und ihre Gedanken an ihn verschwenden? Wie oft will sie noch joggen gehen, um dann auf dem Berg zu landen, um auf sein Haus zu sehen? Wieso kann sie ihn nicht einfach vergessen, wieso kann ihr Herz nicht endlich einmal auf ihren Verstand hören. Leise und immer wieder flüstert der Verstand ihrem sturen Herzen diese Worte zu.

Janine kann nur hoffen, dass ihr Herz mit der Zeit auf diese Worte hört.

Kapitel 17

Zwei Wochen ist es her, dass Janine José das letzte Mal gesehen hat, an dem Tag, als sie Lina die Blutergebnisse gegeben hat. Josy hat ihr einmal geschrieben, ansonsten hat sie von niemandem mehr etwas gehört, es ist auch besser so. Janine hat sich auf ein Doppeldate mit Shannon eingelassen, sie hat einen Mann kennengelernt und sich für heute Abend mit ihm, seinem Freund und Janine zum Essen verabredet. Janine ist ihr fast an die Gurgel gesprungen, als sie davon erfahren hat, doch Shannons Schwärmerei für Javier hat sie dann doch zerknirscht zustimmen lassen.

Javier und Diego arbeiten zusammen in einer großen Telekommunikationsfirma. Shannon verspricht Janine einen lustigen Abend. Diego soll sehr gut aussehen und schon gespannt auf Janine sein, ihre Begeisterung hält sich allerdings in Grenzen, doch vielleicht hilft ihr diese Ablenkung auf neue Gedanken zu kommen.

Am Mittag zieht sich Janine ein schönes rotes Sommerkleid an und eilt die Treppe hinab. Sie ist mit Shannon zum Shoppen verabredet, sie möchte für heute Abend unbedingt Eindruck bei Javier hinterlassen und Janine hilft ihr dabei. In der Küche schnappt sie sich ein paar Teigtaschen, die ihre Mutter zubereitet hat, dabei bemerkt sie ihren Vater über einigen Papieren sitzen. Ihr Vater hat in letzter Zeit ziemlich abgenommen und wirkt überarbeitet. »Papa, du solltest dich doch ausruhen.« Ihre Mutter macht sich immer mehr Sorgen um ihn. »Ich hab noch zu tun Schatz, viel Spaß beim Einkaufen.« Janine sieht auf die Papiere, gibt ihm einen Kuss und geht langsam zum Ausgang. »Soviel wie ihr alle arbeitet, müsste eure Firma Millionenumsätze machen.« Bitter lacht ihr Vater auf und zwinkert ihr noch einmal zu. »Die Firma hat viel zu bezahlen, meine Süße.«

Janine beschließt, am nächsten Tag mit ihrem Vater einen gemütlichen Abend zuhause zu verbringen, es wird ihm gut tun und sie wird allen Arbeitskram von ihm fernhalten. Als sie bei Shannon vorfährt, steht diese schon ungeduldig vor dem Haus und hüpft förmlich ins Auto. »Verliebte Menschen sind schrecklich!« Shannon lacht und gibt ihr einen Kuss auf die Wange. »Warte erst, bis du Diego siehst.« Sie fahren zu der großen Einkaufsmall in der Mitte von San Sebastian, hier findet man alle Geschäfte, Shannon hat sogar schon ein Kleid im Auge und will nur noch Janines Bestätigung, dass sie damit Javier um den Verstand bringen kann.

Sie steuern direkt einen Laden an, in dem es wunderschöne Kleider gibt. Während sich Shannon das Kleid geben lässt, was sie zurückgelegt hat, betrachtet Janine ein Kleid, das sie fast schon magisch anzieht. Es ist Gold, geht ihr bis zu den Knien, hat keinen Ausschnitt, dafür aber am Rücken einen, der fast bis zum Po herunterreicht. Der Stoff fühlt sich weich und geschmeidig an, Janine will es unbedingt anprobieren.

Zusammen mit Shannon zieht sie sich um. Ihre Freundin hat sich für ein grünes Kleid entschieden, Janine mag die Farbe nicht besonders, doch an Shannon, mit ihrer hellen Haut und den roten Haaren, sieht es umwerfend aus. »Wenn du das Kleid trägst, wird er dir zu Füßen liegen.« Mehr braucht Shannon nicht, insgeheim war sie schon längst in das Kleid verliebt. Als Janine ihr das goldene Kleid präsentiert, ist sie genauso begeistert. Es schmiegt sich genau so an Janines Haut, wie sie es sich vorgestellt hat. Sie kaufen die Kleider und schlagen sich zu einem Schuhladen durch, wo sie die passenden Schuhe besorgen wollen.

In dem Kleidergeschäft haben sie keine halbe Stunde verbracht, während sie um die zwei Stunden in dem Schuhladen bleiben. Mit drei Paar und einer passenden Clutch verlassen sie schließlich auch den Laden. Sie wollen zum Parkhaus, als Shannon näher zu ihr tritt. »Jetzt lächle einfach und bleib stark!« Janine will gerade fragen was sie meint, als sie es sieht. Ihr Herz beginnt augenblicklich zu rasen und ihre Haut brennt. Aus dem bekannten Wellness Spa im Center kommen Nathan, José und zwei Frauen.

Janine schluckt schwer. Sie kommen direkt auf sie zu, sodass sie ihnen nicht einmal aus dem Weg gehen können. Janines Augen brennen, sie sieht, dass Nathan eine der Frauen im Arm hält, die andere redet aufgeregt mit José, während sie seinen Arm festhält. Janine wird übel, da entdecken auch die Männer sie. José geht automatisch einen Schritt von der Frau weg, was sicherlich nur ein Reflex war, aber fast schon lächerlich wirkt, da die Frau seinen Arm nicht loslässt.

Nathan grinst sie an. »Hi, wen haben wir den da? Wie geht's euch?« José ringt sich ein Nicken ab und Janine wünschte sich, der Boden unter ihr würde sich auftun und sie verschlucken, doch dann atmet sie tief durch. Sie wirft einen bösen Blick in Josés Richtung und dann einen auf die Frau an seiner Seite. Nicht nur, dass sie sich eingebildet hätte, er würde irgendetwas für sie empfinden, nein, auch seine Andeutungen, sie hätte ihm gefallen, weil sie so hell ist und nicht so wie die anderen Frauen hier aussieht, waren angesichts der dunkelhaarigen Latina mit einer Oberweite, an der selbst sie als Frau nicht vorbeisehen kann, offensichtlich mehr als gelogen.

»Hi, uns geht es gut und euch ja auch, wie man sieht.« Janine ist über sich und ihre ziemlich kühl wirkende Antwort selbst erstaunt, an Shannons Lächeln erkennt sie aber, dass sie sich gut schlägt und hebt provozierend die Nase etwas höher, sie wird sich von alldem nicht kaputt machen lassen. »Wir hatten mal wieder etwas Entspannung nötig.« Janine sieht noch einmal zu José, sie schaut ihm direkt in die Augen. Das war dann doch keine gute Idee. Sobald sie in die dunklen Augen blickt, die sie wieder einmal magisch anziehen und sie sich sofort einbildet, sie würden sie traurig ansehen, rumort es in ihr.

Am liebsten würde sie sich sofort wieder in Josés Arme schmiegen, sie vermisst ihn. Zu allem Übel sieht er gut aus. Hätte er in der Zeit nicht etwas von seinem Charme verlieren können? Seine Haut ist etwas dunkler geworden, er wirkt noch etwas breiter und durchtrainierter. Vielleicht liegt das aber auch nur daran, dass sie ihn länger nicht gesehen hat, oder an dem Shirt, was er zu einer ausgewaschenen Jeans trägt. Das Einzige, was sie etwas stutzig werden lässt, sind die Augenringe, die sich unter seinen Augen abzeichnen, er hat sicherlich viel zu tun. José trägt ein Cap, er sieht rundherum gut aus, genau wie die Frau neben ihm, die sie zuckersüß anlächelt, alles an ihr ist perfekt. Janine wendet sich enttäuscht ab, was hatte sie erwartet?

»Das freut mich für euch, habt ihr euch sicherlich verdient. Wisst ihr, wann Lina wiederkommt?« Nathan schüttelt den Kopf. »Die beiden haben sich verkrochen und kommen nicht mehr heraus, aber wenn sie kommen, sage ich ihr Bescheid, dass sie sich bei dir melden soll, wird sie sicher eh tun. Es ist sehr nett, was du und deine Mutter für sie und Nando gemacht habt.« Janine winkt ab. »Das war selbstverständlich, wenn du sie siehst, grüß sie.« Die Frau neben Nathan will etwas sagen, doch Shannon sieht auf die Uhr und grinst alle vier, die ihnen gegenüber stehen, an. »Wir müssen weiter, wir haben heute Abend Dates und haben noch einiges zu tun, man sieht sich.«

Mit diesen Worten zieht Shannon sie weg, Janine könnte sie dafür küssen. Nur, dass sie leider nicht Josés Reaktion auf diese Neuigkeit sehen konnte, aber was bildet sie sich wieder ein, er hat selbst eine neue Frau an seiner Seite, es wird ihm genauso egal sein wie alles andere. »Denk nicht drüber nach, du hast dich gut geschlagen und wenn er so etwas dir vorzieht, ist das sein Problem.« Sie ist ihrer Freundin dankbar für den Versuch sie aufzubauen, aber Janine ist nicht blind. Sie weiß, wie hübsch die Frauen bei Nathan und José waren.

Janine muss sich zusammenreißen, um sich nicht einfach heulend in ihr Bett zu verkriechen und die Decke über ihren Kopf zu ziehen, um nichts mehr von der Welt mitzubekommen, aber sie tut Shannon den Gefallen, macht sich zusammen mit ihr fertig und stellt sich innerlich auf das Doppeldate ein. Janine liebt das neue Kleid. Da sie viel zu früh fertig sind, beginnt Shannon, ihr eine romantische Frisur zu machen. Sie dreht ihr große Wellen ein und flechtet ihre Seitenpartien, bevor sie sie nach hinten zusammensteckt. Danach müssen sie aber los, die beiden Männer warten in einem der teuersten Restaurants auf sie.

Der Kellner bringt sie zum Tisch und Janine zieht anerkennend die Augenbrauen hoch. Die beiden Herren, die auf sie warten, sehen wirklich gut aus. Shannon stellt sie einander vor. Javier ist genau wie Janine ihn sich vorgestellt hat. Mit seinen längeren Haaren sieht er trotz seines Anzuges wie ein Student aus, der gerade aus dem Bett gefallen ist und lieber am Strand als in der Uni herumhängt. Er ist auf eine freche Art sexy, genau Shannons Typ. Diego sieht eher nach einem reichen Businessmann aus. Er hat dunkle Locken und braune Augen, die aber viel heller sind als seine schwarzen Haare. Sie sehen beide sehr nett aus und bitten sie höflich, sich zu setzen.

Shannon und Janine müssen gar nichts bestellen, sobald sie sitzen, wird ihr Tisch vollgestellt mit Hummer, Kaviar, zartem Lammfleisch, Garnelen. Janine hat das Gefühl, die gesamte Luxusspeisekarte wurde für sie geordert. Es fällt ihnen nicht schwer ins Gespräch zu kommen, Javier und Diego sind geborene Unterhalter. Besonders Javier hat einen sehr guten Humor und Janine fühlt sich schnell wohl in der Runde. Man spürt, dass zwischen Shannon und Javier die Funken fliegen und wenn Janine nicht alles täuscht, greift Javier unter dem Tisch öfter nach Shannons Hand. Janine freut sich für ihre Freundin.

Diego ist nett, er sieht gut aus und er redet gerne und viel. Sie erzählen von ihrer Firma, die beide mit noch zwei anderen Freunden führen. Janine dachte, sie würden nur in der Firma arbeiten. Dass sie ihnen gehört, erklärt aber ihren vollen Tisch und den Champagner, den sie immer wieder nachbestellen. Die beiden Männer trinken viel, während Shannon und Janine sich eher etwas zurückhalten. Es wird ein überraschend angenehmer

Abend. Diego und Javier sind schon von klein auf befreundet und erzählen von ihrem Australientrip letztes Jahr, was Janine fasziniert. Spontan beschließen Shannon und sie, auch so einen Abenteuertrip zu unternehmen, wo sich die Männer natürlich gleich mit einklinken wollen.

Als sie auch noch einen köstlichen Nachtisch aus Mousse au Chocolat, Kuchen und Vanilleeis vernascht haben, klatscht Javier in die Hände. »Was wollen wir jetzt machen? Lust noch etwas tanzen zu gehen?« Janine und Shannon stimmen zu, es wäre ein guter Ausklang eines schönen Abends. »Dann ins B.B.? Kennt ihr den Club? Er ist der beste hier.« Janines Herz schlägt zwar schneller, doch Shannon stimmt zu. Als sie sich kurz auf die Toilette zurückziehen, bevor sie losgehen, sieht ihr die Rothaarige ernst in die Augen. »Wenn wir José treffen, ist es eben Schicksal, du hast ihn heute doch auch getroffen, du kannst dich jetzt nicht ewig verstecken, nur um ihm nicht über den Weg zu laufen.«

Shannon hat recht, Janine überprüft noch einmal ihr Make-up. Selbst wenn sie ihn treffen, ist er sicherlich nicht allein und dann steht sie wenigstens nicht wie eine Dumme herum, soll er doch sehen, dass sie genauso einen Spaß haben kann wie er. Sie lassen Janines Wagen vor dem Restaurant stehen und setzen sich in das riesige schwarze Auto von den Männern. Sie haben sogar einen Chauffeur und im Auto sind sich zwei Sitzreihen gegenüber, ähnlich wie in einer Limousine. Diego lässt die schwarze Trennscheibe herunter, sobald sie losfahren und greift in ein Fach. Er holt erneut eine Flasche Champagner heraus, dazu einen Spiegel, ein kleines Röhrchen und einen Beutel mit weißem Pulver.

»Das Beste, was man in Puerto Rico bekommen kann, so werden wir noch mehr Spaß haben.« Janine sieht etwas schockiert zu Shannon, die aber nur die Schultern zuckt. Diego verteilt das Pulver auf dem Spiegel und mischt es sich zu einer weißen feinen Linie mit seiner schwarzen Kreditkarte. Dann bietet er es den beiden Frauen an. Janine und auch Shannon lehnen ab, was beide Männer nicht davon abhält, mehrmals an dem weißen Pulver zu ziehen. Diego lacht und schüttelt seine dunklen Locken, als sie halten. »Auf geht's, amüsieren wir uns.«

Janines Herz schlägt ihr bis zum Hals hoch, als sie das B.B. betreten. Natürlich steuern auch Javier und Diego gleich den VIP-Bereich an, als sie allerdings die Treppe hochkommen, werden sie von einer Kellnerin aufgehalten. »Der VIP-Bereich ist leider schon zu voll ...« Diego hält ihr einige Scheine hin. »Das wäre wirklich schade.« Janine wagt einen Blick in die

Ecke des VIP-Bereiches, wo der Natos-Tisch ist und sieht sofort, dass José da ist, sie erkennt auch Gabriel und noch einige Männer und Frauen, doch sie wendet ihren Blick zu schnell ab, um mehr zu sehen. Noch haben sie Janine nicht bemerkt. Die Kellnerin nimmt die Scheine entgegen und lächelt. »Ich gucke, was ich tun kann, wartet kurz.« Sie treten ganz in den VIP-Bereich und sofort spürt Janine einen brennenden Blick auf sich aus der Natos-Ecke, doch sie zwingt sich nicht nachzugeben und dahin zu schauen. Diego beugt sich zu ihrem Ohr.

»Ich mag es nicht, wenn man nein zu mir sagt.« Janine muss lachen. »Das habe ich gemerkt.« In dem Moment kommt die Kellnerin zurück und bringt sie zu einem Tisch, der zum Glück weit weg von den Natos ist. Kaum sitzen sie, ordert Diego wieder die halbe Karte. Es wird Janine etwas mulmig, als er wieder Alkohol bestellt, den dann aber nur er und Javier trinken. Wenn man bedenkt, dass sie auch noch Drogen zu sich genommen haben, scheinen sie ziemlich viel zu vertragen. Janine ist nervös, so in der Nähe von José zu sein, sie hat das Gefühl, jede ihrer Bewegungen wird beobachtet. Automatisch greift sie an ihren Arm, es ist für sie zur Gewohnheit geworden, wenn sie unsicher ist, nach dem Armband zu greifen, welches José ihr geschenkt und was sie eigentlich jeden Tag getragen hat. Vorhin hat sie es aber abgelegt, es fühlt sich nicht richtig an, es jetzt noch umzuhaben.

Die Musik ist laut und Javier und Diego nutzen diese Tatsache, um sich nah zu Shannon und Janine zu setzen, um mit ihnen zu reden. Janine lässt es zu, sie hat keine Hoffnungen, dass es José sehr stört, sie mit einem anderen Mann zu sehen, sicherlich hat er die Frau von heute Mittag wieder dabei. Sie kann auch ganz ehrlich verstehen, dass er, wenn er solch eine Frau an seiner Seite haben kann, nicht mehr an sie zurückdenkt. Janine ist nicht unsicher oder hat kein Selbstbewusstsein, doch sie ist realistisch genug um zu wissen, dass sie an diese Frauen nicht heranreicht.

Sie schließt die Augen, dann lächelt sie und lässt es zu. Sie lässt es zu, dass Diego den Arm um sie legt, lacht über seine Witze und amüsiert sich, auch wenn sie dabei einen Teil ihres Herzens zuschließen muss, um nicht zu spüren, wie falsch es sich anfühlt. Als Diego und sie bemerken, dass sich Javier und Shannon immer näher kommen und sie beginnen sich zu küssen, steht Janine auf. Sie freut sich für ihre Freundin. »Na los, lass uns tanzen.« Auch Diego versteht, dass die beiden etwas Zeit für sich brauchen und folgt Janine. »Dein Wunsch ist mir Befehl, Engelchen.« Janine zwingt sich, nicht zur

Natos-Ecke zu gucken, als sie die Treppen vom VIP-Bereich hinunter zur gut gefüllten Tanzfläche im Normalo-Bereich gehen.

Diego stellt sich hinter sie und natürlich kann er atemberaubend tanzen, er ist Puertoricaner und es liegt ihm im Blut, sich zu der Musik zu bewegen. Sie mag ihn, er ist ein netter Kerl, doch als er zu eng an sie herantanzt und sie an ihrem Po seine Erregung spürt, geht sie doch etwas weiter auf Abstand, was er aber nicht so ganz mitbekommt. Janine kann nicht einschätzen, ob er noch ganz klar bei Verstand ist, oder sich der Alkohol und die Drogen doch langsam bemerkbar machen.

Es tut gut so abzuschalten, sie bleiben lange auf der Tanzfläche. Irgendwann merkt Janine, dass der Club leerer wird und sie immer müder, also gehen sie zurück zu Javier und Diego. Ein Blick auf die Uhr zeigt ihr, dass es schon vier Uhr morgens ist, es wird Zeit nach Hause zu gehen. Als sie dann in den VIP-Bereich hochkommen, schafft sie es aber nicht, den Blick zum Natos-Tisch zu vermeiden und erschreckt. Er ist leer und nicht nur das. Die zwei kleinen schwarzen Tische sind umgeworfen, kaputte Gläser, Flaschen und andere Dinge die darauf lagen, werden gerade noch von zwei Kellnerinnen zusammengeräumt.

Sofort macht sich ein ungutes Bauchgefühl in ihr breit, sie sieht sich noch einmal genau um, aber entdeckt keinen mehr von ihnen. Plötzlich taucht Josy auf, sie kommt gerade von der Bar. Als sie Janine und Diego sieht, zieht sie die Augenbrauen hoch, lächelt dann aber und begrüßt Janine mit zwei Küsschen. »Kein Wunder, dass José so ausgeflippt ist«, flüstert sie leise. Und dieses Mal ist es Janine, die überrascht ist. »Er war das?« Diego geht schon vor zu ihrem Tisch, Janine begleitet Josy zum Natos-Tisch. »Ja, ich habe noch mitbekommen, wie er wütend alles umgeschmissen hat und seine Brüder ihn dann rausgeschafft haben, bevor er noch mehr anstellen konnte.« Janine sieht sie an. »Wieso ist er so ausgeflippt?« Josy lacht und legt den Arm um sie. »Ich war nicht dabei, Süße, aber als ich dich jetzt mit dem Mann gesehen habe, denke ich, kann ich eins und eins zusammenzählen.« Janine schüttelt den Kopf. »Nein, du irrst dich, ich habe ihn heute Mittag mit einer anderen Frau gesehen und ich habe mich zwar von ihm getrennt, ihm aber auch gesagt, dass ich Gefühle für ihn habe und er hat nicht einmal mit der Wimper gezuckt.«

Janine denkt an den Abend in Josés Haus zurück und ihr wird kalt, sie reibt sich die Arme. »Weißt du, es gibt Männer, die dir jeden Tag ihre Liebe gestehen, dann gibt es Männer, die solche Worte nicht oder nur ganz selten über die Lippen bringen, da musst du dann auf andere Zeichen achten, glaub mir, ich habe selbst so einen. Ich habe Casper erst letzte Woche gesagt, dass ich nicht mal mehr weiß, ob er mich überhaupt noch liebt. Denkst du, er hätte darauf reagiert? Dafür hat er mich gestern Abend entführt und mich in ein mit Rosenblättern bedecktes Hotelzimmer gebracht, er hat einfach eine andere Art es zu zeigen. Wie gesagt, ich war nicht dabei, aber ich kenne José mittlerweile und denke, ihr solltet euch einfach noch einmal aussprechen.«

Eine Kellnerin kommt und ruft Josy. »Ich muss los, denk dran, wir gehen bald weg, ich melde mich.« Sie verabschiedet sich. Janine sieht noch einmal auf die umgestürzten Tische, dann geht sie zu den dreien zurück, die gerade an der Bar sind und bezahlen. Shannons Wangen leuchten rot, sie sieht überglücklich aus. Janine muss lachen und sie laufen etwas hinter den Männern die Treppen hinunter. »Ist es schlimm, wenn du Diego nach Hause bringst? Ich glaube ich werde Javier noch nicht gehen lassen.« Janine hakt sich bei ihr ein. »Bist du sicher?« Shannon nickt und Janine belässt es dabei, sie sind beide alt genug, um zu wissen was sie tun.

»Hast du mitbekommen, was mit José war?« Shannon schüttelt den Kopf. »Nicht wirklich, ich habe gesehen, dass er eine Weile am Geländer stand und zu euch in den Tanzbereich gesehen hat, irgendwann hat es laut geknallt und alle sind gegangen. Tut mir leid, ich war etwas abgelenkt.« Janine lächelt, sie sollte sich darum keine Gedanken machen, auch er ist alt genug und weiß was er tut. Sie sind jetzt lange genug nicht mehr zusammen. Hätte ihn an dieser Tatsache irgendetwas gestört, hätte er sich einfach melden können, anstatt jetzt Tische umzuwerfen.

Janine ist kaputt und froh, als Javier und Shannon sie vor dem Restaurant an ihrem Auto rauslassen. Sie bietet Diego an ihn mitzunehmen, doch der winkt ab, er wohnt nur ein paar Häuser weiter und die frische Luft wird ihm gut tun. Er begleitet sie noch zu ihrem Auto, und sie bedankt sich für den schönen Abend. Als er näher an sie herantritt, schluckt Janine schwer. Sie weiß was jetzt kommt und sie weiß auch, dass sie es zulassen muss. Sie kann nicht auf eine schöne Zukunft hoffen, wenn sie immer noch zurück in die Vergangenheit blickt, sie muss dem Hier und Jetzt eine Chance geben.

Diego legt seine Hand an ihre Hüfte und ihre Lippen treffen sich. Doch egal wie sehr sie es will, es geht nicht. Diegos Lippen sind weich und sehr fordernd, doch nichts in ihr regt sich, kein Herzklopfen, nichts. Es ist falsch, jede Pore ihre Körpers wehrt sich gegen das Gefühl seiner Lippen. Als er den Kuss vertiefen will, bricht sie ab. »Entschuldige, aber ich kann das noch nicht ... so schnell.« Er lächelt. »Ich hoffe, wir sehen uns noch einmal.« Janine nickt und sieht ihm hinterher, dann steigt sie ins Auto und gibt Gas. Sie verflucht sich und ihr dummes Herz. Anstatt nach Hause zu fahren, fährt sie zum Nato-Gebiet. Die Worte von Josy dröhnen in ihren Kopf, sie sollte José zur Rede stellen, was das alles soll. Doch kurz bevor sie den Hügel hinauffährt, stoppt sie und hält davor.

Die Straßen sind ganz leer, Janine schnallt sich ab, zieht ihre Knie an, vergräbt dann ihr Gesicht in ihren Armen und weint. Sie weint alles heraus, sie kann nicht zu ihm fahren, sie weiß, es würde nichts bringen. Natürlich würde sie jetzt in seinen Armen liegen können und vielleicht würde José sie auch nicht abweisen, doch was würde ihr das bringen? Es wäre wie vorher, sie wäre wieder beim kleinsten Zeichen von ihm angesprungen und zu ihm gerannt. Es würde doch nichts ändern, noch immer wäre er, wer er ist und noch immer hat er nicht die Gefühle für sie, die sie empfindet. Sie würde die Wunde nur tiefer reizen, ohne Hoffnung auf ein gutes Ende.

Obwohl ihr all das bewusst ist, sitzt sie in dem Auto und weint sich die Seele aus dem Leib, selbst dann noch, als die Sonne langsam aufgeht, denn sie sehnt sich nach ihm. Sie hasst es, einen anderen Mann geküsst zu haben und zu wissen, dass José wahrscheinlich schon längst ebenfalls eine andere Frau hatte. Sie liebt ihn und es tut ihr weh zu wissen, dass sie zu ihm könnte, es aber nur noch mehr Schmerzen bedeutet. Es zerreißt sie, dass sie diesen Kampf in sich tragen muss zwischen ihrem Verstand und ihrem Herzen.

Auch nachdem die Tränen getrocknet sind, bleibt sie weiter davor sitzen und sieht auf das Nato-Gebiet, bis sie den Wagen startet und umdreht. Trotz all der Tränen und dem Gefühl, ihr Herz im Stich gelassen zu haben, ist sie froh, auf ihren Verstand gehört zu haben und nicht zu José gefahren zu sein.

Kapitel 18

Janine ist den ganzen nächsten Tag damit beschäftigt, sich Shannons Schwärmereien über Javier anzuhören. Diego hat nach Janines Nummer gefragt. Da Shannon sie ihm gegeben hat, wird sie nun alle paar Minuten mit Nachrichten von ihm bombardiert. Am Anfang antwortet sie noch höflich, dann redet sie sich mit dem Lernen für die Uni heraus und hat etwas Ruhe. Gegen Mittag klingelt es plötzlich, und als Janine Linas Stimme aus dem Flur hört, stürmt sie die Treppen herunter.

Sie ist wieder da und hat einen riesigen Kuchen mitgebracht. Nachdem Janine sie umarmt hat, bedankt sich Lina noch mal ausdrücklich bei ihr und ihrer Mutter. Zusammen essen sie den Kuchen, während Lina von ihren Flitterwochen auf Barbados schwärmt. Janine und ihre Mutter sind beide erleichtert, Lina wieder so glücklich zu sehen, nachdem sie einmal durch die Hölle gegangen war, anders kann man das, was ihr passiert ist, nicht bezeichnen.

Nachdem sie lange mit ihrer Mutter zusammengesessen haben, ziehen sie sich noch an den Pool zurück und Janine entdeckt auf dem Handy fünf Nachrichten von Diego und eine von José. 'Ich hoffe du hattest Spaß bei deinem Date'. Janine seufzt auf und legt den Kopf in den Nacken. Lina hat ja kaum etwas mitbekommen, also erzählt sie ihr, was noch vorgefallen ist und überhaupt, was alles zwischen José und ihr gewesen ist. Als sie ihr alles berichtet hat, kann Janine selbst kaum fassen, was alles in den letzten Monaten passiert ist.

»Ich denke, die Nachricht ist einfach nur verletzter Stolz und wärst du ihm egal, würdest du ihn nicht verletzen können. Glaub mir, ich habe schon genug Frauen gesehen, die José ohne mit der Wimper zu zucken verlassen hat. Ich habe seine Blicke auf dir gesehen, ich glaube nicht, dass dieses Kapitel für ihn schon abgeschlossen ist.« Janine zuckt die Schultern, sie will nicht, dass alle wissen, wie viel sie noch wirklich an ihn denkt und wie sehr sie ihn vermisst. »Du weißt selbst, wieso ich mich trennen wollte, ich habe ihm gesagt, dass ich mit all dem nicht umgehen kann, er ist keinen Schritt auf mich zugekommen. Ich habe ihn gebeten zu kommen, dass wir noch einmal über alles reden, er ist die ganze Nacht wer weiß wo gewesen. Ich habe ihm gesagt, dass ich schon etwas für ihn empfinde, er mir mehr bedeutet als jeder Mann vor ihm, aber er hat nichts dazu gesagt, außer dass es nichts mehr zu reden gibt, dass es besser so ist und wir das Ganze vergessen sollen. Was soll ich dazu noch sagen? Er hat ja offensichtlich wieder seinen Spaß, ich weiß ja immer noch nicht so richtig, was ich davon halten soll.

Wenn ich Nando, Gabriel, José, alle sehe, fällt es mir schwer zu glauben wozu sie fähig sind. Es sind zwei extrem andere Seiten, die sie haben und ich komme damit nicht zurecht.« Lina nickt. »Ich brauche dir ja nicht zu sagen, dass ich das vollkommen verstehe, doch vielleicht war meine Aussage dazu damals auch nicht genau genug. Ich meine, es ist für mich selbst nicht immer leicht, aber viele Bedenken, die ich hatte, haben sich auch aufgelöst. Sie sind gefährlich im Geschäftlichen, niemals zu ihren Familien oder Freunden. Man muss lernen, das Private vom Geschäft zu trennen, so blöd sich das vielleicht anhört. Und eins kannst du mir glauben, sie sind nur gefährlich für Leute, die ihnen gefährlich werden, oder ihnen etwas anhaben wollen, die in ihre Geschäfte eingreifen oder sie versuchen hereinzulegen, niemals zu unschuldigen oder Leuten die schwächer sind als sie.

Ich weiß, das hört sich jetzt auch nicht besser an, aber es ist auch Josés Aufgabe, mit dir Kompromisse zu schließen und deine Angst und Bedenken aus der Welt zu schaffen. Hat er sich einmal wirklich mit dir darüber unterhalten, was genau sie alles tun?« Janine schüttelt den Kopf. »Ich denke, ich war ihm nicht wichtig genug dafür.« Lina lehnt sich ebenfalls zurück. »Das denke ich nicht, José ist anders als seine Brüder. Nathan, Gabriel und Nando sind offener und herzlicher, José brütet oft vor sich hin, ich denke es fällt ihm generell schwer Gefühle zu zeigen. Nando hat mir einmal gesagt, dass er sich seit dem Tod ihrer Eltern sehr verändert hat, das haben sie alle, aber bei ihn war es am gravierendsten. Ich werde Nando nicht darauf ansprechen, so wie ich dir vertrauen konnte, kannst du immer auf mich zählen, aber ich werde meinen lieben Schwager ab jetzt mehr im Auge behalten und mir das alles mal genauer ansehen.« Sie zwinkert ihr zu und Janine muss lächeln. Sie beschließt Josés Nachricht zu ignorieren und genießt den Abend mit Lina.

Am nächsten Tag in der Uni gehen Shannons Schwärmereien weiter. Ihr Bruder Mike hält sich irgendwann die Ohren zu, dabei bemerkt Janine, dass er nicht mehr so fixiert auf Bianca ist, die sich in letzter Zeit eher selten bei ihrer Gruppe aufhält. Sie hofft, dass es so bleibt und Mike endlich von Bianca loskommt. Janine ist nicht sauer, als Shannon ihr für den Nachmittag absagt und zu Javier in die Firma fährt, um ihn zu überraschen. Sie freut sich für sie, auch wenn es ihr weh tut, dass alle langsam ihr Glück finden und sie das Gefühl hat, ihr Glück bereits verloren zu haben. Sie kann nur hoffen, dass sie mit der Zeit neues Glück findet.

Janine ist gerade zuhause angekommen, da klingelt es an der Haustür und sie erschreckt sich, als plötzlich Nando vor ihr steht mit zwei riesigen Blumensträußen. »Hi ... ähmm, Lina ist nicht da.« Der Ehemann ihrer Freundin und Josés Bruder lacht, dabei fällt ihr die Ähnlichkeit zu José wieder auf, besonders die Grübchen treffen sofort einen Nerv in dem Teil ihres Herzens, den sie immer wieder vergeblich versucht gut wegzuschließen. Nando hält ihr die zwei Sträuße hin. »Ist deine Mutter da?« Jetzt erst sieht sie Gabriel, der durch die Sträuße verdeckt war und sie frech angrinst. »Nein, die ist in ihrer Praxis, was ist hier los?«

Janine kann die beiden Sträuße kaum halten. »Ich bin bisher noch nicht dazu gekommen, mich richtig bei dir und deiner Mutter zu bedanken, ich werde nicht vergessen, wie ihr euch um Lina gekümmert habt, als es ihr so schlecht ging.« Man sieht Josés Bruder immer noch an, dass diese Zeit ihm schwer im Magen liegt. »Hätte deine Mutter diese Blutuntersuchungen nicht gemacht, wüssten wir heute immer noch nicht, was wirklich passiert ist.« Janine winkt ab. »Wir mögen Lina sehr, das ist selbstverständlich.«

Nando lächelt. »Nein, ist es nicht, ich werde dafür immer in eurer Schuld stehen.« Gabriel lacht. »Dafür darfst du auch weiter seinen kleinen Bruder in den Wahnsinn treiben.« Janine legt den Kopf schief und Nando wirft Gabriel einen warnenden Blick zu. »Ich treibe ihn nicht in den Wahnsinn, er macht das selbst.« Gabriel lacht immer noch. »Ja, hoffen wir einfach, das B.B. kann weitere Tische entbehren und der Typ, mit dem du da warst, läuft José niemals mehr über den Weg.« Janine sieht auf den Blumenstrauß und zupft etwas verlegen daran herum. »Das habe ich alles gar nicht mitbekommen.«

Nando haut seinem jüngeren Bruder leicht vor die Brust. »Hattest du José nicht vor einer halben Stunde geschworen, Janine nicht wegen ihm anzusprechen, weil er weiß, was du mit deinem vorlauten Mund alles anrichten kannst?« Gabriel zuckt die Schultern. »Ich mag sie und Josés schlechte Laune ist nicht mehr auszuhalten. Gestern hat er sein Handy gegen die Wand geschmissen, es hat nicht viel gefehlt und Alonzo hätte ein Ohr weniger.« Nun muss auch Janine lächeln. Gabriel kann man nicht ernst nehmen, auch wenn ihr bewusst wird, dass sie gestern nicht auf Josés Nachricht reagiert hat. War das der Grund, warum er so wütend war? Nando wendet sich wieder an sie.

»Noch etwas, du darfst aber davon auf keinen Fall Celina etwas sagen. Da unsere Familien ja noch nicht mit uns gefeiert haben und ich noch ein Hochzeitsgeschenk für Celina habe, wird sie am Samstag überrascht.« Er hält ihr einen Zettel mit einer Wegbeschreibung hin. »Es wäre schön, wenn ihr auch kommen könntet, um zwei geht es los, aber kein Wort an Celina.« Janine nickt und verspricht ihr nichts zu verraten. Dann gehen die beiden wieder und Janine bleibt mit den beiden Blumensträußen zurück, sie fühlt sich merkwürdig. Eigentlich hatte sie sich gegen José und seine Familia entschieden, aber langsam hat sie das Gefühl, sie ist schon viel mehr in seine Familie involviert, als ihr überhaupt bewusst ist.

Janine starrt den ganzen restlichen Tag auf ihr Handy, sie überlegt hin und her sich bei José zu melden, doch diesmal hört sie auf ihr Herz. Er reagiert zwar nicht so wie sie sich das vorgestellt hat, sie hätte lieber, dass er mit ihr redet, als dass er so wütend wird, doch es kommt wenigstens mal eine Reaktion von ihm, egal wie diese ausfällt und deswegen belässt sie es dabei. Sie schreibt ihm nicht, am Samstag wird sie ihn wohl oder übel sehen. Shannon schlägt ihr am nächsten Tag vor Diego mitzunehmen, so würde sie sicherlich eine Reaktion von José erwarten können, doch Janine verwirft den Gedanken schnell wieder.

Ihr fällt allerdings auf, dass Shannon nicht mehr schwärmt und sehr nachdenklich ist. Nach der Uni nimmt sie ihre Freundin mit nach Hause und entlockt ihr schließlich, was sie so bedrückt. »Ich weiß gar nicht, wie ich das erklären soll, es hört sich im ersten Moment sicherlich sehr hart an ... ich war gestern bei Javier in der Firma.« Janine holt ihnen beiden etwas zu trinken, bevor Shannon weitererzählt. »Natürlich gibt es die Firma, es ist eine kleine Telefongesellschaft, die Handyverträge anbietet, es waren drei Mitarbeiter da und keiner wirkte wirklich motiviert. Als wir dann wieder in eins der teuersten Restaurants gegangen sind, habe ich ihn gefragt, woher er das ganze Geld nimmt ... na ja, dann hat er es mir erzählt.«

Janine hält gespannt die Luft an, Shannons Gesicht spricht Bände. »Diego und Javier haben diese Firma nur nebenbei, um nicht so auffällig zu wirken.« Sie beugt sich vor und flüstert. »Sie handeln mit Drogen.« Janine öffnet erstaunt den Mund. »Was genau meinst du mit Drogen, sie verkaufen sie? Welche Drogen?« Shannon lehnt sich zurück, ihr Gesicht wirkt angespannt und besorgt. »Er wollte nicht ins Detail gehen, aber sie verkaufen sie nicht, sondern lassen sie verkaufen irgendwie, hab ich ihn auch gefragt und er sagt, alles, wo gerade Nachfrage besteht, sei es Kokain, Haschisch, auch diese Medikamente, die die Bodybuilder benutzen.«

Janine kann nicht verstecken wie schockiert sie ist. »Wie hast du reagiert?« Shannon zuckt die Schultern. »Erst einmal gar nicht, ich war dankbar, dass er so ehrlich war, er hätte es mir ja auch verschweigen können, ich hab gesagt, ich muss darüber nachdenken, ich musste sofort an dich und José denken. Jetzt verstehe ich, in was für einer Situation du warst.« Janine ist mit dieser Information immer noch etwas überfordert. »Meinst du, José verkauft auch Drogen?« Nun sieht Shannon sie überrascht an. »Bestimmt, weißt du das nicht?«

Janine reibt sich die Augen, nein, um ehrlich zu sein, weiß sie das wirklich nicht. »Ich weiß, dass er Handel betreibt und die Familia durch Schutz, Geld einnimmt, damit war ich schon überfordert, über Drogen habe ich noch gar nicht nachgedacht oder darüber mit was für Sachen sie alles handeln.« Shannon muss über Janines verwirrten Gesichtsausdruck lachen. »Weißt du, meine Tante hat uns damals gesagt, als wir zum Studieren nach Puerto Rico wollten, dass wir uns eines Tages nach England sehnen werden, nach der Ordnung und den Gesetzen, wie in ganz Europa.« Janine versteht worauf sie hinaus will. »Puerto Rico ist ein korruptes Land, es gibt fast niemanden, der seine Hände in Unschuld wäscht, selbst die Polizei arbeitet mit ihnen zusammen, hat mir Javier erzählt.«

»Das bedeutet aber nicht, dass wir das in Ordnung finden müssen.« Janine sieht Shannon in die Augen. »Ich weiß, ich mag Javier sehr, doch das ist natürlich ... wenn Mike das herausbekommt, lässt er mich keinen Schritt mehr in Javiers Nähe machen. Bitte behalte das erst einmal für dich, bis ich genau weiß, was ich machen werde.« Janine gibt ihr das Versprechen und versucht sie auch nicht von ihrer Sicht zu überzeugen. Diesen Kampf muss Shannon mit sich und ihrem Herzen ausmachen, Janine führt ihn immer noch und hat das Gefühl kläglich zu scheitern.

Eigentlich will Janine am nächsten Tag nach der Uni nach einem Kleid für die Überraschung von Lina suchen gehen, doch genau sie und Josy holen sie von der Uni ab und gehen mit ihr essen. Es fällt Janine sehr schwer, Lina nichts von Samstag zu sagen, besonders als sie fast schon sauer wird, dass weder Josy noch Lina Zeit haben, um mit ihr ins Kino zu gehen. Josy grinst die ganze Zeit nur vor sich hin, Janine ist sich sicher, dass sie mehr weiß als sie selbst. Auch sie ist schon richtig gespannt, was für eine Überraschung am Samstag auf Lina wartet. Janine stellt Lina im Restaurant direkt die Frage, die ihr seit sie von Javier und Diego Bescheid weiß, auf der Seele brennt: Ob José und die Familia auch im Drogengeschäft sind.

Linas Gesichtsausdruck lässt Janine erleichtert ausatmen. »Niemals, keiner von ihnen würde jemals Drogen verkaufen. Sie kontrollieren diejenigen, die Drogen verkaufen, sie wollen hier keine harte Drogen haben. Wenn sie jemanden erwischen, der welche verkauft, ohne dass sie es wissen, hab ich selbst schon mitbekommen, dass es richtig Ärger gibt. Sie machen Geschäfte, Janine, es sind viele verschiedene Sachen, aber keine Drogen. Da gebe ich dir mein Wort. Du solltest wirklich noch einmal mit José reden, ich glaube du hast ein ganz falsches Bild von allem. Versteh mich nicht falsch, ich möchte das was sie tun auch nicht verharmlosen, aber sie haben trotzdem Prinzipien.« Josy lacht und legt ihre Hand auf Janines Hand.

»Rede noch einmal mit José, das wird euch beiden gut tun. Wie kommst du darauf, kennst du jemanden, der hier Drogen verkauft?« Janine lenkt schnell vom Thema ab, noch ein Geheimnis, was sie für sich behalten muss, wenn sie nicht möchte, dass Shannons Freund Probleme bekommt, sie wird noch verrückt.

Ihr ist aber auch bewusst, dass sie José wiedersehen wird und wiedereinmal spalten sich ihre Gefühle. Zum einen kann sie es nicht erwarten, zum anderen würde sie am liebsten absagen und darauf verzichten, entweder ignoriert zu werden, einen Streit heraufzubeschwören oder der schlimmste Fall der eintreten kann, er ist nicht allein, sondern hat eine seiner hübschen dunklen Begleitungen dabei. Janine schwört sich selbst, egal was kommen wird, sie wird ruhig und gelassen bleiben, sich nichts anmerken lassen. Und wenn sie danach zusammenbricht, wird sie es erst tun, wenn niemand sie mehr sieht. Sie wird nicht zeigen, wie sehr sie all das noch verletzt.

Am Samstag muss sie früh aufstehen um alles zu schaffen, der Weg dauert fast zwei Stunden, also beginnt sie früh ihre Haare zu locken, sich ein leichtes Make-up aufzulegen und in ihr neues Kleid zu schlüpfen. Sie hat den ganzen Freitag nach einem neuen schönen Kleid gesucht, doch hat sich dann entschieden, das gleiche, was sie in Gold gekauft hat, noch einmal in einem hellen Rosa zu nehmen. Nicht sehr einfallsreich, aber sie liebt das Kleid. Sie schafft es nur noch, sich ein Brötchen aus der Hand ihrer Mutter zu nehmen und eilt hinaus, wo Josy und Casper schon warten.

Josy kommt direkt von Lina, der sie geholfen hat, sie, wie sie es nennt, in eine kleine Prinzessin zu verwandeln, auch wenn Lina noch immer keine

Ahnung hat, was heute passiert und ihr, als Josy gegangen ist, von Gabriel die Augen verbunden wurden.

Auch ihre Mutter und ihr Vater waren eingeladen, aber die beiden haben heute Hochzeitstag und ihr Vater hat sich für seine Frau etwas Schönes einfallen lassen. Janine ist froh, dass die beiden mal wieder Zeit für sich haben, ihr Vater ist nur noch am Arbeiten. Shannon trifft sich heute mit Javier, sie will sich mit ihm aussprechen. Janine hat das Gefühl, dass Shannon über Javiers Geschäfte hinwegsehen wird. Sie versucht sich darüber keine Meinung zu bilden, trotzdem war sie ziemlich erleichtert, dass José nichts mit Drogen zu tun hat, auch wenn sie nicht weiß, womit er dann handelt.

Casper ist ein lieber Kerl, Josy hat recht, er ist ein ruhiger Mensch. Während der gesamten zwei Stunden Autofahrt hält er sich eher zurück, trotzdem fasst er immer wieder zu Josy und berührt sie. Josy erzählt Janine, dass die Feier in Lares stattfindet, wo Lina geboren wurde. Schon als sie in die kleine Stadt reinfahren, sieht Janine, wie anders es hier ist. Das hat nichts mit der Großstadt zu tun, wie sie es von San Sebastian gewohnt ist. Es ist alles ländlich, kleine Häuser, kleine Geschäfte, Janine mag es. Sie halten vor einer großen leeren Wiese, fast leer, es steht ein Pappschild eines schönen Hauses darauf. Gabriel, José und Nathan helfen gerade noch Tische aufzubauen, ein Buffet steht schon. Überall stehen weiße Tische und weiße Stühle mit Blumen darauf, eine Band ist da, die typisch puertoricanische Musik spielt. »Wie schön.« Janine bestaunt das, was Nando hier aufgebaut hat, um Lina zu überraschen. Neben den Brüdern sind noch einige Männer und Frauen da. Sie erkennt Linas Mutter, Edmundo und ihren Bruder und begrüßt sie. Dann kommen Elisa und ihr Mann zu ihnen. Lina hat ihr erzählt, dass Elisa zwar nun nichts sagt zu allem und sich schön ruhig verhält, um Nando nicht wütend zu machen, sie aber nicht glaubt, dass sie sich jemals wirklich mit ihr verstehen wird.

Immerhin haben sie sich die Mühe gemacht und sind wieder aus Italien hergekommen. Toti hält Janines Hand länger fest als es nötig wäre und zwinkert ihr dann zu. Sie hatte seine schmierige Art schon längst ins hinterste Gedächtnis verdrängt, aber dieses Mal fällt seine Geste auch Josy auf und sie lacht, als er sich mit Elisa entfernt. »Was war das denn?« Janine kommt nicht dazu zu antworten, da kommt Gabriel zu ihnen und umarmt erst sie und dann Josy. »Ich dachte, du bringst wieder den Typen mit, jetzt wird es ja doch langweilig.« Josés Bruder zieht ein beleidigtes Gesicht und Janine muss lachen. Arturo winkt ihnen zu und ruft Gabriel zu sich und

José, der sich genau wie die Brüder vor dem Papphaus eingefunden hat, sieht zu ihr.

Ihr Herz zieht sich zusammen, was soll sie bloß dagegen tun, dass sie so auf ihn reagiert? Er sieht umwerfend aus, er hat eine feine Hose an, sein Hemd ist aber aufgeknöpft und er trägt auch kein Jackett. Unter dem weißen Stoff blitzt seine braune Haut hervor. Janine hat sich beim letzten Mal nicht getäuscht, José ist noch durchtrainierter geworden, er ist etwas dunkler, was seine braunen Augen nur noch mehr zum Strahlen bringt. Noch immer sieht er sie an, wütend natürlich. Das letzte Mal ist er ausgeflippt und sie hat nicht auf seine Nachrichten reagiert, doch Janine hat beschlossen, all das heute nicht an sich heranzulassen.

»Alles okay?« Josy unterbricht den merkwürdigen Augenkontakt zwischen ihnen und Janine atmet tief durch. Das wird ein langer Nachmittag werden. Dann kommt ein weiteres Auto angefahren, schnell werfen die Brüder ein riesiges Tuch über das Pappschild. Gespannt sehen alle zum Auto, sie versammeln sich vor dem Schild, es sind sicherlich 30 Leute da. Janine erkennt nun auch den Anwalt, bei dem Lina gearbeitet hat und bei dem sie die Anzeige wegen des Fotografen gemacht haben.

Das Auto hält, es ist auch ein Maybach, der Autogeschmack scheint in der Familie zu liegen. Nando steigt aus, er sieht grinsend zu ihnen, alle sind mucksmäuschenstill. José stellt sich jetzt neben Janine und Josy. Sie blickt kurz zu ihm, sieht dann aber wieder dabei zu, wie Nando Celina aus dem Auto hilft, die wirklich die Augen verbunden hat. Beide sehen umwerfend aus, er im feinen Anzug, sie in einem schönen weißen Sommerkleid, die Haare in langen schwarzen Locken bis zu ihrem Po, eine weiße Blume ist ins Haar gesteckt. Man hört Celina mit Nando meckern, weil sie spürt, dass der Boden uneben wird und sie noch immer nichts sehen kann.

Man hört, dass sich viele das Lachen verkneifen. »Ist hier noch jemand?« Jetzt muss sich Nando wirklich beeilen, damit sie nicht laut loslachen, deswegen stellt er sie genau vor die Leute und nimmt ihr die Augenbinde ab. Als sie auf die Gäste und die liebevoll angerichteten Tische und die Dekoration sieht, schlägt sie sich die Hand vor den Mund. »Ihr seid verrückt!« Linas Mutter tritt vor, während sich Nando hinter Lina stellt und die Arme um sie legt. Janine lächelt und blickt zu José. Es ist wirklich süß, was Nando hier für Lina macht. Die Mutter hält eine große Schokoladentorte in der Hand. »Wir wollten auch noch einmal mit euch feiern.« Lina umarmt ihre Mutter, dann geht Arturo zu dem Tuch. Nando räuspert sich.

»Ich habe dir noch nichts zu unserer Hochzeit geschenkt, das kam ja dann alles anders, als es eigentlich gedacht war.« Lina dreht sich glücklich zu ihrem Mann um. »Das ist wunderschön, ich freue mich ...« Nando unterbricht sie und dreht sie wieder zum Schild. »Das ist nicht das Geschenk Schatz, das ist nur die Feier. Hier ist dein Geschenk.« Arturo zieht das Tuch herunter. Lina sieht erst verwirrt dahin, als Nando ihr etwas ins Ohr flüstert, sieht sie sich um, sie scheint es nicht fassen zu können, dann beginnt sie zu weinen und liegt in Nandos Armen. »Was hat das Ganze zu bedeuten?«

Obwohl sie eigentlich nicht mehr ruhig sein müssen, flüstert Janine noch, statt Josy, die ebenfalls ganz gerührt ist, beugt sich José leicht zu ihr. »Er hat ihr zu ihrer Hochzeit das hier alles gekauft. Celina ist hier in Lares geboren und aufgewachsen, genau hier wo wir jetzt stehen. Sie ist auf dem Land groß geworden und ihr Vater ist hier gestorben, bevor sie in die Stadt ziehen mussten. Ihr bedeutet dieses Grundstück sehr viel. Das Land war verkauft und es war schon eine Baustelle, als Nando es zurückgekauft hat. Jetzt gehört es Lina, sie lassen ein Haus nach Linas Wünschen bauen und nutzen es dann als Wochenendhaus oder für die Ferien oder so etwas.« Als Janine sieht, wie gerührt und ergriffen nicht nur Lina, sondern auch ihre Mutter ist, die von dem Kauf scheinbar auch noch nichts wusste, kommen auch Janine die Tränen. »Das ist glaube ich das schönste ... das ist so schön. Nando liebt sie sehr.«

Als sie José in die Augen sieht und sie selbst so ergriffen von der Situation ist, dass sie für einen Augenblick vergisst wie es um sie steht, wird sie durch einen kurzes schmerzvolles Aufblitzen in seinen Augen daran erinnert. »Sie ist das Wichtigste für ihn!« Janine nickt und wendet sich wieder dem Paar zu. Lina kann nicht aufhören Nando zu küssen. Er streicht lächelnd ihre Tränen weg. Janine würde am liebsten laut aufseufzen, das ist schöner als jeder Liebesfilm, doch wie auch bei den Filmen fragt sie sich, ob sie jemals dieses Glück haben wird, dass ein Mann sie so bedingungslos liebt.

Dann begrüßt Lina alle und fällt auch Janine um den Hals. José neben ihr nimmt sie in den Arm und gibt seiner Schwägerin einen Kuss auf die Nase. »Egal wie neugierig du bist, du legst mich nie herein!« Lina lacht und küsst seine Wange. »Deine Ausrede wegen der Stühle war aber echt schlecht, ich war nur noch zu benommen von den Flitterwochen, um zu merken, was ihr vorhabt.« José lacht, seine Grübchen sind wieder da, Janine vermisst diese zärtliche Seite an ihm, von der sie viel zu kurz etwas hatte.

Gleich danach wird der Kuchen angeschnitten und die Band beginnt mit der Musik. Es wird doch ein ganz angenehmer Nachmittag, sie sitzen alle herum, einige tanzen auch ab und zu, das Buffet ist köstlich, Janine unterhält sich abwechselnd mit Linas Mutter und Josy, mit denen sie an einem Tisch sitzt. Sie spürt zwar immer wieder Josés Blicke auf sich, doch sie gehen sich ansonsten etwas aus dem Weg.

Janine ist froh, dass auch er keine Begleitung hat, so kann sie entspannt den schönen Nachmittag genießen. Alle sind gut gelaunt, nur Elisa merkt man an, dass sie sich nicht wohlfühlt, was man, nach allem was passiert ist, auch gut verstehen kann. Als es langsam dämmert, fahren einige nach Hause. Cassandra ist irgendwann auf Olivias Schoß eingeschlafen, als sie sich mit Janine und Lina über das hier geplante Haus unterhalten haben. Lina möchte es so gut es geht nach ihrem alten Haus bauen lassen, auch wenn es dann keine teure Luxusvilla wird, ist sich Janine sicher, dass es ganz besonders wird.

Janine geht zur Toilette, sie müssen die eines Nachbars nutzen, da hier ja noch nichts auf dem Grundstück steht. Da er aber selbst auf der Feier ist, steht das Haus für alle offen. Ihr gefallen die einfachen ländlichen Häuser hier sehr, sie kann sich selbst gut vorstellen, später mal aufs Land zu ziehen, ob hier in Puerto Rico oder doch wieder in Deutschland, wird sich zeigen. Als sie gerade aus der Toilette kommt, wird sie schnell von einem massigen Körper in eine Nische gedrängt, sie kann gar nicht reagieren, so unerwartet wie sie weggedrängt wird.

Sie muss gar nicht in das Gesicht von Toti sehen, sie hätte ihn auch an seinem Geruch und seiner massigen Erscheinung erkannt. »Was soll das?« Janine drängt ihn weg und er geht einen Schritt zurück, sodass sie wieder richtige atmen kann. »Na komm schon, Süße, ich weiß, dass du und José kein Paar mehr seid. Ich habe das Gefühl, zwischen uns ...« Janine stößt ihn weg, noch immer steht er viel zu nah an ihr. Er hebt seine Hand, um mit seinen dicken Fingern ihre Haare wegzuschieben, doch Janine stoppt ihn. Wut kommt in ihr hoch, nachdem der erste Schrecken nachlässt.

»Was denkst du dir eigentlich, deine Frau ist da draußen und José würde trotzdem ausrasten, wenn er das hier erfährt, abgesehen davon, würde ich niemals etwas mit dir anfangen, selbst wenn all das nicht wäre und jetzt lass mich gehen!« Toti macht ihr Platz, er ist etwas überrascht von ihrer scharfen Abweisung. Hatte er ernsthaft geglaubt, sie hätte Interesse? Doch als sie gerade gehen will, hält er sie noch einmal am Arm zurück. »Überleg es dir noch einmal, du musst nicht auf das Geld der Familie verzichten, ich mache dir einige Geschenke.« Janine reißt ihren Arm los und geht, sie kann nicht glauben, was da passiert ist. Würde sein Handabdruck nicht noch so auf ihrer Haut brennen, würde sie denken, sie hätte einen Tagtraum. Weiß Elisa, was sie da für einen Mann hat?

Am liebsten würde sie Josés Schwester das selbst fragen, doch als sie auf den Platz zurückkommt, tanzen Lina und Nando gerade zu langsamer Musik. Alle die noch da sind, lassen den Tag ausklingen und Janine will die Familie nicht kaputt machen. Also schweigt sie. Josy sitzt jetzt bei José und Alonzo mit Casper. Janine beugt sich zu ihr und fragt, wann sie vorhaben zu gehen. Am liebsten würde sie sofort hier weg. »Schatz, wollen wir langsam?« Bestimmt möchten Casper und Josy noch bleiben und Janine bereut es, nicht selbst gefahren zu sein. »Willst du nach Hause?« Als José sich an Janine wendet, sind alle ruhig.

»Ja.« José steht auf, nimmt sich noch eine Teigtasche und verabschiedet sich. »Ich bringe sie.« Es war keine Frage, es war eine Feststellung und Janine kann auch nicht widersprechen, wieder einmal übernimmt ihr Herz die Kontrolle. Sie verabschieden sich und es wundert allerdings auch niemanden, dass sie beide zusammen das Fest verlassen. Es fühlt sich gefährlich vertraut an, als Janine sich neben José setzt, ihre Schuhe abstreift und sich in das weiche Leder schmiegt. Als sie losfahren, sieht sie wie Toti zum Fest zurückkehrt und Elisa umarmt, José folgt ihrem Blick. »Ist irgendetwas passiert?«

Kapitel 19

Janine sieht weiter aus dem Fenster, ohne ihm darauf eine Antwort zu geben. Eine ganze Weile sagt niemand von ihnen etwas, dann spürt sie seinen Blick auf sich. »Wieso sagst du nichts dazu? Redest du jetzt nicht mehr mit mir?« Janine sieht zu ihm. »Ich wollte mit dir reden, ich habe die ganze Nacht auf dich gewartet. Du hast gesagt, wir sollen alles vergessen und es gibt nichts mehr zu sagen, deswegen weiß ich nicht, was ich jetzt noch sagen sollte.« Natürlich haben sie gerade von etwas anderem gesprochen, doch Janine konnte nicht verhindern, dass sich ihr Mund verselbstständigt hat und ihre Wut über die Geschehnisse hochkommt, im selben Moment bereut sie es aber wieder.

»Tut mir leid, ich hätte nicht wieder davon anfangen sollen.« José seufzt leise auf. »Ich war an dem Abend mehr als betrunken, ich bin irgendwann am nächsten Tag bei Gabriel im Haus aufgewacht.« Sein Handy klingelt. Janine erkennt schnell, dass es Lina ist. Als José auflegt, sagt er ihr, dass sie ihr Handy auf dem Tisch hat liegen lassen und ihre Mutter sie ein paar Mal angerufen hat. Lina bringt es ihr morgen vorbei. Janine sieht auf die Uhr, es ist noch nicht so spät, wieso ruft ihre Mutter sie an? Sie haben aber schon mehr als die Hälfte der Strecke hinter sich gelassen, also lohnt es sich nicht, noch einmal umzudrehen.

José hält ihr sein Handy hin. Als sie es entgegennimmt und sich ihre Hände berühren, ist wieder dieses aufregende Kribbeln im Bauch, wie bei ihren ersten Treffen. »Danke.« Janine versucht ihre Mutter zu erreichen, doch ihr Handy ist aus, wie auch das Handy ihres Vaters. Das ist auch richtig so, sie sollen den Abend genießen und nicht darüber nachdenken, ob es ihrer Tochter gut geht. Sie versucht es noch ein paar Mal, dann gibt sie José das Handy wieder. »Sie haben heute Hochzeitstag, meine Mutter wollte sicher nur einmal nachfragen, ob ich noch lebe.«

José blickt zu ihr. »Was hast du deinen Eltern wegen mir gesagt?« Er will wissen, ob sie ihnen gesagt hat was er tut, wer er ist. Sie hat oft darüber nachgedacht, beide haben sie gefragt, warum sie José nicht mehr trifft, warum sie so oft traurig in ihren Gedanken vertieft ist. »Ich habe ihnen nichts dazu gesagt. Wenn sie gefragt haben, habe ich gesagt, ich will nicht darüber reden, ich weiß nicht was ich ihnen hätte sagen sollen, sie mögen dich sehr.« Eine ganze Weile sagt keiner von ihnen etwas. Erst als sie in San Sebastian einfahren, findet er seine Sprache wieder.

»Janine, egal was war, ich wollte dich niemals verletzen, wenn ich es getan habe, tut es mir leid.« Überrascht von diesen, für ihn sehr offenen Worten, sieht sie zu ihm. Sie ist schon dabei zu sagen, dass sie ihn auch nie verletzen wollte, sich wegen dem was er ist zu trennen, muss auch nicht gerade das beste Gefühl sein, doch dann sagt sie diese Worte doch nicht. Um ihn verletzen zu können, müsste er etwas empfinden und sie hat keine Ahnung, was in seinem Kopf vor sich geht. »Ich weiß einfach nicht, was ich wegen dir denken soll.« Sie spricht einfach das aus, was in ihrem Herzen vor sich geht.

»Das kann ich verstehen, wenn es um dich geht, weiß ich selbst nicht, was ich denken soll.« Janine kann sich ein bitteres Lächeln nicht verkneifen, sie fahren in ihre Straße. »Wieso antwortest du nicht auf meine Nachrichten, ich habe dich nur gefragt, wie dein Date war. Triffst du den Mann noch?« Janine hört das Gereizte aus seiner Stimme heraus, sie muss daran denken, wie er im B.B. den Tisch umgeworfen und das Handy gegen die Wand geschmissen hat. »Wer ist er? Ich kenne ihn nicht von hier.« Sofort erinnert sie sich an die Warnung von Lina, dass die Natos nichts von irgendwelchen Drogenhändlern wissen sollten.

»Das kann ich dir nicht sagen, ich weiß nicht wie du reagierst, du bist für mich in solchen Sachen schwer einzuschätzen. Ist es dir wichtiger, dass ich dir ehrlich alles sage und du rastest dafür nicht aus oder ist dir die Familia wichtiger und du tust das, was du denkst tun zu müssen?« José hält vor ihrem Haus und sieht sie an. »Das kann man so doch nicht einfach sagen, es kommt drauf an, um was es genau geht.« Janine schüttelt den Kopf, so wird das nie etwas, sie kommen auf keinen Punkt.

»Wieso willst du das alles eigentlich wissen? Ich habe dich doch erst ein paar Stunden vorher mit einer anderen Frau gesehen, willst du mir jetzt sagen, es würde dich so sehr stören, dass ich einen anderen Mann treffe, wenn du schon längst wieder andere Frauen triffst? Das ist es, was mich wirklich verletzt, dass du einerseits so tust, als wäre dir alles egal und, wie du es selbst gesagt hast, alles vergisst und dann anderseits so ausflippst.

Ich weiß von deinem Ausraster im B.B. Auch wenn ich nicht ganz glauben kann, dass es wegen mir war, wieso solltest du wegen mir ausrasten? Würde ich dir etwas bedeuten, dann hättest du dich ganz anders verhalten. José, mich macht das wahnsinnig, dieses Hin und Her. Ich weiß überhaupt nicht, woran ich bei dir bin und ich bin es auch leid darüber nachzudenken, weil es nichts bringt, solange du selbst nicht weißt was du willst.«

Nun wird er auch sauer. »Wozu soll ich mit dir über meine Gefühle reden? Du bist doch diejenige, die immer wieder zumacht, einmal kommst du in meine Arme und dann rennst du wieder weg. Immerhin warst du es, die alles beendet hat, weil du nicht damit klarkommst wer ich bin.« Er trifft sofort ihren wunden Punkt. »Wundert dich das wirklich? Es ist ja nicht so, als wärst du von Beruf Polizist, es ist doch vollkommen normal, dass man sich mit so etwas erst einmal auseinandersetzen muss. Aber statt mir meine Angst zu nehmen, mir irgendwie entgegenzukommen, setzt du dich wie ein sturer Bock hin und beharrst darauf, dass du das bist und man alles mit der Familia akzeptieren muss. Wenn man damit noch nie etwas zu tun hatte, ist es schwer überhaupt zu akzeptieren, dass es solche Familias gibt, geschweige denn, ein Teil davon zu sein.«

Sie stockt kurz und muss an Shannon denken. Sicherlich wusste auch die Frau, mit der José unterwegs war, genau wer er ist. »Zumindest kann das nicht jeder sofort«, fügt sie schnell an, bevor sie sich weiter alles von der Seele redet. Schreien würde sie es nicht nennen, auch wenn sie etwas lauter wird, weil es genau diese Punkte sind, die sie so treffen, verletzen und sie von dem Mann fernhalten, den sie liebt. Und das tut sie, das spürt sie jede Sekunde, während sie ihm in die Augen sieht, egal wie sauer sie beide jetzt gerade sind.

»Das Einzige, was von dir kommt ist, dass du nicht den Fehler wie Nando machen willst. Doch ganz ehrlich, José: Ich habe noch nichts von einem Fehler bei ihm sehen können. Das Einzige, was ich gesehen habe ist, wie glücklich er heute mit Lina war. Ist das so schlimm? Ich hoffe wirklich für dich, dass du eines Tages die Frau treffen wirst, für die du bereit bist genug Gefühle zu entwickeln und ich hoffe, dass sie dich dann sofort akzeptiert, ohne einmal etwas dazu zu sagen, denn dann würde es dir ja sofort wieder zu kompliziert werden.« Sie öffnet wütend die Wagentür. Janine hat das Gefühl, jede Minute an die Decke zu gehen. Doch sie wendet sich noch einmal zu ihm um. »Wer weiß, vielleicht ist es ja schon die Frau, mit der ich dich gesehen habe, sie passt sicherlich so viel besser zu dir als ich. Ich habe mit eigenen Augen gesehen, wie hübsch und perfekt sie ist, bestimmt in jeder Hinsicht!«

Ihr Herz krampft sich zusammen, wenn sie daran denkt, wie hübsch die Frau war. »Aber komm nicht auf die Idee, dann wegen mir auszurasten.

Wieso wirfst du mir vor, dass ich gegangen bin, wenn du mir überhaupt keinen Grund gegeben hast zu bleiben? Es war dir doch so gleichgültig, ob ich gehe oder nicht. Du kannst jetzt nicht sauer sein, dass ich dich verlassen habe, wenn du mich, ohne einmal mit der Wimper zu zucken, hast gehen lassen.«

José fährt sich mit der Hand über sein Gesicht, als würde er die Worte erst einmal verdauen müssen, doch er ist auch wütend. Janine weiß, dass es besser ist jetzt zu gehen, bevor sie sich noch mehr an den Kopf werfen, ohne vorher darüber nachzudenken. Sie steht auf. Als sie gerade die Autotür zumachen will, sieht José ihr noch einmal in die Augen. »Diese Frau bedeutet mir gar nichts, hat sie nicht und wird sie nicht.« Vielleicht will er noch mehr sagen, doch Janine reicht es für heute, sie will nur noch nach Hause. »Das wundert mich nicht, hat dir jemals eine Frau etwas bedeutet?« Sie knallt die Autotür zu und geht direkt ins Haus, das noch komplett dunkel ist.

Erst als sie die Tür schließt, hört sie den Motor wütend angehen und ihn mit quietschenden Reifen wegfahren. Sie hätten das Thema gar nicht wieder anfangen sollen, es war klar, dass es so eskaliert. Sie sieht zur Uhr und wählt auf dem Haustelefon die Nummer ihrer Mutter, dieses Mal klingelt es und sie geht auch schnell ran. Es dauert eine Millisekunde, bis Janine merkt, dass etwas nicht stimmt und sie ihre Mutter weinen hört. Weitere zwei Sekunden, bis ihre Mutter die Sätze herausbringt, die ihr Blut gefrieren lassen. »Dein Vater, es ist … er hatte einen Schwächeanfall, du musst sofort ins Krankenhaus kommen, sie wissen nicht, ob er die Nacht überleben wird.«

Janine legt auf, sie hat kein Wort gesagt, ihre Mutter war nur noch in der Lage, den Namen des Krankenhauses zu nennen, dann ist sie weg. Es dauert aber zwei Minuten, die Janine auf das Handy starrt, bevor sie sich ihre Tasche schnappt und aus dem Haus rennt.

Sie rast zu der Klinik, die ihre Mutter genannt hat und weigert sich über irgendetwas zu spekulieren, was passiert sein könnte. Ihr Herz schlägt so schnell, dass sie das Gefühl hat, selbst jede Minute umzukippen, als sie am Empfang nach der Zimmernummer fragt und die sie zur Intensivstation weiterleiten. Erst als sie in das Zimmer kommt, wo ihre Mutter an einem Bett sitzt, realisiert sie, wie schlimm es ist. Das ist nicht ihr Vater, der da liegt. Dort liegt ein Mann, an Hunderte von Schläuchen angeschlossen, sein gesamter Kopf ist eingewickelt. Sie sieht geschockt zu ihrer Mutter, die ihr weinend um den Hals fällt.

Es dauert fast fünf Minuten, bis ihre Mutter so weit ist, ihr einigermaßen zu erklären was passiert ist. Janine ist viel zu erschrocken um zu reagieren. Ihre Eltern waren essen, ihr Vater sah aber schon den ganzen Abend so aus, als würde er sich nicht gut fühlen, was er aber sicherlich niemals zugegeben hätte und das Risiko eingegangen wäre, ihnen den Abend zu verderben, wo er eh fast nie Zeit hat. Sie haben gegessen und plötzlich kamen zwei Männer an den Tisch, zwei Puertoricaner. Ihrer Mutter kam das ganze komisch vor, sie sagt, die Männer hätten auf eine merkwürdige Art mit ihrem Vater geredet.

Sie haben erwähnt, dass sie sich freuen, endlich mal den Rest der Familie kennenzulernen und wie sehr man seine Familie schätzen sollte. Ihr Vater hat sie dann aber als Geschäftsfreunde vorgestellt, und ihre Mutter hat sich nichts weiter dabei gedacht. Als die Männer weg waren, wurde ihr Vater immer blasser. Deswegen haben sie das Essen abgebrochen und wollten nach Hause, es sich da noch gemütlich machen. Ihre Mutter bricht ab und beginnt noch mehr zu weinen.

»Ich hätte es doch wissen müssen, ich bin eine gottverdammte Ärztin, aber es ging so schnell. Er stand auf und ich nahm meine Tasche. Auf einmal ist er hingefallen, er hatte sich wohl am Tischtuch festgehalten, denn alles ist auf ihn gefallen. Plötzlich war alles voller Blut, er ist so hart auf dem Marmor aufgekommen, dass er sich den Kopf aufgeschlagen hat. Das Geschirr hat ihm tiefe Schnitte zugefügt. Ich habe versucht die Blutungen zu stoppen und die Kellner angewiesen, ihm eine Herzmassage zu machen, weil sein Herz immer langsamer schlug. Ich dachte in dem Moment, ich verliere ihn und konnte nichts dagegen tun. Es hat ewig gedauert, bis der Krankenwagen kam und ich … ich habe mich noch nie so hilflos gefühlt.«

Janine nimmt ihre Mutter in den Arm. »Was sagen die Ärzte, wird er wieder gesund? Wann wacht er auf?« Ihre Mutter atmet tief ein. »Das ist nicht so einfach Schatz, dein Vater hatte zwar keinen Herzinfarkt, aber er stand kurz davor und hatte einen Schwächeanfall. Sein Herz ist sehr geschwächt, es kann sein, dass er noch einen Infarkt bekommt. Durch das viele Blut, was er verloren hat, ist es noch schlimmer. Es hat sich ein Gerinnsel gebildet, was entfernt wurde, aber er ist jetzt so schwach, dass die Ärzte ihn in ein künstliches Koma versetzt haben. Wir müssen die nächsten Stunden abwarten und können nur hoffen, dass er es schafft.«

Eine Schwester kommt ins Zimmer und sieht sich die Daten auf dem Computer an, der mit all den Schläuchen verbunden ist. Auch ihre Mutter sieht auf das Bild und schüttelt traurig den Kopf. »Wir müssen abwarten, wenn sein Herz wieder stärker wird, sieht es gut aus.« Janine spürt, wie sie zu zittern anfängt. »Er wird nicht sterben Mama, er darf nicht von uns gehen, er weiß, dass wir ihn brauchen.« Sie hört selbst wie mechanisch sie redet. Sie sieht zu ihrem Vater, bahnt sich einen Weg zwischen all den Schläuchen und setzt sich an sein Bett. Als sie seine Hand nimmt, kommen ihr die Tränen, doch sie schluckt sie schwer herunter. Sie muss stark bleiben, ihre Mutter ist am Boden und einer von ihnen muss stark bleiben.

Seine Hand ist so schwach. Wie groß und stark sie ihren Vater immer gesehen hat und jetzt liegt er hier so verletzlich und geschwächt. »Es wird alles gut, Papa, wir sind hier und warten, bis du aufwachst. Wir lieben dich, du musst stark sein.« Janine flüstert ihrem Vater die Worte zu, die sie glauben muss, der Gedanke, dass er von ihnen gehen könnte, will und kann sie gar nicht zulassen. Die Schwester schiebt ein Bett herein, eine Person kann bei ihrem Vater bleiben. Janine bittet ihre Mutter sich hinzulegen.

Die Schwester sagt, dass sie schon Beruhigungstabletten bekommen hat, doch noch immer ist ihre Mutter viel zu fertig, um zur Ruhe zu kommen. Auch Janine denkt keine Minute daran, das Bett ihres Vaters zu verlassen. Sie bleiben die ganze Nacht bei ihm, sie an seinem Bett, die Mutter auf der Couch, sie schweigen und sehen ihn an, in der Hoffnung, dass er dadurch den Kampf gegen den Tod gewinnt.

Das Nächste, was sie beide realisieren ist, dass irgendwann am Morgen ein Arzt hereinkommt. Er berichtet ihnen, dass sich der Zustand weder gebessert noch verschlechtert hat, was aber nicht unbedingt ein schlechtes Zeichen ist, man muss weiter abwarten. Sie bekommen etwas zu essen angeboten, doch keiner von ihnen hat Hunger, wenigstens trinken sie einen Kaffee. Dann bittet ihre Mutter sie, ihr etwas Wechselwäsche holen zu gehen, damit sie sich duschen kann. Janine will nicht weg, sie möchte bei ihrem Vater bleiben, also fährt sie schnell nach Hause. Sie springt unter die Dusche, wechselt ihr Kleid gegen eine Jogginghose und ein Top und legt einige Sachen für ihre Mutter in eine Trainingstasche.

Gerade als sie das Haus verlassen will, kommt Lina in ihre Einfahrt. »Wo seid ihr alle, wieso geht niemand an das Telefon?« Sie hält ihr das Handy hin und sieht Janine fragend an. »Janine? Alles in Ordnung?« Ohne das Handy einzuschalten, steckt sie es in ihre Hosentasche und geht schnell zum Auto. »Danke, mein Vater ist im Krankenhaus, ich muss schnell wieder hin.« Sie ist schon fast im Auto, da hält sie Lina auf. »Janine du zitterst, ab auf den Beifahrersitz, ich fahre und du erzählst mir alles!«

Als sie im Krankenhaus ankommen, weiß Lina alles und beteuert immer wieder, dass alles gut wird. Sie macht sich Sorgen und Janine weiß, dass es ehrlich gemeint ist. Deswegen hat sie auch nichts gegen ihre Begleitung auf die Intensivstation. Sie laufen fast in den Arbeitskollegen ihres Vaters hinein, der auch aus Deutschland extra hierhergezogen ist. »Janine, es tut mir so leid, ich habe es gerade erst erfahren, wie geht es deiner Mutter?« Janine öffnet die Tür, sie hat gerade keine Kraft mehr zum Reden.

Es ist alles unverändert, weder ihre Mutter hat sich vom Platz gerührt, noch hat sich der Zustand des Vaters verbessert. Lina setzt sich neben ihre Mutter und spricht ihr tröstende Worte zu, während sich Janine wieder an sein Bett setzt. Sie bekommt nur halb das Gespräch zwischen ihrer Mutter und dem Mann mit. Erst als es um die Arbeit geht und wie erschöpft ihr Vater davon war, hört sie wieder hin. »Ich verstehe das nicht, Lukas, eure Firma läuft doch gut, ihr arbeitet alle viel zu viel, wieso lasst ihr es nicht einmal langsamer angehen? Du siehst auch so aus, als könntest du einen Monat Urlaub gebrauchen. Wieso denkt ihr nicht an eure Gesundheit?«

Keiner kann ihrer Mutter einen Vorwurf machen, dass sie sauer wird. Lukas setzt sich auf einen Stuhl und sieht zu ihrem Vater. Er stützt den Kopf in seine Hände und atmet tief durch, als müsste er eine große Last von seinen Schultern nehmen. »Ihr könnt es auch nicht verstehen, aber ihr solltet versuchen, sobald er wach ist und es ihm besser geht, ihn von der Arbeit fernzuhalten, sonst bringt es ihn einen Tages um.« Janine wendet sich zu ihm um, auch Lina und ihre Mutter starren ihn an.

»Was genau soll das heißen? Was meinst du damit? Erkläre es mir, mein Mann liegt da und kämpft um sein Leben, ich habe das Recht die Wahrheit zu erfahren!«

Lukas sieht auf den Boden und was er dann erzählt, lässt Janine in eine noch tiefere Starre verfallen. »Als wir damals das Angebot bekommen haben, in Puerto Rico die Leitung zu übernehmen, weil der alte Geschäftsführer und sein Stellvertreter bei einem Autounfall ums Leben gekommen sind, haben wir nicht gezögert. Das Angebot war zu verlockend und am Anfang, das erste Jahr, haben wir auch nichts weiter bemerkt. Es war alles perfekt, die Produktion lief gut, wir haben alles ohne Probleme hinbekommen. Dann sind das erste Mal ein paar Männer gekommen, sie haben sich als die Inhaber der Nachbarfabrik vorgestellt und gefragt, ob wir uns mittlerweile eingelebt hätten.

Dann haben sie uns die Karten offen auf den Tisch gelegt. Unsere Firma muss an sie monatlich Geld zahlen, damit wir weiter die Geschäfte wie bisher führen können. Sie hätten das mit den alten Geschäftspartnern auch so gehandhabt. Natürlich haben wir ihnen sofort klargemacht, dass wir davon nicht wüssten und nicht vorhaben auf ihren Handel einzugehen. Die Männer haben nur gelacht und uns versichert, dass wir keine Wahl hätten. Es sei in Puerto Rico so üblich, dass ausländische Firmen einen Teil des Gewinnes an andere puertoricanische Firmen abgeben, da wir in ihrem Land sind und von den günstigeren Produktionsbedingungen profitieren.

Als wir immer noch nicht einverstanden waren, haben sie das Büro innerhalb weniger Minuten auseinandergenommen. Sie hatten Waffen dabei und da wurde uns klar, in was wir da hineingeraten sind. Die Männer haben auch kein Geheimnis daraus gemacht, dass der alte Geschäftsführer dank ihnen den Unfall hatte. Wir hatten keine Wahl, wir mussten den ersten Scheck ausstellen. Langsam begriffen wir, dass auch der Chef davon weiß, es ihm aber egal ist. Wir müssen den normalen Gewinn erzielen, wie wir die 30% für die Männer beschaffen, lässt er offen.«

Janines Mutter hat angefangen, unruhig im Zimmer hin und herzugehen. »Wieso habt ihr das nicht gesagt, gekündigt, seid zur Polizei gegangen?« Lina antwortet. »Die Polizei steckt da mit drin, die unternehmen nichts. Ich wette, sie erhalten sogar 10% von den Einnahmen.« Lukas nickt. »Wir haben drei Monate nach Lösungen gesucht, doch wir konnten nichts tun. Die Häuser in Deutschland waren verkauft, alle Ersparnisse weg, euer Haus hier in Puerto Rico musste noch abbezahlt werden, deine Praxis, bei mir sieht es doch genauso aus, keiner von uns konnte auf die Arbeit verzichten.

Wir haben die Männer bezahlt, jeden Monat, doch darunter haben die Gewinne für die Firma gelitten und der Chef wollte unsere Gehälter kürzen oder Mitarbeiter entlassen, was keiner von uns zulassen konnte.« Janine atmet tief ein und streicht ihrem Vater über die Hand. Er ist ein viel zu guter Mensch, um das auf dem Rücken der puertoricanischen Mitarbeiter auszutragen, die diese Arbeit genauso brauchen. »Als wir weniger zahlen wollten, haben sie uns zwei Tage später Bilder von Tammy und Janine gebracht, sie haben uns gefragt, ob sie vielleicht unsere Töchter mal dazu befragen sollen, diese Drohung haben wir verstanden.«

Janines Mutter sieht panisch zu ihr. »Wie nah waren sie an Janine dran? Diese Schweine, was sind das für Menschen? Dann waren sie es, die wir getroffen haben, deswegen ist er so blass geworden, als sie sich gefreut haben mich kennenzulernen.« Lukas nickt. »Glaub mir, wir haben alles probiert, es gibt keine andere Möglichkeit, wir müssen zahlen, diese Männer sind zu allem fähig.« Lina sieht ihn verwundert an.

»Ich kenne das, aber nicht in ihrer Branche, es gibt Kleingangster, die sich mit Erpressungen Geld verdienen, meistens in Restaurants, Firmen aus Puerto Rico, die kennen das und bezahlen immer bei den Familias in deren Umgebung, damit sie von solchen Erpressungen und Plünderungen durch deren Schutz verschont werden. Sie sehen das wie eine Investition in Sicherheitsleute, das ist hier ganz normal. Aber von solch einer Höhe und vor allem bei ausländischen Firmen habe ich noch nie gehört. Besonders, dass sie nicht einmal kommen, sondern monatlich Geld verlangen. Wissen sie, wer das genau ist?« Lukas nickt. »Das haben wir auch mitbekommen, den Männern gehört wirklich die Firma neben unserer, nur erzielen sie damit kaum Gewinn, das Geld, was sie verdienen, kommt von uns und noch einer amerikanischen Anlage ein paar Straßen weiter. Bei denen haben sie sogar zwei Geschäftsführer auf dem Gewissen.« Lukas sieht sie verzweifelt an.

»Wir haben zu oft versucht uns zu wehren, wenn wir sie sauer machen, leidet immer jemand darunter. Sie haben zwei von unseren Nähern Finger abgeschnitten, einfach so, vor unseren Augen. Seitdem zahlen wir jeden Monat und wir haben unsere Ruhe, allerdings müssen wir dafür mehr arbeiten, wir müssen 130% Gewinn haben, jeden Monat, das ist es, was uns auf Dauer kaputt machen wird. Hätten wir das vorher gewusst, hätten wir diesen Job niemals angenommen.« Janines Mutter setzt sich und beginnt wieder zu weinen. »Ich habe nichts geahnt und immer nur gemeckert, dass er seine Arbeit uns vorziehe, ich habe sogar schon daran gedacht, eine andere Frau könnte dahinterstecken, ich … Lukas, man muss doch irgendetwas tun können? Wie stark ist die Bedrohung, wie gefährlich ist es für Janine, für alle?«

Janine muss an Lukas' 8-jährige Tochter Tammy denken. Sie weiß, dass seine Frau Schwierigkeiten hatte Kinder zu bekommen und sie viel Geld für Behandlungen bezahlen mussten, damit es endlich klappt. Es muss für Lukas sehr schwer gewesen sein, das alles finanziell zu stemmen, sie haben damals einen großen Kredit aufnehmen müssen. »Ich hoffe nicht sehr groß, ich werde jetzt Doppelschichten machen, solange sie ihr Geld bekommen, werden sie hoffentlich Ruhe geben. Du kannst nur versuchen, ihn aus der Firma herauszuholen und hoffen, dass sie ihn gehen lassen, ohne sich an einem von euch zu vergreifen, das ist seine größte Angst. Er liebt seine Arbeit ja auch, er mag die Mitarbeiter, aber es ist so nicht mehr machbar, nicht, ohne dass wir dabei kaputt gehen.«

Noch lange nachdem Lukas wieder zur Arbeit zurück musste, hallen diese Worte in Janines Ohren wieder, sie sieht ihrer Mutter an, dass sie neben ihren Sorgen um den Vater auch noch über eine Lösung nachdenkt. Lina ist auch lange ruhig, doch wenigstens beginnt das Herz ihres Vaters wieder kräftiger zu schlagen. Der Arzt ist zuversichtlich, dass sie ihn in zwei Tagen aufwecken können, wenn er sich weiter so erholt. Nachdem Lina sie am späten Nachmittag lange umarmt und sich verabschiedet hat, bleibt Janine noch bis zum späten Abend bei ihrem Vater am Bett. Sie hat die letzte Nacht nicht geschlafen und kaum gegessen, doch sie wird nicht müde, die Hand ihres Vaters zu halten. Ihre Mutter hat geduscht und nachdem es ihrem Vater etwas besser geht, besteht sie darauf, dass Janine nach Hause geht und sich schlafen legt, sollte etwas sein, wird sie sofort anrufen. Sie selbst legt sich in das andere Bett im Zimmer, Janine geht total zerstört nach Hause.

Sie macht alles nur noch mechanisch, geht unter die Dusche zieht sich eine Shorts und ein Shirt über und will sich schlafen legen. Als es plötzlich laut an der Haustür klopft, schlägt ihr Herz wie wild. Sofort denkt sie an die Männer und die Drohungen. Sie hat hier keinen Schutz, leise geht sie zur Haustür, als es immer wieder klopft und dann auch klingelt. Janine nimmt das Telefon, um die Polizei rufen zu können, auch wenn sie nicht weiß, ob ihr das weiterhilft, sieht durch den Haustürspion und öffnet dann schnell die Tür.

José steht vor ihr, besorgt blickt er sie an, will etwas sagen, doch Janine kann nicht mehr. Jetzt braucht sie nicht mehr stark sein für ihre Mutter, sie wirft sich in seine Arme und lässt alles heraus, was sich in ihr gesammelt hat. Ohne ein Wort zu sagen, nimmt er sie in die Arme, bringt sie ins Haus und schließt die Tür. Dann hält er sie einfach nur fest. Was zwischen ihnen auch ist oder war, es ist genau das, was sie jetzt so sehr gebraucht hat, seinen Halt.

Kapitel 20

Janine weiß nicht, wie lange sie so vor der Haustür stehen, immer wieder streicht José über ihre Haare. Als ihre Tränen langsam abklingen, hebt er mit seinen Fingern ihr Kinn hoch, sodass sie ihn ansieht. Er wischt ihr die letzten Tränen weg. »Lina hat mir gesagt, dass dein Vater im Krankenhaus ist und fast gestorben wäre. Sie sagt, es ist etwas passiert, aber wollte nicht sagen was. Sie denkt, du musst entscheiden, ob ich es erfahren soll. Was ist passiert?«

Janine geht in die Küche und er folgt ihr. Sie holt zwei Gläser aus dem Schrank und Wasser. »Es ist alles so … ich kann das selbst nicht glauben, ich kann nicht verstehen, wie jemand meinem Vater etwas antun kann.« Sie setzt sich auf die Couch und legt sich eine Decke um die Schultern. Wie warm es auch sein mag, ihr ist kalt bis auf die Knochen. José kommt zu ihr, zieht seine Waffe aus dem Hosenbund und legt sie offen auf den Tisch, bevor er sich neben sie setzt. Janine starrt das silberne Ding an, noch nie hat sie sich mit so etwas befasst. Müssen sie sich dem jetzt anpassen, muss ihr Vater selbst eine Waffe tragen oder sie eine im Haus haben, für den Fall, dass diese Männer wirklich etwas vorhaben?

»Kannst du mir das beibringen?« Janine zeigt auf die Waffe und sieht dann José ins Gesicht, der sie besorgt mustert. »Nein, du wirst keine Waffe brauchen, sag mir jetzt was los ist, Janine!« Als sie immer noch zögert, rückt er näher an sie heran. »Hör zu, ich habe über das, was du im Auto gesagt hast, nachgedacht, sag mir jetzt alles was passiert ist, auch bei der Feier, alles was du denkst mir nicht sagen zu können. Ich verspreche dir, ich werde nicht überreagieren, wie du es denkst. Vertrau mir, egal was ist, wir reden darüber und ich mache nur etwas, wenn du einverstanden bist. In Ordnung?«

Janine ist zu fertig, um wütend zu werden, doch sie ist auch zu aufgewühlt, um noch klar mit all dem umzugehen. »Es geht nicht darum, selbst wenn du jetzt ruhig bist, weiß ich nicht, was du morgen machst. Wenn ich dir jetzt sage, dass der Mann, den ich getroffen habe, mit Drogen handelt, dann weiß ich doch, dass die Familia und eure 'Gesetze' dir wichtiger sind als ich. Was heißt als ich, wie wichtig bin ich dir überhaupt? Kann ich dir so etwas erzählen, ohne Angst haben zu müssen, du unternimmst gleich etwas? Ich will doch auch nicht, dass jemandem etwas passiert, ich will nicht, dass du dich wegen mir oder meiner Probleme in Schwierigkeiten begibst oder dass du dich mit deiner Familie streitest und dem Mann deiner Schwester etwas antust.

Wäre ich zu dir gekommen und hätte dir gesagt, dass Toti mich mehrmals angemacht hat und mich versucht hat anzufassen, wärst du doch sofort ausgerastet, jetzt weißt du es. Ich wette, ich habe einen großen Fehler gemacht, denn ich möchte nicht, dass du ihn oder deine Schwester darauf ansprichst, weil ich es im Griff hatte, es ist nichts passiert. Ich verfluche all das hier und kann einfach nicht mehr. Diese ganze Welt hier macht mich kaputt, wieso ist hier alles so verdammt brutal?

Mein Vater hat sich halb totgearbeitet José, weil die Männer aus der Nachbarfirma 30% des Gewinnes von ihnen fordern, jeden Monat. Meine Mutter und ich wussten nichts davon, mein Vater hat so viel arbeiten müssen, um bezahlen zu können und seine Mitarbeiter zu schützen. Sie machen ihnen Angst, drohen ihnen mit Bildern von ihren Töchtern und dass sie uns etwas antun. Wenn sie nicht machen, was die wollen, schneiden sie Unschuldigen die Finger ab und all das ohne jeden Skrupel. Ich weiß einfach nicht ... was sollte er denn tun? Er musste zahlen und hat damit fast mit seinem Leben bezahlt, die Polizei unternimmt nichts ...« Janine bricht ab. José ist bei allem, was sie gesagt hat, ganz still sitzen geblieben, aber sie kennt ihn gut genug um zu wissen, dass es in ihm brodelt.

Sie schüttelt den Kopf, wieder kommen ihr die Tränen, sie hebt ihre Arme. »Ich hasse all das einfach, ich bin machtlos, ich hasse Puerto Rico!« José atmet tief aus, er kämpft mit sich selbst. Sicherlich ist er es gewohnt, jetzt einfach aufzustehen und zu handeln, umso mehr erkennt sie es an, als er einfach nur seine Arme öffnet. »Komm her.« Als sie ihren Kopf an seine Schulter legt, spürt sie seine Anspannung. »Es tut mir leid, was deinem Vater passiert ist.« Janine muss an den schwachen Mann im Krankenbett denken. »Ich verstehe nicht, wie ihm jemand etwas antun kann, du kennst ihn nicht so gut, aber er ist so ein toller Mensch. Er könnte keiner Fliege etwas antun, er hilft immer jedem, wo er nur kann. Er hat so etwas nicht verdient, niemand hat das, aber er ... wie kann man ihn nur so behandeln?« Josés Handy klingelt. Janine wird bewusst, dass sie ihm nun alles gesagt hat. Als er jetzt aufsteht und sein Handy aus der Jeans zieht, wird sie unruhig.

Doch José schaltet es aus und legt es neben seine Waffe auf den Tisch, dann geht er zum Fenster und blickt hinaus. Janine legt sich auf die Couch und kuschelt sich in die Decke. Sie ist zwar angespannt, weil sie nicht einschätzen kann, was José jetzt tun wird, doch ihr Körper ist einfach zu erschöpft. »Ich werde nichts wegen der Männer unternehmen. Wir kennen die Dealer, die hier in der Gegend verkaufen und achten darauf, dass sie keine harten Drogen verkaufen. Wir sorgen dafür, dass sie ihre Geschäfte hier machen können unter bestimmten Bedingungen und keinen Scheiß verkaufen, dafür zahlen sie uns Geld. Sie dürfen hier normalerweise kein Geschäft aufziehen, wo wir nicht erst geguckt haben, was sie verkaufen und ohne dass sie dafür bezahlen. Ich müsste etwas unternehmen und sie mir vorknöpfen, aber weil du es mir im Vertrauen gesagt hast, lasse ich es durchgehen. Sollten sie aber auffallen oder etwas anderes sein, wird das nicht mehr durchgehen können.« Er wendet sich zu ihr um, damit kann Janine leben.

»Toti hat immer andere Frauen neben meiner Schwester, wie oft es deswegen schon zum Streit kam … Elisa bittet uns immer wieder nichts zu tun, es ist ihre Sache und wir sollen uns nicht einmischen. Er lebt von unserem Geld und rührt keinen Finger, aber dass er es wagt, sich an dich heranzumachen, bei uns … sie sind heute früh zurückgeflogen und du kannst mir glauben, dass ich am liebsten jetzt sofort hinterher fliegen und ihn eigenhändig aus dem Haus schmeißen würde.« Janine kann sich vorstellen, dass er am liebsten noch viel mehr machen würde, sie kann ihn verstehen, es muss hart sein mitanzusehen, wie er ihre einzige Schwester behandelt.

»Sie muss das selbst entscheiden, da hast du recht. Ich hätte dir das gleich sagen müssen oder einem der anderen, ich wollte nur nicht, dass es zum Streit kommt. Verletzte niemanden und lass das nicht an deiner Schwester aus, ansonsten musst du selbst entscheiden, was du deswegen tun wirst. Nur passt dabei auf eure Schwester auf.« José bleibt stehen und sieht sie einen Moment lang einfach nur an, dann räuspert er sich. »Ich werde das in Ruhe mit Arturo besprechen.« Das ist gut, er ist der älteste und vernünftigste der Brüder. José kommt zu ihr und setzt sich.

»Das was mit deinem Vater passiert ist, Janine … lass mich diese Sache für euch regeln. Diese Männer werden nie wieder in die Nähe von euch kommen.« Janine sieht auf die Decke. Es ist ein innerlicher Konflikt, wie er schon die ganze Zeit in ihr herrscht. Soll sie das, was sie nicht akzeptieren wollte und konnte, jetzt für ihre Familie in Anspruch nehmen? Doch was ist die Alternative, weitere Bedrohungen, dass ihr Vater seinen geliebten Job verliert, sie ihr Haus, alles? Vielleicht ist es an der Zeit umzudenken, wenn sie in Puerto Rico überhaupt eine Chance haben wollen.

Dann tut sie das, wovon sie vor ein paar Tagen noch gedacht hätte, es wäre unmöglich. Sie nickt und lässt es damit zu, dass sie ein Teil dieser Welt wird, sie sieht keine andere Möglichkeit. »Aber verletzt niemanden, auch wenn sie es vielleicht verdient haben, ihr solltet besser sein als sie, anders, einfach nicht solche Ungeheuer.« Das erste Mal heute lächelt José. »Keine Sorge, wir brauchen dafür nicht viel zu tun, wenn die Männer wissen, dass die Firma ab jetzt unter unserem Schutz steht, werden sie schnell einen weiten Bogen um sie machen.« Janine glaubt nicht so ganz an einen friedlichen Ablauf, doch sie hofft, dass es wenigstens etwas so sein wird, wie er es ihr sagt. »Danke, dass du dich darum kümmerst und dass du da bist.«

José sieht sie an, sagt aber nichts dazu, dann steht er auf, um kurz mit Nando zu sprechen. Janine ist klar, dass auch wenn José ihnen hilft und jetzt für sie da ist, es nicht bedeutet, dass zwischen ihnen alles wieder in Ordnung ist. Sie hört seiner vertrauten Stimme zu, die Nando über die Geschehnisse informiert, dabei fallen ihr immer wieder die Augen zu, bis sie nicht mehr kann und den Kampf gegen die Müdigkeit aufgibt.

Als sie aufwacht, ist sie noch lange nicht ausgeschlafen, müde blinzelt sie der hellen Sonne entgegen. Sie liegt noch immer auf der Couch, ist aber gemütlich in die Decke gekuschelt. Sie blickt sich um und bemerkt José auf einem der Sofas. Er liegt weniger gemütlich da, halb im Sitzen muss er eingeschlafen sein. Janine muss lächeln, als sie ihn ansieht. Als sie zusammen waren, hat sie es geliebt, ihm beim Schlafen zuzusehen. Leise, um ihn nicht aufzuwecken, steht sie auf und geht ins obere Stockwerk. Sie ruft ihre Mutter an, die ihr erzählt, dass es ihrem Vater viel besser geht. Sie werden ihn heute noch aus dem künstlichen Schlaf holen.

Janine zieht sich schnell etwas an und macht sich frisch, sie will dabei sein, wenn ihr Vater aufwacht. Sie hört Josés Handy klingeln und wie er grummelig herangeht. Dann ruft er sie von unten. »Janine? Ich muss los, ich hab einen Termin verschlafen. Ich kümmere mich um alles und melde mich dann.« Sie geht auf die Treppe, da ist er schon halb aus der Tür heraus, doch blickt sie noch einmal an. »Ok, bis später und danke für alles.« Am liebsten würde sie zu ihm gehen und ihn endlich wieder richtig spüren. »Kein Problem, bis später.« Schon ist er weg.

Sie packt noch einige Sachen für ihren Vater ein, bevor sie ins Krankenhaus fährt. Lukas war schon da und kurze Zeit später kommen auch Lina und Josy vorbei. Janine findet die Zeit, endlich auch Shannon zu berichten was passiert ist, ihre Freundin und die anderen aus der Uni haben sich schon große Sorgen gemacht. Shannon wird Janine für die nächsten Tage entschuldigen und will am Nachmittag auch vorbeikommen. Gestern hat sie gesagt, wie sehr sie Puerto Rico hasst und wenn sie ihren Vater ansieht, um den sich jetzt, als ihre Mutter und sie wieder allein bei ihm sind, mehrere Ärzte versammeln, um ihn wach zu machen, ist es auch so. Doch wenn sie an ihre Freunde denkt, die sie nicht gesucht hat, die aber auf einmal in ihr Leben getreten sind, gibt es auch ein paar Gründe, dieses Land nicht ganz so zu verfluchen.

Besonders wenn sie an José denkt, spiegeln sich ihre Gefühle für das Land sehr gut wieder. Sie hasst es, dass er so ein Leben führt, dass er solche Geschäfte macht, wie sie in Puerto Rico gang und gäbe sind. Sie hasst es, weil es sie beide voneinander entfernt und eine Mauer zwischen ihnen schafft, wo sie noch immer nicht weiß, ob sie diese einreißen können und ob José überhaupt will, dass diese Mauer nicht mehr existiert. Doch hasst sie ihn? Niemals, sie weiß heute noch mehr als gestern, dass ihr Herz ganz ihm gehört und dass sie ihn liebt. Wirklich aus ganzem Herzen liebt.

Die Ärzte senken langsam die Mittel bei ihrem Vater und entnehmen seinen Beatmungsschlauch. Janine hätte erwartet, dass ihr Vater gleich die Augen aufschlägt, doch sie wird enttäuscht und ihr wird erklärt, dass dieses Stadium bei allen Menschen ganz unterschiedlich ist. Manche werden sofort wieder wach, andere brauchen ein paar Tage, in denen sie verschiedene Wach- und Schlafperioden durchmachen. Es kann bis zu zwei Wochen dauern, bis ihr Vater wieder im Hier und Jetzt ist. Da er aber nur kurz im künstlichen Koma war und seine Werte gut sind, gehen die Ärzte davon aus, dass er bald wieder wach wird.

Janine setzt sich wieder auf sein Bett im Schneidersitz, nun hat sie weniger Angst, da ein Großteil der Schläuche weg ist. Sie nimmt seine Hand und streichelt sie, er soll unbedingt auf seinem Weg zurück ins Leben wissen, dass sie bei ihm sind und auf ihn warten. Ihre Mutter schläft immer wieder ein, auch Janine ist sehr erschöpft. Richtig wach wird sie erst, als einige Stunden später Lukas zusammen mit José ins Zimmer tritt. Janines Herz schlägt schneller, sie ist hellwach, als sie Lukas' beruhigten Gesichtsausdruck sieht. Nichts erinnert mehr an das Nervenbündel, was er gestern noch war.

José ist entspannt wie immer, er hat zwei große Kartons mit Pizza in der Hand und umarmt Janines Mutter. Bei dem Duft merkt Janine erst wie hungrig sie ist. Sie haben beide nicht genug und zu unregelmäßig gegessen.

José gibt ihrer Mutter eine Schachtel und kommt dann zu ihr und dem Vater ans Bett, während ihre Mutter erzählt, was für Fortschritte er macht. Janine lächelt José glücklich an, nach alldem wird ihr Vater wieder gesund, etwas Wichtigeres gibt es nicht. »Janine, bitte iss die Pizza, du hast fast nichts mehr gegessen seit dein Vater hier ist, wenn du auch noch umkippst, drehe ich durch.« Ihre Mutter wird auch immer munterer und verfällt wieder in ihr altes Muster, was ihr Herz noch freier werden lässt, auch wenn sie sofort Josés besorgten Blick spürt.

Lukas bittet ihre Mutter, mit ihm und José rauszukommen, sie müssen ihr etwas sagen. José gibt Janine die Pizza. »Du hast deine Mutter gehört, du sollst essen!« José grinst sie frech an, bevor er rausgeht, aber auch ihre geliebten Grübchen beruhigen sie nicht. Sie legt den Pizzakarton weg und streichelt weiter die Hand ihres Vaters. Nun werden auch ihre Eltern erfahren, wer José ist. Sie weiß nicht, wie ihre Mutter dazu stehen wird und wie sie reagieren, doch es lässt sich nun nicht mehr vermeiden. »Ich weiß, dass es vielleicht nicht richtig ist, aber ich liebe ihn, Papa«, flüstert Janine zu dem Mann, der sie immer auf Händen getragen hat.

Es dauert fast eine halbe Stunde, bis José und ihre Mutter zurückkommen, Lukas ist weg. Janine mustert das Gesicht ihrer Mutter, sie lächelt. Noch kann sie nicht feststellen, was sie denkt, Janine kennt sie aber genau und weiß, dass sie darüber sprechen werden. José sieht in die Verpackung und dann zu Janine, sie will gerade etwas sagen, da klopft eine Schwester und sagt ihnen, dass mehrere Leute im Warteraum sind und gern mit der Familie ihres Vaters sprechen möchten.

Janine erstarrt, sind das die Männer, wer sollte es sein? José steht schon an der Tür. Als ihre Mutter aufstehen will, geht Janine schnell zu ihr und sagt ihr, sie solle hier warten, sie sieht nach. »Ihr solltet beide hier warten ...« Janine geht schnell vor die Tür und schließt sie, bevor ihre Mutter es sich noch anders überlegt, ihr darf nichts passieren, komme was wolle. »Meinst du, das sind die Männer? Sie wissen doch wie ich aussehe, wozu soll ich mich da verstecken?« Dieses Mal lacht er laut und sie gehen den Gang entlang zum Warteraum. »Glaub mir, die kommen nicht mehr in eure Nähe.«

Diese Worte sollten sie beruhigen, doch ihr Herz schlägt ihr bis zum Hals, bis sie die vielen Leute dort stehen sieht. Es sind viele Arbeiter aus der Firma des Vaters, einige kennt sie vom Sehen. Frauen und Männer sind gekommen, es müssen mindestens zwanzig sein, Janine weiß, dass bis zu hundertfünfzig Leute in der Produktion arbeiten. Sie ist gerührt, als einer der Männer vortritt und ihr einen großen Blumenstrauß hinhält. »Wir wollten Ihnen viel Kraft und dem Chef viel Glück wünschen und Sie wissen lassen, dass wir alle für Ihren Vater beten.« Janine kommen die Tränen, sie umarmt den Mann und er drückt sie an sich.

»Ihr Vater ist ein guter Mensch, wir alle sind ihm sehr dankbar, er hat immer viel für uns getan.« Janine nimmt den Blumenstrauß entgegen. »Danke, sobald er wach ist, werde ich ihm von eurem Besuch erzählen, dass wird ihn sicher freuen.« Sie sieht, dass der Mann nur noch drei Finger hat und blickt zu José, der das ganze lächelnd beobachtet. Er war einer der Armen, die unter den Männern leiden mussten. Einige Frauen kommen und umarmen Janine ebenfalls, sie geben ihr einen Korb voll mit selbstgebackenen Sachen, Teigtaschen, Quesadillas, es duftet alles frisch und herrlich. »Damit Sie viel Kraft haben, wenn Sie irgendwie Hilfe brauchen, sagen Sie nur Bescheid.« Janine kann sich gar nicht genug bedanken, José nimmt ihr den schweren Korb an.

»Stimmt es, dass Ihre Familie sich jetzt um unsere Firma kümmert?« Etwas schüchtern blickt der Mann mit den drei Fingern zu José. »Die Firma steht jetzt unter unserem Schutz und gehört zur Familia, ihr braucht euch keine Sorgen mehr zu machen.« Janine ist erstaunt über die begeisterten Gesichter der Mitarbeiter, ihnen allen scheint eine große Last von den Schultern zu fallen und nun bedanken sie sich auch bei José. Sie ist verwundert, dass sie alle zwar Respekt vor ihm und den Natos zu haben scheinen, aber keine Angst, es fühlt sich gut an.

Nach und nach verabschieden sie sich alle. Janine blickt José an, sie ist noch immer gerührt von der lieben Geste der Mitarbeiter der Firma. »Sie mögen meinen Vater alle, er ist ein guter Mensch.« José lächelt und hält ihr die Tür auf. »Natürlich ist er das, sonst hätte er gar nicht so eine Tochter wie dich großziehen können.«

Auch ihre Mutter ist ergriffen, als Janine ihr von den Besuchern erzählt. Nachdem José sich verabschiedet hat, kommt Shannon vorbei. Sie soll Janine von allen grüßen und Tristan schreibt ihr alles Wichtige auf, was sie verpasst, zudem haben sie alle eine große Karte mit lieben Wünschen für Janines Familie gefüllt. Es fühlt sich gut an, dass es so viele Menschen gibt, die an sie denken. Janine bleibt bei ihrem Vater im Krankenhaus und ihre Mutter fährt nach Hause, davor kommt aber das Gespräch, vor dem sich Janine schon die ganze Zeit gefürchtet hat. Ihre Mutter erklärt ihr, dass José, sein

Bruder und Lukas heute der anderen Firma einen Besuch abgestattet haben.

Dass Lukas Felsbrocken vom Herzen gefallen sind, nachdem er kapiert hat, wer José und Gabriel sind und was für eine Macht sie haben, muss sie gar nicht erst erwähnen. Sie brauchten nicht lange, die Männer waren sofort bereit die Firma in Ruhe zu lassen. José hat ihnen klar gemacht, dass die Firma von nun an unter ihrem Schutz steht und sie weder in ihre Nähe, noch in die Nähe der Mitarbeiter kommen sollten. Lukas hat erzählt, dass es ein komisches Gefühl war, als José dem Mann, obwohl er schon genug Angst hatte, auch noch die Waffe an den Kopf gehalten hat und ihn aufgefordert hat, ihnen alles Geld zurückzugeben, was sie noch haben. Gleichzeitig sagt er, war es auch eine Befriedigung, die Angst in deren Gesichtern zu sehen, die sie tagtäglich ausgestanden haben.

Sie haben das Geld vom gesamten letzten halben Jahr zurück. Es wird auf alle aufgeteilt, weil sie alle die letzten Jahre zu schwer gearbeitet haben. Janines Mutter ist glücklich wie es jetzt ist und kann es nicht erwarten, ihrem Mann davon zu berichten und ihm all seine Sorgen zu nehmen, doch trotzdem wendet sie sich ernst an ihre Tochter. »Ist es das, weshalb du ihn verlassen hast, weil er zu dieser Familie gehört?« Janine nickt. »Nicht nur, aber zum größten Teil.« Ihre Mutter legt den Arm um sie und sie legen beide ihre Beine hoch, als sie es sich in dem dunklen Zimmer, das nur durch die kleine Lampe am Bett ihres Vaters beleuchtet wird, auf der Couch zurücklehnen. »Das verstehe ich Schatz, doch ich sehe ja auch schon seit Wochen, wie du dich deswegen quälst.« Janine atmet tief aus, um nicht mit dem Weinen anzufangen. »Weil ich ihn trotzdem sehr liebe, Mama, ich versuche ihn zu vergessen, mein Verstand weiß, dass es nicht gut ist, doch ich vermisse ihn so sehr und zu mir und zu euch, zu allen ist er so ein lieber Mensch. Es fällt mir so schwer, nicht auf mein Herz zu hören.«

Ihre Mutter seufzt leise auf. »Es ist auch nicht gut und nicht gesund, gegen sein Herz zu kämpfen. Hattest du Angst es mir zu sagen, weil du dachtest, ich würde ihn nicht akzeptieren?« Janine nickt. »Ich konnte damit schon nicht umgehen, wie solltest du es dann tun?« Nun lächelt ihre Mutter. »Du unterschätzt mich und deinen Vater, junges Fräulein. Ich habe gelernt, im Leben muss man vieles auf eine Waage legen, um ein Gesamtbild zu bekommen. Ich mag José sehr, ich sehe wie er dich ansieht, wie er sich um dich bemüht, er ist sehr höflich und nett. Ich weiß, dass er sich gut um dich kümmern kann. Ich weiß jetzt was er tut, bei unserem Gespräch war er sehr offen zu mir.

Mit vielen seiner Geschäfte hilft er Menschen. Wenn es die Familia nicht geben würde, wären solchen Sachen wie mit Papa noch viel mehr verbreitet. José ist kein schlechter Mensch, niemals, dass es sicherlich auch Geschäfte gibt, die er macht, die nicht legal sind und mit denen wir uns nicht anfreunden können, kann ich für meinen Teil akzeptieren. Kein Mensch ist perfekt, das Leben hat nicht immer nur eine Straße, die man gehen kann und es gibt nicht immer nur schwarz und weiß, man muss auch lernen, dass es viele Grautöne hat, mit denen man auch leben kann. Ich bin mir sehr sicher, dass José keinen Unschuldigen etwas tut, oder sich an Armen bereichert. Ich habe ihn sehr genau ausgefragt und er war offen und ehrlich, was mir zeigt, dass er sehr an dir hängt. Man kann es mit Dr. Pepman vergleichen, erinnerst du dich an ihn?«

Janine kann sich erinnern, er hat mit ihrer Mutter in Deutschland zusammengearbeitet. »Er war der beste Arzt, den ich jemals getroffen habe, er hat in seiner Freizeit Leute, die es sich nicht leisten konnten, umsonst behandelt und hat seine Ferien dazu genutzt, Menschen in Kriegsgebieten zu helfen. Er hat so vielen Menschen geholfen, doch keiner hat dem mehr eine Bedeutung gegeben, als herauskam, dass er Medikamente auf dem Schwarzmarkt verkauft hat, um dort Geld zu verdienen, das er gebraucht hat, weil er sich ansonsten die teuren Extrabehandlungen seiner Frau nicht leisten konnte, die schwer an Krebs erkrankt war. Darunter haben auch Menschen gelitten, das will ich nicht bestreiten, doch damals habe ich es auf eine Waage gelegt, alles was der Mann gemacht hat. Für mich ist er nach wie vor ein guter Mensch und ein hervorragender Arzt.«

Janine muss lächeln, die Worte ihrer Mutter tun ihr und ihrem Herzen gut. Ihre Mutter küsst sie und steht auf, um sich auf den Weg nach Hause zu machen. »Dein Vater wird es genauso sehen, es ist schön, dass José uns hilft und ich mag ihn und seine Familie sehr gerne. Doch das Allerwichtigste für mich ist, dass ich sehe, wie sehr er dich liebt. Das ist das Wichtigste, mehr kann ich mir als Mutter nicht wünschen, also mach es dir und ihm nicht so schwer und vertraue etwas mehr auf dein Herz.«

Als ihre Mutter gegangen ist, liegt Janine noch lange im Bett wach. Ihre Worte haben sie etwas beruhigt, doch ihre Mutter ist sich so sicher, dass José sie liebt. »Es ist nicht so einfach«, flüstert sie leise, dann bekommt sie eine Nachricht von José.

'Ich muss für ein paar Tage weg, pass gut auf dich und deine Eltern auf'. Janine lächelt. 'Pass du auch auf dich auf'. Eine halbe Stunde später hört sie auf, auf eine weitere Nachricht zu warten.

Das ist José, so ist er. »Es ist alles nicht so einfach«, murmelt sie leise, bevor sie endlich den Schlaf und ihre Träume zulässt.

Kapitel 21

Es dauert zwei Tage, bis ihr Vater richtig wach wird. Den Moment, als er Janine wieder in die Augen gesehen hat, wird sie niemals in ihrem Leben vergessen. Genauso wird ihr in Erinnerung bleiben, wie sich alle um sie gekümmert und bemüht haben. Shannon war fast jeden Tag da, genau wie Lina, es hat sie immer jemand begleitet. Nando, Gabriel, jeden Tag ist einer vorbeigekommen, was Janine gezeigt hat, dass sie wirkliche Freunde gefunden hat. José schreibt ihr jeden Tag, er bestellt ihr jeden Tag einmal etwas zu essen. Janine hat keine Ahnung wie er es anstellt, aber ob sie im Krankenhaus oder zuhause ist, sie und ihre Mutter werden jeden Tag neu mit einem leckeren Essen überrascht.

Es ist seine Art, da zu sein und sich um sie zu kümmern. Ihr Vater hat nach einer Woche erfahren, was jetzt mit der anderen Firma ist. Er hat ähnlich reagiert wie ihre Mutter, obwohl er zusätzlich natürlich sehr erleichtert war. Es war das erste Mal, dass sie ihren Vater hat weinen sehen. Er und ihre Mutter haben sich lange ausgesprochen über alles was passiert ist und Janine hat sie dabei allein gelassen, vielleicht ist es ein neuer Anfang. Es kann ja nur besser werden, das ist ihre kleine leise Hoffnung.

Nach einer Woche darf ihr Vater auch aus dem Krankenhaus, allerdings muss er direkt in eine Klinik am Meer, wo er weitere zwei Wochen eine Reha machen muss und sie weiter sein Herz beobachten wollen. Ihre Mutter hat ihre Vertretungsärztin angerufen und begleitet ihn. Nachdem Janine sie beide verabschiedet hat, fährt sie allein zu ihrem Haus zurück. Sie geht wieder zur Uni, dank Tristan hat sie nicht viel verpasst, doch sie muss sich mit ihrer ersten Facharbeit beeilen und dazu muss sie, auch wenn morgen Samstag ist, nach San Juan fahren.

Janine ist am Freitag nach der Uni noch zu aufgedreht, als sie zu Hause ist. Sie schreibt José auf seine Frage, ob alles ok ist, dass ihre Eltern jetzt zur Reha sind und fragt nach, wann er wiederkommt, ein paar Tage sind immerhin längst um, doch sie bekommt keine Antwort. Sie hat sich daran gewöhnt, dass, wenn sie anfängt wieder mehr als nur seine Sorge um die Familie anzusprechen, er schnell wieder zumacht.

Nachdem sie in ihre Trainingshose und ihr Top geschlüpft ist, geht sie joggen. Sie liebt es sich auszupowern, momentan so viel, dass sie danach viel zu kaputt ist, um sich weiter Gedanken zu machen.

Als sie nach einer halben Stunde wieder zu ihrem Haus kommt, sieht sie sofort, dass jemand auf ihrer Terrasse sitzt und den Sonnenuntergang beobachtet. Als sie den Gast erkennt, muss sie lächeln. »Na Engelchen, genug trainiert?« Josés Brüder haben ihr offenbar einen Spitznamen verpasst. Sie lässt sich neben Gabriel nieder, von allen Brüdern mag sie ihn am meisten. Janine zieht sachte an seinem blonden Haar. »Engelchen passt wohl eher zu dir. Willst du reinkommen?« Er schüttelt den Kopf. »Hier ist es gut, ich muss mit dir reden.« Janine steht auf. »Okay, ich hole nur schnell etwas zum Trinken.«

Mit zwei kalten Getränken setzt sie sich wieder zu ihm, selten wirkte er so ernst wie jetzt. »Was ist los?« Gabriel räuspert sich. »Ich wollte mit dir reden wegen José, er wird mich garantiert dafür erschießen, aber es wird Zeit, dass du einige Sachen weißt. Er ist mein Lieblingsbruder und ich hab das Gefühl, ich muss eingreifen.« Janine wird etwas unruhig. »Gabriel, ich weiß, dass José mich mag, ich bin ihm auch sehr dankbar, dass er sich so um mich und meine Familie kümmert, aber ich glaube, du schätzt da etwas falsch ein. Er liebt mich nicht, mögen bestimmt, vielleicht auch etwas mehr, aber dass er mich liebt, diese Hoffnung habe ich aufgegeben, zumindest nicht genug.«

Gabriel nimmt einen Schluck. »Er liebt dich Janine, glaub mir, ich kenne José besser als jeden anderen Menschen auf dieser gottverdammten Erde, ich weiß auch den Grund dafür, warum du so denkst. Ich weiß nicht, ob sich das jemals ändert, aber ich denke, du liebst José genug um das Recht zu haben, den Grund zu kennen, warum er ist wie er ist.« Janines Magen wird ganz flau, sie spürt, jetzt kommt etwas, was sie vielleicht besser nicht wissen sollte.

Gabriel lacht bitter auf. »Außer mir und José weiß niemand davon, es ist komisch, nach all den Jahren wieder darüber zu reden.« Janine schluckt schwer, sie merkt, dass es Gabriel nicht leicht fällt darüber zu reden. »Du musst es mir nicht sagen ...« Er unterbricht sie. »Doch, mein Bruder ist ein guter Mensch, ich schulde ihm vieles und er hat sein Glück verdient, ich kann nicht zulassen, dass er sich selbst dabei im Weg steht.«

Gabriel lehnt sich an eine Terrassensäule und sieht in den Sonnenuntergang, als er ihr erzählt, was sich alles für Gabriel und José geändert hat, an einem bestimmten Tag.

»An dem Tag, als unsere Eltern einen Autounfall hatten, war José mit im Auto. Bis zu diesem Zeitpunkt dachten wir immer, die beiden sind glücklich, wir waren noch jünger, hatten andere Dinge im Kopf, wir haben nie etwas in Frage gestellt. José hat mir später erzählt, was wirklich im Auto passiert ist, er hat es nur mir erzählt, bis heute wissen nur wir beide davon.

Unsere Eltern dachten, José würde Musik hören, doch er hat gemerkt, dass etwas nicht stimmt und die Kopfhörer herausgenommen. Es war Weihnachten und sie waren unterwegs, um bei Bekannten vorbeizuschauen und jemanden abzuholen. José war hinten im Auto, was ihm wohl das Leben gerettet hat. Unsere Eltern haben sich die ganze Zeit gestritten, José erinnert sich daran, dass unsere Mutter angefangen hat zu weinen. Es ging um eine andere Frau. Sie hat unseren Vater angeschrien, dass sie schon so viel ertragen hat, sie zieht das Kind dieser Frau auf, als wäre es ihr eigenes, aber sie erträgt es nicht, dass ihr Vater immer wieder Kontakt zu der Frau sucht.

José konnte nicht glauben, was er gehört hat, doch sie stritten immer heftiger, zumindest ist unsere Mutter immer wütender geworden, unser Vater soll nicht viel dazu gesagt haben. Es gab wohl eine andere Frau, mit der er zusammen war. Ich bin entstanden und mein Vater hat mich von seiner Ehefrau aufziehen lassen, er hat den Kontakt zu der Frau, die meine Mutter ist, aber nie abgebrochen. Er soll sie an Weihnachten wieder angerufen haben, deswegen ist dieser Streit im Auto entstanden. Ein paar Sekunden später sind sie in einer Kurve von der Fahrbahn abgekommen und gegen einen Baum gefahren. Unsere Eltern waren sofort tot, José war schwer verletzt.

Es war sehr hart für uns alle. Wir waren zwei Wochen jeden Tag an seinem Bett und haben gebetet. Ich glaube, deshalb lieben wir alle ihn am meisten, weil wir damals dachten, wir verlieren ihn auch.«

Janine ist geschockt, natürlich wusste sie, dass es schlimm gewesen sein muss, was damals passiert ist. Aber dass es so schlimm war, hat sie nicht geahnt. »Als er langsam wieder auf den Beinen war, hat José mir alles erzählt, ich habe von ihm erfahren, dass ich nicht das leibliche Kind unserer Mutter bin. Im Grunde war es gar nicht so überraschend, sie war immer gut zu mir, doch nie hat sie mich so in den Arm genommen wie ihre anderen Söhne. Ich glaube, im Unterbewusstsein wusste ich es und ich meine, sieh mich an, man sieht ja, dass ich nicht ganz nach den anderen komme.« Gabriel grinst und Janine lächelt mild. »Du bist nur heller, im Gesicht sieht man genau, dass ihr alle das gleiche Blut in euch tragt.«

Gabriel zuckt die Schultern. »Es hat mir nicht viel ausgemacht, das zu erfahren, ich hatte nur Angst, dass meine Brüder mich dann weniger akzeptieren würden. José allerdings hat es damals nur mir gesagt, bis heute wissen nur er und ich davon. Nachdem er es mir erzählt hat, hat er mir gleich eingetrichtert, dass ich für immer in meinem Dickschädel behalten soll, dass ich sein Bruder bin und er mich genau wie alle anderen liebt. Er hat mir gedroht, wenn ich einmal anders denken würde, könne ich etwas erleben.« Gabriel schmunzelt über diese Erinnerung.

»Seitdem stehen José und ich uns besonders nah, ich liebe alle meine Brüder, aber er ist wie meine zweite Hälfte, ich würde für ihn alles tun und deswegen erzähle ich dir das alles auch, du musst das wissen, um ihn zu begreifen. Wir wollten wissen, was da wirklich los war und haben uns vorsichtig bei Bekannten erkundigt. Der beste Freund meines Vaters ist der einzige Mensch, der von alldem noch weiß. Er hat uns dann die ganze Geschichte erzählt.

Mein Vater war gerade zwanzig, da hat er eine hübsche Amerikanerin kennengelernt, die hier in Puerto Rico gearbeitet hat. Sie hat Urlaubern Villen vermietet und die beiden waren eine ganze Weile zusammen. Mein Vater soll sie sehr geliebt haben, aber sie hat sich niemals mit der Familia abgefunden. Sie konnte damit nicht leben. Als mein Vater 22 wurde, hat mein Opa die Führung der Familia an ihn abgegeben, es war damals alles noch anders, strenger, die Familia hat da auch mit Drogen usw. Geschäfte gemacht, schmutzige Geschäfte, die wir heute nicht mehr machen.

Kurz bevor er der Anführer wurde, hat ihn diese Frau vor die Wahl gestellt: Die Familia oder sie. Mein Vater hat sie wie gesagt sehr geliebt und hatte sich für sie entschieden.« Janine hört angespannt zu, Gabriel ist beim Erzählen nicht bei ihr, er ist mitten in diesen Erinnerungen. »Als mein Opa davon erfahren hat, ist er ausgerastet, er hatte nur einen Sohn und drei Töchter. Es gab keine andere Möglichkeit, als dass er die Geschäfte übernimmt, doch mein Vater blieb stur, er wusste, dass er nicht ohne die Frau leben wollte. Dann hat sie ihn verlassen. Sie hat ihm gesagt, dass sie mit alldem nicht zurechtkommt, ihn nicht von seiner Familie trennen will aber auch nichts mit diesen Geschäften zu tun haben möchte. Sein bester Freund hat uns erzählt, viel später kam heraus, dass unser Opa sie bedroht haben soll und ihr viel Geld gegeben hat, damit sie endlich von seinem Sohn lässt.

Also haben sie sich getrennt und mein Vater wurde der Anführer der Los Natos, doch er hat diese Frau nie vergessen, sie soll zwar weiter weg gezogen sein, doch er hat sie immer wieder gefunden. Zwei Männer, die er in ihrer Nähe angetroffen hat, soll er damals fast umgebracht haben. Mein Opa konnte das alles nicht mehr mit ansehen und hat seinen Sohn dann mit einer Tochter aus einer anderen Großfamilie verheiratet. Leider hast du sie nie kennengelernt, ...sie war so hübsch, klug, in jedem ihrer Worte lag die pure Liebe, unseren Vater hat sie auch von Herzen geliebt.

Er hat sie sicherlich auch irgendwann geliebt, auf eine andere Art, er hat sie immer gut behandelt. Sein Freund sagt, er hat sich auch die erste Zeit bemüht, die andere Frau zu vergessen. Arturo kam auf die Welt, dann Nando, Elisa, er war glücklich und stolz auf seine Familie. Seine Kinder hat er abgöttisch geliebt, als wir kleiner waren, hat er uns jeden Wunsch erfüllt.

Aber auch wenn er es vielleicht versucht hat, er ist nie von dieser amerikanischen Frau losgekommen, sie haben wieder Kontakt gehabt und irgendwann ist sie mit mir schwanger gewesen. Auch sein Freund weiß nicht, wie es dazu kam, aber nach der Geburt hat sie mich meinem Vater gegeben und er hat mich mit seiner Frau großgezogen. Es muss für meine Mutter sehr schwer gewesen sein, mich zu akzeptieren, sie hat es mich nie spüren lassen, auch wenn sie mich nie so geliebt hat wie die anderen.

Dann sind José und Nathan geboren worden. Die Frau gab es immer, was dann bei ihrem Unfall spätestens klar geworden ist. Es war nicht leicht das alles zu erfahren und ich glaube, dass es bei José viel bewirkt hat, was sich jetzt zeigt.

Er weiß, dass sein Vater eine Frau geliebt hat, die niemals mit der Familia zurechtgekommen ist und dass er die Familia sogar bereit war aufzugeben. Zudem musste selbst unsere Mutter darunter leiden, die niemals die wirkliche Chance auf die Liebe von ihrem Mann hatte. Ich habe das schon gemerkt, als Arturo Olivia kennengelernt hat, auch sie hatte ihre Schwierigkeiten. José hat das nicht verstanden und sofort gesagt, er würde niemals eine Frau nehmen, die damit nicht zurechtkommt. Bei Nando war es noch schlimmer. Als er und Lina sich ein Jahr getrennt hatten, war Nando am Boden, er hat auch die Familia in Frage gestellt, aber José hat sich geschworen niemals zuzulassen, dass eine Frau so eine Macht über ihn haben wird. Dann kamst du.«

Janine schluckt schwer, das waren gerade viele Informationen, die sie alle verarbeiten muss. »Du meinst, er wird mich niemals lieben können, weil er es gar nicht zulässt?« Gabriel lächelt. »Unterschätze unsere Herzen nicht, ich denke, er liebt dich schon längst, aber kämpft dagegen, weil er denkt, du kommst nicht damit zurecht.« Janine seufzt leise auf. »Das würde erklären, wieso er zwar irgendwie immer da ist, ausflippt, wenn es um mich geht, doch gleichzeitig einen Abstand zu mir hält, den ich gar nicht richtig erklären kann.« Gabriel leert sein Glas. »Ich habe ihm gesagt, dass es ihm nichts bringen wird, er muss einfach Kompromisse schließen, dass müssen wir alle irgendwann. Arturo und Nando müssen das, ich werde das müssen, doch José sträubt sich dagegen.«

Janine erzählt ihm von dem Abend, wo José bei ihr war, nachdem ihr Vater ins Krankenhaus kam, wie sie ihm alles erzählt hat und er, so schwer es ihm auch fiel, sich mit ihr abgesprochen hat, dass er sich nur wegen ihr zurückgehalten hat. Gabriel lacht. »Siehst du, vielleicht probiert er es ja bereits. Du kannst dir nicht vorstellen, was das bei ihm bedeutet, normalerweise wäre er losgegangen und hätte gehandelt, dass er es nicht gemacht hat, sondern bei dir geblieben ist und es mit dir besprochen hat, bedeutet bei ihm mehr als bei jedem anderen.

Er hätte schon vor zwei Tagen wieder hier sein sollen, allerdings ist da unten einiges schief gelaufen und José hat ein paar Kratzer abbekommen. Ich habe das Gefühl, er ist extra länger unten geblieben, damit du nicht siehst, dass er verletzt ist. Arturo musste ihm drohen ihn holen zu kommen, bis er endlich gesagt hat, er kommt wieder. Deswegen habe ich dir das alles erzählt, damit du ihn besser verstehst und siehst, was so ein Schritt bei ihm bedeutet.« Janine lächelt, auch wenn sie sich nicht viel besser fühlt.

»Danke, dass du mir all das erzählt hast, weiß einer eurer anderen Brüder darüber Bescheid?« Gabriel schüttelt den Kopf. »Nein, nur José und ich, es ist besser so.« Janine kann sich vorstellen, dass Gabriel Angst hat, dass sie ihn nicht mehr so als ihren Bruder ansehen wie vorher, wenn sie all das erfahren. Es zeigt ihr ein weiteres Mal, wie groß Josés Herz, dass er es nicht tut, ihn genau wie seine anderen Brüder liebt und dass er Gabriel seitdem sogar noch näher steht.

»Was ist mit deiner leiblichen Mutter, hast du sie jemals getroffen?« Gabriel schüttelt den Kopf. »Nein, der beste Freund meines Vaters hatte wohl immer mal wieder Kontakt zu ihr, sie scheint noch lange in Puerto Rico gelebt zu haben, vielleicht immer noch, doch ich hatte nie Interesse daran, ich hatte eine Mutter und sie ist gestorben.« Janine nickt und gibt Gabriel einen Kuss auf die Wange. Von all den Nato Brüdern ist er der liebste auf seine sonnige Art. Den anderen sieht man an, dass sie gefährlich sind, Gabriel nicht, er sieht einfach nur unbeschwert und lieb aus. Er hat immer ein Lächeln im Gesicht, auch wenn sie jetzt weiß, dass er kein leichtes Leben hat. Natürlich weiß sie von José, dass auch Gabriel anders sein kann. Er hat ihr einmal erzählt, dass, wenn es um die Familie und die Geschäfte geht, er knallhart sein kann, das glaubt sie auch, aber er ist trotzdem nicht so unnahbar wie die anderen.

»Du wirst bestimmt auch bald eine Frau finden. Ich bin mir sicher, dass du dann nicht solche Schwierigkeiten hast, du bist ein sehr lieber Mensch.« Gabriel steht auf und hat wieder sein berühmtes Grinsen im Gesicht, als hätte er ihr nicht noch vor ein paar Minuten die schwarzen Flecken auf seiner Seele gezeigt. »Natürlich, eine gute Frau, einen Engel, ich werde sie auf Händen tragen und alles für sie tun, ich bin bereit, ich warte nur auf sie. Da drei meiner Brüder ihre Engel schon gefunden haben, bin ich als nächstes dran, sonst köpfe ich Nathan, er hat sich hinten anzustellen!« Janine muss lachen. Als sie sich verabschieden, fragt sie ihn noch, ob José erfahren darf, dass sie miteinander gesprochen haben und er sagt ja, er wird es ihm auch sagen, damit José endlich wach wird und sieht was er macht und versteht, dass er dabei ist, alles zu verlieren.

Janine schläft sehr unruhig in dieser Nacht, sie denkt viel über die letzten Wochen und Monate nach, über José und sein Verhalten. Natürlich ist es jetzt leichter für sie zu verstehen, wieso er ist wie er ist, doch zeigt es ihr auch, wie aussichtslos die Situation ist. Sie erinnert sich daran, wie kalt er war, als sie herausbekommen hat, dass er der Anführer der Natos ist. Seine Worte, dass er niemals für eine Frau irgendetwas davon in Frage stellen wird und wie er sich einfach umgedreht und die Tür geschlossen hat. Wie sie am Telefon geweint hat, ihm gesagt hat, dass sie etwas für ihn empfindet und er ihr kalt erwidert hat, sie sollten das alles vergessen, es sei besser so.

Wird sie das jemals aus ihm herausbekommen können? Jemals wirklich sein Herz erreichen, wenn er es so fest verschlossen hat? Natürlich sieht auch sie jetzt, dass er an dem Abend, als sie vor ihm zusammengebrochen ist, auf sie zugekommen ist und von allein einen großen Schritt gemacht hat, als er nicht einfach wie sonst reagiert hat. Doch wird das reichen, jetzt gerade macht er wieder hundert Schritte zurück. Sie weiß die Antwort nicht, doch sie weiß ganz genau, dass es nichts mehr bringt, so vorsichtig umeinander herum zu tänzeln, wie sie es gerade tun und sie wird das auch nicht mehr zulassen.

Am nächsten Morgen fährt sie früh los nach San Juan. Ausgerüstet mit einer Kamera sieht sie sich noch einmal die atemberaubende Festung an, sie klettert über den geheimen Weg auf die Felsen, so wie José es ihr gezeigt hat und macht viele Fotos. Sie geht noch einmal zurück zur Festung und holt sich dort noch einige Informationen zu der Geschichte. Den Friedhof besucht sie nur kurz. Auch wenn er wirklich schön ist, kann sie sich damit noch nicht anfreunden, trotzdem hört sie auf José und zündet neben einer Kerze für Maribel auch eine für die verstorbenen Seelen des Friedhofes an. Es ist schon Mittag, als sie langsam alles zusammen hat, sie holt sich etwas zu Essen von den verschiedenen Händlern, die hier versuchen, etwas Geld an den Touristen zu verdienen und klettert noch einmal auf den Felsen der Sehnsucht. Als sie gemütlich dasitzt und das Essen genießt, muss sie an Elisa denken.

Lina hat ihr erzählt, dass es den Brüdern nach der letzten Aktion ihres Mannes endgültig reicht. José hat Elisa gesagt, dass ihr Mann nicht mehr in seine Nähe kommen soll, sonst kann er für nichts garantieren. Die Brüder haben ihr gesagt, sie wären immer für sie da und werden sie auch in allem unterstützen, dass sie aber verlangen, dass sie sich endlich von ihrem Mann trennt. Sie können es nicht mehr mitansehen, wie sie sich von ihm behandeln lässt und wie er auf ihre Kosten lebt, während er ihre Schwester wie das letzte behandelt.

Natürlich war Elisa sehr sauer, sie hat Toti in Schutz genommen, auch als sie ihr gesagt haben, wie er sich an Janine herangemacht hat neben ihnen allen, er tritt den Familienstolz mit Füßen. Sie haben sie gewarnt, sie werden sein faules Leben nicht mehr finanzieren und er soll sich endlich Arbeit suchen. Elisa ist trotzig geworden und hat aufgelegt, Lina ist sich sicher, dass es nicht lange anhält, die Brüder hängen sehr an der Schwester und sie an ihnen. Sie denkt, Elisa bleibt nur bei Toti, weil sie irgendwann festgestellt haben, dass Elisa keine Kinder bekommen kann und sie nun Angst hat, niemand anderen mehr zu finden. Auch wenn Josés Schwester sehr gemein zu Lina war, wünscht Janine ihr nichts Schlechtes und hofft, dass sich alles wieder zwischen den Geschwistern regeln lässt.

Als sie auf ihrem Handy eine Nachricht von José entdeckt mit dem typischen 'wie es ihr geht und ob alles in Ordnung ist', knüllt sie das leere Papier zusammen, atmet tief ein und ruft ihn an, wenngleich ihr Akku fast leer ist. So macht sie nicht weiter. Sie müssen aufhören, so umeinander herumzutänzeln und miteinander reden. José geht nach dem zweiten Klingeln ran. Janine beantwortet ihm die Frage in seiner Nachricht knapp. »Wo bist du?« Janine hört Nando bei José, also ist er wieder zurück. »Ich bin in San Juan, ich mache mich gleich auf den Rückweg. José, ich kann das nicht mehr!« José sagt nichts, es wird aber leiser um ihn herum.

Sie muss jetzt über ihren Schatten springen. »Ich könnte vielleicht damit leben, dass du zu den Natos gehörst, wenn du mich genug lieben würdest, um mir dabei zu helfen, damit klarzukommen und du mit mir Kompromisse findest, wie es leichter ist damit zu leben. Ich verstehe jetzt, warum du dich in vielen Sachen so verhältst, aber du kannst nicht alles, was anderen passiert ist, auf dich übertragen. Du willst nicht wie deine Brüder eine Frau in dein Leben lassen und somit auf sie Rücksicht nehmen müssen, aber damit lässt du auch gleichzeitig das Glück nicht zu, was sie haben.« José unterbricht sie. »Gabriel hat mir gesagt, dass er gestern bei dir war, ich denke nicht, dass es so eine gute Idee war.«

Janine muss sich zusammenreißen, um nicht wieder in Tränen auszubrechen. »Doch das war es, weil ich jetzt viel verstehe, was ich vorher nicht begreifen konnte. Ich kann wirklich vieles, José, aber ich kann nichts tun, wenn du mich nicht einmal in dein Herz hereinlässt.« Nun kommen ihr doch die Tränen. Und zum ersten Mal lässt sie einfach den Verstand beiseite und sagt ihm wirklich das, was sie fühlt. »Ich liebe dich José, schon viel mehr als es überhaupt gut ist, es tut mir nur noch weh, weil du dagegen ankämpfst, mich auch nur in die Nähe deines Herzens kommen zu lassen. Als ich dich mit der anderen Frau gesehen habe, konnte ich sogar verstehen, warum du nicht die gleichen Gefühle für mich hast, die Frau ist so viel hübscher als ich, ganz anders als ich und sie akzeptiert sicher alles an dir. Aber wieso lässt du mich dann gleichzeitig auch nicht ganz gehen? Es tut mir weh zu sehen, dass ich dir nicht genug bedeute, um dich vollkommen zu erreichen, es tut mir so verdammt weh zu spüren, wie du dagegen ankämpfst Gefühle für mich zu haben, ich denke ma …«« Ihr Akku ist tot. Janine flucht laut auf, nicht einmal wenn sie es will, kann sie ihr Herz sprechen lassen.

Aber dann spürt sie, dass es in Ordnung ist, sie hat das Wichtigste gesagt, sie hat ihm gesagt, dass sie nichts gegen den Kampf machen kann, den er führt. Sie kann ihn nicht zwingen, sie in ihr Herz zu lassen. Janine atmet tief ein, als eine frische Brise durch ihr Haar fährt und sieht noch einmal auf das tobende Meer hinaus, um den Ausblick von den Felsen der Sehnsucht zu genießen. In diesem Moment macht sie es das erste Mal wie ihre

Mutter es ihr gesagt hat, sie wiegt die guten und die schlechten Seiten an Puerto Rico auf einer Waage und muss lächeln. In dem Moment beschließt sie, diesem Land noch eine Chance zu geben und es endlich ganz in ihr Herz zu lassen.

Kapitel 22

Janine braucht länger für den Rückweg, da es einen Unfall gab, als sie dann in ihre Einfahrt fährt, dämmert es schon langsam. Sie geht noch schnell zum Briefkasten, als ihre neugierige Nachbarin auf sie zukommt und ihr ein Paket gibt. »Das wurde heute Mittag für ihre Mutter abgegeben, ihr Freund war übrigens in den letzten zwei Stunden mehrmals da.« Janine dankt ihr und geht ins Haus. Also sucht José sie, sie wollte es ja so, diese Aussprache muss sein. Plötzlich ertönt ein ohrenbetäubender Knall, der die halbe Stadt erbeben lässt. Janine rennt schnell auf die Terrasse, auch einige ihrer Nachbarn kommen heraus. Hier ist nichts passiert, doch es gibt weitere Explosionen, dann erkennt Janine das Feuer. »Nein!« Sie erkennt, dass etwas dort passiert sein muss, wo die Fabrik ihres Vaters steht.

Ohne groß über die Gefahr nachzudenken, setzt sich Janine ins Auto und rast die ihr vertraute Stecke. Sie hat die Gesichter der Mitarbeiter der Firma vor Augen, wie sie ihren Vater besucht haben. Auch wenn es schon so spät ist, werden einige von ihnen noch in der Fabrik sein. Sie kann sich sofort denken, dass es eine Racheaktion ist, weil nun die Nachbarfirma nicht mehr an ihnen verdient, diese Männer schrecken vor nichts zurück. Der Verkehr spielt verrückt. Alle Autos versuchen von da unten wegzukommen. Da sie zuhause ihre Schuhe gleich gegen Flipflops getauscht hat, fällt es ihr eh schwer auf die Pedale zu drücken. Sie kommt nicht bis zur Fabrik, die Straßen sind voller Polizei und Feuerwehr, die alles absperren, also parkt Janine das Auto und rennt die restliche Strecke. Immer wieder versuchen Polizisten sie aufzuhalten, sie warnen sie, doch sie hört nicht darauf.

Es macht sich eine unglaubliche Erleichterung breit, als sie endlich vor dem großen Fabrikgelände steht und sieht, dass nicht die Firma ihres Vaters, sondern die der Erpresser in die Luft geflogen ist. Es ist alles dunkel, der Rauch so dick, man kann kaum etwas sehen. Sie fragt einen Polizisten was passiert ist, der weiß aber auch noch nichts Genaues, wahrscheinlich handelt sich wie immer um einen Versicherungsbetrug, bei dem die Besitzer von der Versicherung noch gut Geld für eine heruntergekommene Firma zu bekommen versuchen.

Das kann sie sich gut vorstellen. Sie geht zu der Firma ihres Vaters, in der einige Glasscheiben durch die Wucht der Explosion zersprungen sind und die noch anwesenden Mitarbeiter aus dem Gebäude kommen. Sie sieht den

Mann, der einige Finger verloren hat, wie er immer wieder hineingeht und älteren Mitarbeitern hinaus hilft. Janine geht zu ihnen. Sie begrüßt alle und sagt, sie sollen so schnell wie möglich nach Hause gehen, der Polizist hat ihr das auch gesagt. Man kann nicht wissen, ob es noch eine Explosion geben wird, obendrein wird der Rauch immer dichter.

Sie fragt den Mann nach weiteren Personen in der Firma und er berichtet von dreien, die noch im Gebäude sind, die haben aber durch die Explosion einen derartigen Schock, dass sie nicht von allein herauskommen. Janine geht mit ihm hinein. Es ist auch im Gebäude alles dunkel, man sieht nicht viel. Janine verliert schnell ihre Flipflops, als sie über Gegenstände stolpert, die durch die Wucht der Explosion herumgeflogen sind. Sie folgt dem Mann in das erste Stockwerk und sieht zwei ältere Männer und eine junge Frau, die am ganzen Körper zittert. Janine versucht zu lächeln, was ihr selbst absurd vorkommt in der Situation, doch so bekommt sie die Aufmerksamkeit der Frau.

»Du musst hier raus, der Rauch ist nicht gesund für dich, du wirst gleich wieder besser atmen können, wenn du an der frischen Luft bist.« Das Mädchen bewegt sich nicht, der Mann hingegen schafft es schon, die beiden älteren Herren stützend in Richtung Ausgang zu bringen. »Ich habe meine Brille verloren und kann nichts sehen.« Janine reicht ihr die Hand. »Halt mich fest, ich helfe dir, aber wir müssen hier jetzt raus.« Der Rauch wird immer dichter, Janine kann selbst die Frau kaum noch erkennen. Sie müssen ganz vorsichtig gehen, Janine muss sich langsam vortasten. Am schwersten ist es die Stufen hinunter zu kommen. Janine hat das Gefühl, sie würden Ewigkeiten brauchen.

Unten ist der Rauch noch dicker, Janine muss husten, auch die Frau atmet schwerer. Da sie nichts mehr sieht, spürt Janine nur einen starken Schmerz, als sie wahrscheinlich in Glasscherben tritt, weil sie ja nun barfuß ist. Die Frau neben ihr bleibt stehen, als sie leise aufschreit. »Alles in Ordnung?« Janine zieht sich eine Glasscheibe aus dem Fuß, sie sollte jetzt nicht mehr auftreten. Man sieht aber schon den Ausgang und sie zeigt darauf. »Kannst du das sehen? Schaffst du es allein hinaus? Ich brauche etwas länger.« Die Frau nickt, zögert aber, Janine alleine zu lassen. Doch als sie sieht, dass Janine vorsichtig, nur langsamer, nachkommt, damit sie mit der Stelle nicht auftritt, geht sie schnell aus dem Gebäude.

Keine zwei Sekunden später hört sie schon eine vertraute Stimme. »Janine?« Nathan kommt zu ihr. »Was machst du hier?« Sie sieht der Stimme entgegen. Er bemerkt sie humpeln und nimmt sie ohne zu zögern auf den Arm. »Ich war in der Nähe, als die Fabrik explodiert ist, ich bin gleich hergekommen um nachzusehen was passiert ist. Einer der Arbeiter hat mir gesagt, dass nur noch du drin bist, um noch einer Frau zu helfen.« Sie treten nach draußen und Janine atmet tief ein. Nathan sieht sie von oben bis unten an und lächelt dann. »Du siehst aus, als wärst du eine Woche auf einer Grillparty gewesen, Engelchen.« Der Mitarbeiter der Firma ist als Einziger noch da. Er sagt, alle anderen hätte er sofort nach Hause geschickt. Die Feuerwehr rät ihnen jetzt zu gehen, sie sperren das Gebiet nun komplett ab.

Nathan lässt Janine erst im Auto ab und er und der Mitarbeiter sehen sich ihren Fuß an, bevor der Mitarbeiter sich verabschiedet und dann nach Hause geht. Lukas wird sich um alles andere kümmern müssen, da ihr Vater ja noch eine Weile wegbleiben wird. Janine lässt sich in das weiche Leder fallen. Nathan schließt die Tür. Als er sich neben sie setzt, hat er das Handy schon am Ohr und erzählt jemandem, was in der Firma los ist und dass er Janine hier gefunden hat. Als er die Verletzung genau beschreiben soll, weiß sie, dass José am Telefon ist. »Es sieht nicht so schlimm aus. Okay, mach ich, bis gleich.« Nathan fährt gekonnt an allen Einsatzwagen vorbei, sie fragt sich, wie er es geschafft hat, überhaupt mit seinem Auto durchzukommen, sie hat man doch sofort gestoppt. »José war bei dir, er hat auf dich gewartet, er will, dass ich dich sicherheitshalber zu unserem Arzt bringe.« Janine zeigt an sich herunter. »Es ist alles in Ordnung, ich brauche nur ein Bad und alles ist wieder gut.« Da die Klinik nur ein paar Straßen weiter ist, halten sie schon davor.

»Dann kann der Arzt sich ja mal alles kurz angucken.« Janine gibt nach, ihre Mutter hätte sie wahrscheinlich mit Rotlicht in die Klinik fahren lassen. Sie müssen nicht warten, sie werden sofort in einen Raum gebracht und zwei Minuten später erscheint der Arzt, der auch schon José, Gabriel und Nando in ihrer Anwesenheit verarztet hat. Janine erzählt alles. Er horcht ihre Lunge ab, bevor er sich ihren Fuß ansieht. Janine sieht in einem Spiegel, dass auf ihren Wangen Rußspuren sind, auch ihr Fuß muss erst gesäubert werden, bevor der Arzt ihn sich richtig ansehen kann.

In diesem Moment geht die Tür auf und José kommt herein. Es dauert nur eine Sekunde. Janine sieht es sofort, als er zur Tür hereinkommt und in ihre Augen sieht, Janines ehrliche Worte vorhin am Handy haben alles zwischen ihnen verändert, auch wenn sie noch nicht sagen kann, in welche

Richtung es sich geändert hat. Aber das war ja auch das Ziel, es muss sich etwas ändern. José nickt dem Doktor kurz zu und stellt sich zu Nathan. Da erst entdeckt Janine einen großen blauen Fleck auf seiner Wange mit mehreren Kratzspuren, die Verletzung, die Gabriel erwähnt hat und die José vor ihr verstecken wollte. Sie sitzt beim Arzt wegen eines Kratzers und José sieht aus, als wäre er mehrmals gegen eine Mauer gelaufen.

Die Brüder flüstern kurz miteinander, dann scheint José ihren Blick auf seiner Wange zu spüren und sieht sie an. Bei Gott, wie sehr sie ihn bereits liebt, alles in ihr zieht sich zusammen, sie hat ihn nur einige Tage nicht gesehen und ihn schon wieder so vermisst. Das unbeendete Gespräch liegt wie schwere Steine zwischen ihnen. Sie hat ihm wirklich gesagt, dass sie ihn liebt, das allererste Mal, ohne eine Antwort zu bekommen und das als erstes. Vielleicht ist sie altmodisch, aber es sollte doch der Mann den ersten Schritt machen, von José kann sie diesen Schritt sicherlich nie erwarten. Janine senkt den Blick und sieht zum Arzt, der dabei ist ihren Fuß zu verbinden. »Der Schnitt ist nicht tief, es ist alles in Ordnung, belasten sie ihn nicht zuviel die nächsten Tage und achten sie darauf, dass kein Schmutz reinkommt, dann schließt sich die Wunde schnell.« Janine nickt und bedankt sich. Als sie aufstehen will, hält der Arzt sie auf. »Haben sie keine Schuhe dabei?« Janine schüttelt den Kopf. »Ich hab sie in der Fabrik verloren.« José ist schon bei ihnen und bedankt sich beim Arzt.

Dann nimmt er Janine auf seine Arme, wie es Nathan davor schon getan hat. Bei seinem Bruder hat Janine versucht sich ganz leicht zu machen, um ihm nicht zu schwer zu sein, doch bei José lässt sie sich in seine Arme fallen und schmiegt sich eng an seine Brust, es ist viel zu vertraut ihm so nah zu sein und sie vermisst es zu sehr, um jetzt auf Abstand zu bleiben. Nathan hält ihnen die Tür auf und geht mit dem Arzt vor. »Wenn du das nächste Mal die Welt retten willst, könntest du es dann tun, ohne dich in Gefahr zu bringen?« Janine wendet sich so, dass sie in Josés Gesicht sehen kann. »Gefahr? Es ist ein Kratzer, mehr nicht, Mann, der aussieht als wäre er gegen eine Mauer gerannt.« José blickt zu ihr hinunter, doch sie will nicht streiten und legt ihren Kopf an seine Schulter. Was José dann macht, spürt sie bis tief in ihre Knochen. Seine Hand umfasst ihren Hinterkopf, und er gibt ihr einen erleichterten Kuss auf die Wange.

Es ist nur eine kleine Geste, doch sie hat ihn so lange nicht mehr so nah gespürt. Das allein löst schon heftige Gefühle in ihr aus. Nach dem Kuss sieht er in ihre Augen. Sie erkennt, dass er ihr einiges zu sagen hat, aber nicht hier und nicht jetzt. José setzt sie auf seinen Beifahrersitz und Nathan fährt hinter ihnen vom Parkplatz der Privatklink. José sieht auf sein Handy und ruft einen seiner Brüder an. Er erzählt was passiert ist und dass sie jetzt zurückkommen. »Nein, ihr geht es gut, nur eine Schnittwunde am Fuß.« Als er das sagt, greift José an ihre Wange und streicht ein paar Strähnen weg.

Er ruft danach Lukas an, der jetzt alleine bei der Firma ist und sich um alles andere kümmern soll. Janine bittet José ihm zu sagen, dass er ihren Eltern nichts davon erzählen soll, sie sollen die Reha nicht abbrechen. José fährt direkt zu seinem Haus, sie müssen sich eh noch aussprechen. »Ich muss baden und hab nichts zu wechseln.« Er hält vor seinem Haus, lässt aber den Motor laufen. »Du hast nicht alles mitgenommen, ein paar deiner Sachen sind noch da.« Er hilft ihr zur Haustür, schließt auf und schaltet das Licht an. »Ich besorge etwas zu essen, kommst du solange alleine klar?« Janine verdreht leicht die Augen und lächelt. »Es ist nur ein Kratzer. Ich hab richtig großen Hunger.« José lacht und schließt die Tür. Als sie allein ist, geht sie direkt ins Badezimmer und lässt warmes Wasser in die riesige Luxusbadewanne.

Sie hat noch einige Bademittel hier und lässt ein Erdbeershampoo einlaufen, was herrlich viel Schaum macht. Dann geht sie sich im Haus umsehen, es hat sich nichts verändert. Sie findet aber auch keine Spuren einer anderen Frau, im Gegenteil. Sie sieht auf dem elektronischen Bilderrahmen im Wohnzimmer, der ständig von allein die Bilder wechselt, indem immer noch viele Bilder von ihnen beiden angezeigt werden, so wie sie es eingestellt hatte. Gerade wird ihr Lieblingsbild gezeigt, es ist ein Schwarzweiß-Bild, dass sie in dem Strandhaus geschossen haben. José hat es gemacht. Er liegt auf dem Bett und Janines Kopf auf seinem Bauch. Er küsst ihre Wangen, während sie glücklich in die Kamera lächelt. Es ist ein schönes Bild, es zeigt, wie glücklich sie da waren. Janine geht zurück ins Bad und legt alle ihre Anziehsachen in den Wäschekorb, bevor sie es sich in der warmen Badewanne gemütlich macht. Sie riecht selbst überall noch den Rauch und taucht schnell ihre Haare ein, um den Geruch loszuwerden. Janine entspannt sich in dem warmen Wasser, wäscht sich dann gründlich ab und nimmt eines der kuscheligen Handtücher.

Sie weiß, dass sich Hausangestellte um solche Sachen kümmern, die ein paar Mal die Woche vorbeikommen. José würde wahrscheinlich irgendwo in der Ecke ein Handtuch herumliegen haben. Als sie fertig ist, sieht sie nach, ob ihr Fön noch hier ist, sie hat an dem Tag in der Aufregung wirklich einiges liegenlassen. Während sie ihre Haare antrocknet, denkt sie darüber nach, dass sie sich damals hier schon ganz schön breit gemacht hat und viele ihrer Sachen hier hatte. Danach geht sie, mit einem Handtuch umgebunden, in das Schlafzimmer von José. Er hat mehrere Kleiderschränke, die alle gut gefüllt sind. Sie hat ihre Sachen immer auf dem Boden von einem der Schränke gestapelt. Sie findet da tatsächlich noch einen Rock, Unterwäsche, eine Schlafshorts und zwei Shirts.

Janine zieht sich die Shorts und ein weites Shirt an, dann geht sie wieder zurück. Ihr Fuß schmerzt nur, wenn sie genau auf die Wunde tritt, sie macht sich aber keinen neuen Verband um. Ihre Mutter hat ihr eingetrichtert, dass frische Luft Wunden am besten heilt. Sie geht in die Küche und setzt sich auf die Küchenanrichte, jetzt wieder hier im Haus zu sein, fühlt sich so vertraut an, vielleicht zu vertraut. Janine greift nach einer weißen Karte, die auf dem Tresen herumliegt. Es steht der Name einer Frau drauf, ihre Nummer und Emailadresse und der mit Lippenstift auf die Rückseite gedrückte Kuss zeigt ihr, dass es sicherlich nicht geschäftlich ist.

Sie hört José wiederkommen, sieht aber nicht von der Karte auf, auch nicht, als er neben ihr zwei Tüten mit gut riechendem Essen hinstellt. José nimmt ihr die Karte aus der Hand und wirft sie in den Mülleimer, der neben der Küchenanrichte steht. Ohne sie überhaupt dazu etwas sagen zu lassen, stellt er sich genau zwischen ihre Beine. So sind sie in Augenhöhe. Zwei vertraute Hände greifen nach ihrem Gesicht und umfassen ihre Wangen liebevoll. Er will, dass sie ihn ansieht. Erst als sie seiner lautlosen Forderung nachkommt, sagt er etwas.

»Es ist mir egal, wenn du mir wegen aller Sachen Vorwürfe machst, wegen Frauen, weil ich zu kalt zu dir bin, wegen der Los Natos, ich kann mit allem umgehen. Aber nie wieder Janine, wirklich niemals mehr, will ich hören, dass ich dich nicht lieben würde. Wie kannst du das nur denken? Vielleicht weißt du nicht, wie sehr ich dich bereits liebe, aber dass ich dich liebe, das weißt du. Du weißt es in deinem Herzen, du willst diese Tatsache nur nicht zulassen.«

Niemals hätte sie gedacht, dass es sie so berühren würde, diese Worte endlich aus seinem Mund zu hören. Ihre Hände greifen nach seinen, als ihr die ersten Tränen in die Augen steigen. »Aber du hast mich gehen lassen und mir keinen Grund gegeben bei dir zu bleiben. Ich habe dir gesagt was ich empfinde und du hast mich weggestoßen.« José will seine Hände von ihrem Gesicht nehmen, doch Janine hält seine Hände weiter in ihren fest. Sie spürt, dass er sich wieder entfernen will. »Ich weiß nicht, ob ich das kann Janine, ich will dir nicht noch mehr wehtun. Ich bin nicht wie meine Brüder, ich kann nicht alles wegen einer Frau in Frage stellen, und ich bin noch niemals Kompromisse eingegangen.«

Janine unterbricht ihn. »Doch bist du. An dem Abend, als mein Vater im Krankenhaus war, bist du mit mir Kompromisse eingegangen und hast mich an allem teilhaben lassen. Du hast mich das erste Mal richtig in deine Welt hereingelassen.« José steht immer noch so nah bei ihr. Und das erste Mal sieht sie die Sehnsucht, die sie jeden Tag verspürt hat, auch in seinen Augen aufflammen. »Weil ich wollte, dass du mir vertraust.« Janine entwischen die ersten Tränen aus den Augen. Er zögert keine Sekunde, sie ihr aus dem Gesicht zu streichen. »Genau das ist es doch aber. Wenn du mich hereinlässt, mich mit einbeziehst und auch Kompromisse eingehst, umso mehr werde ich dir vertrauen. Ich kann nicht verstehen, dass du dazu nicht bereit bist und mich lieber gehen lässt.«

Nun küsst José ihre Wangen. »Hör auf zu weinen Engel, bitte, ich kann das nicht sehen. Ich bin nicht bereit dich gehen zu lassen, und wenn du richtig darüber nachdenkst, habe ich das auch nie. Was denkst du, warum ich ausgeflippt bin, dich mit einem Mann zu sehen? Ich wäre schon viel früher zu dir gekommen, aber ich habe gemerkt, dass du auch ohne mich zu einem Teil meiner Familie geworden bist. Ich fand es wichtig, dass es so kommt, ohne dass ich mich dabei einmische. Ich wollte dich unbedingt merken lassen, dass du auch ohne mich zu uns gehörst, durch Lina, Nando, durch alle, die dir jetzt schon wichtig sind.«

Seine Lippen verwirren sie und sie weicht so zurück, dass sie ihm noch einmal in die Augen gucken kann. »Ich will das, ich möchte, dass wir zusammen sind, ich liebe dich, José ….« Ganz zart, um ihn nicht wehzutun, küsst sie seine immer noch blaue Wange. »Ich liebe dich so wie du bist, mit allem was dazugehört. Und ich werde darauf vertrauen, dass du mich genug liebst, um mich nicht mehr gehen zu lassen und unsere Beziehung zu schützen, mit allem was dazugehört, auch mit Kompromissen und vor allem Vertrauen.« José schließt kurz die Augen, als sie seine Wunde immer wieder küsst, dann endlich legt er seine Hand wieder an ihre Wange. Kurz bevor sich ihre Lippen treffen, hält er ein. »Ich werde mir Mühe geben. Für niemanden würde ich das tun, nur für dich, hörst du. Also sage nie wieder, ich würde dich nicht lieben, du gehörst zu mir und niemand wird das mehr ändern können.«

José knurrt das fast und Janine muss lächeln, weil sie weiß, wie schwer ihm diese Worte fallen und deshalb auch, wie viel sie bedeuten. Sobald sich ihre Lippen endlich treffen, lösen sich alle Worte und Ängste in Luft auf. José erobert sie mit solch einer Sehnsucht, dass sie ihre Arme um ihn schlingt und ihn enger an sich zieht. Seine andere Hand geht unter ihr Shirt und bleibt auf ihrem Rücken. »Du hast mir so gefehlt.« Janine legt ihre Stirn an seine, nachdem sie ihre erste Sehnsucht durch einen langen Kuss gestillt haben. »Du mir auch Engel. Und es gab und gibt keine andere Frau, auch wenn ich probiert habe auf andere Gedanken zu kommen, hat es nicht geklappt, ich will keine andere!« Janine legt ihren Kopf an seine Schulter und er hält sie fest und in dem Moment spürt sie, dass es richtig ist und dass sie es schaffen werden, egal was noch auf sie zukommt. José küsst sie immer wieder, auch ihm scheinen einige Steine vom Herzen gefallen zu sein.

Janine greift nach den Tüten neben sich und lächelt. »Das ist sicher schon kalt.« Doch sie täuscht sich. Sie bleiben stehen, so nah wie nur möglich und genießen das Essen und immer wieder sich. Janine ist unendlich glücklich ihn wieder zu haben. Das erste Mal seit Wochen fühlt sich alles in ihr richtig an, ihr Herz und ihr Verstand sind im gleichen Rhythmus und zufrieden.

Nach dem Essen lieben sie sich und stillen ihre Sehnsucht aufeinander. Janine ist außer Atem, müde, aber noch nie war sie glücklicher, als sie matt im Bett liegt und José sich noch einmal über sie legt. Niemals hat er sie so langsam und liebevoll geliebt wie heute, er hat auch den allerletzten Zweifel an seiner Liebe vertrieben. »Ich liebe dich, vielleicht mehr, als du jemals begreifen kannst.« Janine lächelt über seine Worte, die er ihr leise zuflüstert und sie spürt, wie ernst es ihm ist. »Ich dich auch, kämpfe nie wieder gegen unsere Liebe an, ich werde es auch nicht mehr machen.« José lacht leise und legt sich neben sie. Janine schmiegt ihren Kopf auf seine nackte Brust und hört seinen Herzschlag.

»Ich hatte schon viele Kämpfe, doch das war mein schwerster Kampf. Ich bin froh sagen zu können, ich habe ihn verloren!«

Einen Monat später ...

»Fast lägen wir jetzt hier!« José sieht grinsend zu seinem Bruder Nando und umarmt Janine von hinten. Nando überhört seine Worte und stellt sich an die Liege, auf der Lina langsam wieder hochkommt. »Ihr hättet nicht so rasen brauchen, mir war nur etwas schwindelig, es geht schon wieder.« Lina sieht Nando vorwurfsvoll an, José und er müssen wie Wahnsinnige hergerast sein. Janine und Lina waren shoppen, als Lina plötzlich schwindelig wurde. Sie war ziemlich blass und Janine hat sie lieber in die Privatklinik gebracht. Natürlich ist Nando so schnell wie nur möglich hergekommen, nachdem sie ihm Bescheid gesagt hat.

Da er gerade mit José bei einem Geschäftstermin war, hat sie jetzt wenigstens ihr Herz bei sich. Nichts anderes ist er in der letzten Zeit geworden. Wenn Janine gedacht hat, sie wüsste was Liebe ist, hat sie sich schwer getäuscht, sie hätte sich niemals vorstellen können, jemanden so zu lieben wie sie den Mann liebt, der gerade liebevoll ihre Schultern küsst, bevor er auch einen Blick auf seine Schwägerin wirft. »Du siehst aus, als hättest du dich vollaufen lassen!« Lina schlägt lachend nach José, während Nando ihn mahnend ansieht.

Janine ist glücklich, anders kann man es einfach nicht beschreiben. José und sie sind wirklich ein richtiges Paar geworden, ohne Zweifel, ohne Ängste, es fällt ihm auch nicht so schwer, wie sie es am Anfang vermutet hätte. Wenn er etwas Geschäftliches zu tun hat, erfährt sie davon. Einmal hatte sie wirklich Bedenken, es ging um einen Deal, mit Männern, die sie zuvor zufällig zusammen getroffen hatten. Die Art, wie sie José angesehen haben, hat ihr Blut gefrieren lassen. Als sie ihm von ihrer Angst erzählt hat, hat er es zwar lachend abgetan, trotzdem ist er an dem Tag bei ihr geblieben und Gabriel und Nathan haben den Deal abgewickelt. Sie sprechen nicht jedes Mal darüber, aber jeder von ihnen geht Kompromisse ein und es könnte sich nicht besser anfühlen.

Janine schickt Shannon eine SMS, dass sie es heute nicht mehr schafft, aber sie ihr Treffen morgen nachholen. Auch wenn sie mittlerweile ein fester Teil der Nato Familie geworden ist und Lina, Olivia und Josy zu ihren engsten Vertrauten gehören, sind Shannon, Tristan, Mike, Marty und Steven immer noch ein wichtiger Teil ihres Lebens. Bianca lässt sich kaum noch bei ihnen blicken und Janine weiß, dass Mike sich neu verliebt hat.

Shannon und Javier sind auch fest zusammen, was die einzige Spannung zwischen José und ihr ist, die man ab und zu spürt. Er hasst Javier und seine Geschäfte und achtet sehr darauf, dass Janine zwar immer wann sie will mit Shannon zusammen ist, aber nicht zuviel mit Javier und Diego zu tun hat. Im Gegenzug dazu lässt er Javier nur für sie in Ruhe, auch wenn sie weiß, dass er ihn genau im Auge behält.

Das Wichtigste ist, ihre Eltern lieben José, ihr Vater ist zurück in der Firma und arbeitet endlich wieder ohne diesen Stress. Janine hat das Gefühl, dass sie schon davon ausgehen, in José ihren Schwiegersohn gefunden zu haben. Oft genug fährt Janine nach der Uni zu ihrem Vater und José oder einer der anderen Brüder ist in seinem Büro. Die andere Firma ist total abgebrannt und sie denken darüber nach, das Land zu kaufen und eine neue Firma zu bauen. Janine lässt sie planen und mischt sich in diese Sachen gar nicht ein, sie konzentriert sich auf das Studium, ihre Familie, ihren Schatz und ihre Freunde und ist damit voll beschäftigt und rundum glücklich.

»Sag mal, hast du wieder das Parfüm drauf, was mir letztens kaputt gegangen ist?« Lina verzieht das Gesicht als sie an ihren Mann riecht. »Natürlich, ich habe es neu gekauft, es ist mein Lieblingsparfüm und du hast es auch immer gemocht.« Janine muss sich ein Lachen verkneifen, was José nicht entgeht. Lina hat das Parfüm von Nando mit Absicht kaputt gemacht, weil sie den Geruch nicht mehr ertragen konnte. Endlich kommt der Arzt wieder, der ein paar Tests gemacht hat, da Linas Blutdruck auch ziemlich weit unten war.

»Und ist es etwas Ernstes?« Der Arzt sieht Nando an und lächelt. »Kann man wohl sagen, legen sie sich noch einmal hin, Celina.« Auch Janine wird nun aufmerksam. »Was meinen sie genau? Ist es so schlimm? Wird das lange dauern? Wir wollten bald verreisen.« Nun lächelt der Arzt noch breiter. »Das werden sie nie wieder los, glauben sie mir, ich weiß, wovon ich rede.« Nando wird sauer und will etwas zum Arzt sagen, doch der schiebt Linas Shirt etwas hoch und schmiert Gel auf ihren Bauch. Janine weiß, dass er jetzt einen Ultraschall macht und sieht schon auf den Monitor, den der Arzt extra so platziert, dass ihn alle betrachten können.

Es dauert einen Augenblick. »Ach, da haben wir es, sehen sie den Punkt, der sich bewegt?« Lina wird immer blasser, während nun auch Janine glücklich lächelt. »Ja, oh mein Gott, was ist das?« Der Arzt sieht zu Nando der auf den Bildschirm starrt. »Das ist das Herz ihres Babys, herzlichen Glück-

wunsch, sie sind bereits in der 8. Woche und alles sieht gut aus.« Absolute
Stille, alle starren auf den Bildschirm. Es dauert bis diese Nachricht bei
allen ankommt.

Lina beginnt vor Freude zu weinen und Nando umarmt sie, dann den
Doktor, etwas zu fest, so dass er husten muss. Janine umarmt ebenfalls beide, während José zum Bildschirm geht, der ein Standbild des Babys zeigt.
»Mini- Nando, erkennt man sofort.« Nachdem er Lina leise etwas zugeflüstert und sie immer wieder geküsst hat, tritt Nando zu ihm. José legt den
Arm um seinen Bruder. »Ein Los Natos, ohne Zweifel, guck wie stark er
jetzt schon ist.« Janine und Lina müssen lachen über ihre verrückten Männer, während José seinem Bruder gratuliert und dann seine Schwägerin in
den Arm nimmt.

Als sie wenig später mit José im Auto sitzt, muss Janine immer noch
lachen. Nando hat Celina wie ein rohes Ei aus dem Krankenhaus gebracht,
was sie nur wütend hat aufschnaufen lassen, das wird sicherlich sehr lustig
werden die nächsten Monate. »Und was denkst du, wann sind wir dran?«
José sieht zur ihr hinüber und sie küsst die Hand, die hinter ihrem Kopf
liegt. »Wir haben noch Zeit, ich will dich erst noch ganz für mich allein.
Außerdem hätte ich es sonst heute erfahren.« Sie erzählt ihrem Freund, dass
sie heute wieder bei der Frau war, die ihr damals aus der Hand gelesen hat.

Erst die letzten Tage hat sie verstanden, dass ihre Worte wahr waren. Ihr
Weg war noch nicht entschieden, alles hat zusammengehangen, das Glück
und das Leid. Man kann nicht nur Glück erwarten, man muss dafür auch
Schmerzen ertragen können. Ein Regenbogen entsteht auch nur, wenn es
regnet. Ihr Herz musste einen schweren Kampf führen, doch seit es sich
mit dem Verstand geeinigt hat, kann sie wieder frei atmen. Sie musste das
der Frau erzählen, die sich gefreut und noch mal aus ihrer Hand gelesen
hat. Dieses Mal hat sie ihr Glück gesehen, dass José ihr Glück ist und dass
Janines Herz fest mit seinem verbunden ist.

Als sie ihm davon erzählt, kann er nur mild lächeln und erklärt ihr, dass
ihr das auch hätte sagen können. Dafür hätte sie sogar nur mit einem Kuss
bezahlen brauchen. Er wird niemals daran glauben.

»Wohin fahren wir, sind die Handwerker nicht mehr da?« Die letzten zwei
Tage waren sie fast ausschließlich bei Janine, da bei José im Haus irgendetwas repariert werden musste. »Nein, sie sind weg.« Er grinst frech und sieht
sie siegessicher an, da weiß sie, dass irgendetwas nicht stimmt.

Bevor sie ins Haus gehen, kommen Gabriel und Nathan, die gerade losfahren wollten, zu ihnen. Sie erzählen ihnen das Neueste, auch die Beiden freuen sich aufrichtig. »Und wann können wir mit Mini-José rechnen?« Nathan sieht sie auffordernd an, doch Gabriel antwortet. »Vergiss es, ich bin der Nächste, es wird Zeit, dass endlich mein Engel vorbeigeflogen kommt, dann schnappe ich schnell zu und behalte sie bei mir. Ich will fünf Kinder, von daher müssen wir früh anfangen.« Janine muss schmunzeln, auch wenn Gabriel es im Spaß sagt, weiß sie, dass er wirklich den Wunsch hat langsam mal die richtige Frau zu finden. Er ist der einzige der Brüder, der es gar nicht abwarten kann, sich zu binden. Er ist eh in vielem anderes als die Anderen und Janine und José sind die Einzigen hier, die den Grund dafür kennen.

»Was ist los mit dir, wie kannst du freiwillig zu so einem Weichei mutieren wollen?« Nathan weicht lachend Josés liebevollem Schlag auf den Nacken aus und verdrückt sich schnell in Richtung von Nandos Haus. Gabriel zwinkert Janine noch einmal zu, dann folgt er seinem Bruder, um Nando und Lina zu gratulieren. Janine sieht den besorgten Blick, mit dem José Gabriel hinterher sieht. »Ich hoffe wirklich, es gibt so einen Engel für Gabriel, er hat sehr hohe Erwartungen.« Janine lächelt und küsst ihn auf die Wange. »Natürlich gibt es sie, Gabriel ist einer der liebsten Menschen die ich kenne, er hat es verdient!«

Als sie ins Haus gehen, achtet Janine auf alle Kleinigkeiten, doch erst im Schlafzimmer begreift sie, was er getan hat. Sein Kleiderschrank wurde auf das Doppelte erweitert. Es ist alles leer für ihre Sachen. Es gibt mehr Schränke im Bad und es steht ein großer Schreibtisch am Fenster mit einem neuen Computer, damit sie hier für die Uni lernen kann und nicht immer zuhause. Janine dreht sich um und legt lächelnd den Kopf schief, als sie ihn ansieht. »Willst du mit etwas sagen?« José lehnt entspannt am Türrahmen und sieht ihr zu, wie sie alles erkundet.

Wie sehr sie ihn liebt, seine dunklen Augen liegen liebevoll auf ihr, auch wenn er ansonsten wie immer gefährlich und unnahbar wirkt, doch das ist er nicht mehr, nicht mehr für sie. »Ja, ich will nicht mehr auf dich verzichten … und mein Haus ist, wenn du möchtest, jetzt auch dein Haus.« Janine geht die paar Schritte zu ihm, um ihm freudig um den Hals zu fallen. »Ich habe doch eh schon halb hier gewohnt, aber ich ziehe sehr gerne ganz zu dir, aber dann auch mit allem was dazugehört, ich brauche alle meine Sachen hier.«

José küsst sie und legt seine Arme um ihre Taille. »Was immer du willst, morgen kommt ein Umzugswagen und wir holen all deine Sachen. Deine Eltern wissen schon Bescheid. Deine Mutter hat ein paar Pflanzen gekauft, sie ist der Meinung, wir haben hier zu wenig.« Janine muss lachen. »Du hast gar keine hier. Aber auch das Bild muss mit, ich weiß, du magst keine Bilder an den Wänden, aber es gehört zu mir.« Maribels Mutter war für eine Woche zu Besuch und hat Janine ein großartiges Bild auf einer riesigen Leinwand geschenkt. Es zeigt sie und Maribel als kleine Mädchen zusammen und bei ihren letzten Treffen. Das Bild verschmilzt ineinander und darunter steht: 'Denn zwei Seelen kann auch der Tod nicht trennen'.

Janine liebt es und José lächelt. »Natürlich auch das, Maribel bekommt auch einen Platz in unserem Haus. Ich liebe dich Engel und du bleibst jetzt bei mir, für immer.« Auch wenn er immer noch lächelt, weiß sie, dass die Worte ernst gemeint waren und küsst ihn. »Du bist mein Herz.«

Nicht nur die Wahrsagerin hatte recht, auch ihre Schwester und zweite Hälfte, die für immer zu ihrem Leben gehören wird, hatte in ihrem Abschiedsbrief recht behalten. Sie hatte ihr gesagt, dass ihre Herzen und Seelen für immer miteinander verbunden sind und dass sie sich keine Sorgen macht, weil sie weiß, dass Janine ihr Glück finden wird. Jetzt weiß sie, dass sie recht hatte.

Maribel ist immer bei ihr und sie hat ihr Glück gefunden. Dieses Glück hält sie so fest im Arm, da sie weiß, dass dieses Glück auch so schnell nicht zerstört werden kann.

»Denk daran, jeder möchte Glück, aber niemand möchte Schmerz, du kannst aber keinen Regenbogen ohne Regen haben!«

Lesepobe aus El Destino 4

Der Plan und die Macht des Schicksals

Gabriel ist erleichtert, als er ins B.B. fährt, wo Nathan und Nando sind und sicherlich noch einige andere. Er schreibt Aylin noch eine Nachricht und wünscht ihr eine gute Nacht, als er auf den Parkplatz fährt. Er hatte sie gefragt, ob sie mitkommt, doch sie muss morgen zur Uni und wollte lieber nicht so spät ins Bett. Keine zwei Sekunden später bekommt er eine Nachricht zurück, doch als er sie gerade lesen will, hört er auf einmal eine Frau aufschreien und sieht nach vorne.

Er bremst scharf ab, er war so abgelenkt, dass er die Frau auf dem Mofa nicht gesehen hat. Gabriel konnte gerade noch bremsen, bevor er sie mit voller Wucht getroffen hätte, trotzdem ist sie mit den Mofa umgefallen und liegt nun am Boden. Gabriel flucht und steigt schnell aus. Die Frau setzt sich gerade wieder auf. Als sie ihre langen Haare aus dem Gesicht schiebt, treffen ihn die grünen Augen der neuen Kellnerin mit voller Wucht. »Hast du keine Augen im Kopf, du verdammter Idiot?«

Trotz der Dunkelheit auf dem Parkplatz erkennt Gabriel das wütende Funkeln in ihren Augen. Er hält ihr seine Hand hin um ihr aufzuhelfen. »Ich habe dich nicht gesehen, ist alles in Ordnung, bist du verletzt?« Die Frau lässt sich aufhelfen und klopft sich Staub von den Beinen. Sie trägt einen sehr kurzen Rock und wie schon beim ersten Mal, als er sie gesehen hat, ein enges Top, also fällt es nicht schwer schnell zu sehen, dass sie zum Glück nichts abbekommen hat. »Nein, es geht schon, aber um ein Haar hättest du mich umgebracht. Denkst du, nur weil du so ein Auto fährst, kannst du dir alles erlauben?«

Gabriel kommt gar nicht dazu etwas zu sagen, da wird sie noch wütender, als sie ihr immer noch liegendes Mofa sieht. »Du hast es kaputt gemacht!« Sie versucht es wieder aufzustellen und Gabriel hilft ihr. Normalerweise würde er sich nicht so von einer fremden Frau anschreien lassen, doch es tut ihm wirklich leid, er hat überhaupt nicht auf den Parkplatz geachtet. »So schlimm ist es nicht, ein paar Dellen, ich kenne eine gute Werkstatt, ich kann dir das wieder reparieren lassen.« Die Frau greift nach ihrer Handtasche, da bemerkt Gabriel, dass sie ihre High Heels, die sie im Club tragen muss, gegen weiße Stoffschuhe eingetauscht hat. »Ich kann das Mofa gleich abholen lassen, du kannst ruhig arbeiten gehen, es sind Freunde von mir und sie machen dir das morgen fertig.«

Die Frau nickt und sieht ihn abwartend an. »Tu das, es ist ja wohl das Mindeste, nachdem du mich fast getötet hast.« Gabriel zieht genervt sein Handy heraus. »Ich habe gebremst, also übertreib es nicht.« Ihre zickige Art nervt ihn, auch wenn sie ein Recht darauf hat, wütend zu sein. Als er sein Handy wieder in die Tasche steckt, sieht er noch einmal genau auf die Frau. »Sie sind in zehn Minuten da und holen es. Soll ich dich sicherheitshalber zum Arzt bringen, nicht dass du doch noch irgendwelche Verletzungen hast.«

Das erste Mal wirkt die Frau wenigstens ein wenig entspannter und sieht ihn fast schon abschätzig an. »Nein, es geht schon, ich weiß nur nicht, wie ich jetzt nach Hause kommen soll. Ich brauche das Mofa, um zur Arbeit und wieder nach Hause zu kommen.« Gabriel sieht zum B.B. »Wie lange musst du arbeiten? Ich kann dich danach nach Hause fahren, und wenn dein Mofa bis dahin nicht repariert ist, kann ich dich morgen zur Arbeit bringen, immerhin ist das meine Schuld.« Jetzt lächelt die Frau. »Ich bin schon fertig, ich bin neu hier und werde erst eingearbeitet, das ist das Mindeste, der Weg wäre zu Fuß zu lang.«

Gabriel erinnert sich, sie ist die Kleine, die es gar nicht erwarten kann, auf die Liste zu kommen und sich als eine der wenigen Kellnerinnen vom B.B. noch für andere Dienste als nur für das Servieren von Getränken buchen zu lassen. Milo und Simo haben sogar noch am nächsten Tag von ihr geschwärmt, Gabriel muss auch zugeben, dass sie sehr hübsch ist, doch für ihn ist sie wie alle anderen Chicas, okay zum Spaß haben, aber nicht für mehr.

»Ok, dann steig ein, ich habe ihnen dein Mofa beschrieben und sie laden es dann ein.« Die Frau lässt sich nicht zweimal bitten, entspannt lehnt sie sich in Gabriels Auto zurück, und er muss sich zwingen, den Blick von ihren fast schon sündig braunen und festen Schenkeln zu nehmen, die sie ihm ungeniert präsentiert. Als er startet, lässt er sich ihre Nummer geben, um sie morgen anzurufen, sobald ihr Mofa repariert ist. Sie nennt ihm die Gegend wo sie wohnt. Gabriel ruft Nando an, um ihm zu sagen, dass er später kommt.

Die Kellnerin wohnt wirklich ein ganzes Stück entfernt, Gabriel kennt die Gegend aber sehr gut, Nandos Frau Lina hat dort früher zusammen mit ihrer Mutter gewohnt. Als er auflegt, spürt er den Blick der Frau auf sich und sieht zu ihr.

»Du solltest dein Handy am Steuer nicht benutzen, du siehst ja, was dann passieren kann.« Gabriel muss grinsen, sie ist frech, doch das passt irgendwie zu ihr. »Hast du deinen Helm verloren oder gehörst du etwa zu den bösen Mädchen, die keinen Helm tragen, um ihre Frisur nicht zu ruinieren?« Nun lehnt sie sich wieder zurück und sieht aus dem Fenster. »1:0 für dich!« Gabriel schmunzelt über sie, während sie sich das Auto genauer ansieht, sie ist eine ganze Weile ruhig, betrachtet das Auto und schmiegt sich in die weichen Ledersitze. Sein Freund von der Werkstatt ruft ihn an, er hat das Mofa und sieht es sich morgen als allererstes an, er wird Gabriel dann anrufen. Als er auflegt, seufzt Gabriel laut auf, er wollte den Abend entspannt ausklingen lassen.

»Bist du öfters im B.B.? Haben wir uns da schon gesehen?« Gabriel zieht die Augenbrauen hoch, er erinnert sich an sie, sie sich nicht an ihn. Eigentlich ist es meistens umgekehrt, deswegen zuckt er die Schultern. »Ich bin oft da, aber ich habe dich noch nicht gesehen, denke ich.« Nun wendet sie sich zu ihm um. »Das ist schade, finde ich.« Gabriel lächelt. Natürlich findet sie das, nachdem sie sein 100.000 Dollar teures Auto begutachtet hat. »Wann musst du morgen zur Arbeit?« Sie fahren in die Gegend und sie deutet ihm jetzt den Weg bis zu ihrem Haus.

Als sie vor einem Haus halten, was eigentlich nur noch abrissreif ist, verwundert es Gabriel nicht wirklich. Wieso sonst sollte sie so scharf darauf sein, auf die Liste zu kommen, wenn nicht, um mehr Geld zu verdienen? Er hält und steigt mit ihr aus. Als er sie zur Haustür bringen will, sieht sie sich schnell um und sagt ihm dann, das sei nicht nötig, sie ist ein großes Mädchen und kann gut auf sich aufpassen.

Gabriel ist sich sicher, dass sie das kann. »Ich muss um 22 Uhr da sein, du kannst mich um 21:30 Uhr abholen, heute hatte ich früher Schicht, morgen später.« Gabriel nickt. Als sie jetzt vor ihm steht und ihn aus diesen grünen Augen mustert, bemerkt er, wie zart sie gebaut ist. Ohne ihre High Heels ist sie fast anderthalb Köpfe kleiner als er. »Okay, ich rufe dich an, falls dein Mofa vorher fertig ist.« Er will sich umdrehen, doch die Kellnerin tritt näher und umarmt ihn. Gabriel ist etwas überrascht. »Danke, dass du mich hergebracht hast, es tut mir leid, dass ich dich vorhin so angeschrien habe, das muss der Schock gewesen sein.«

Sie ist wirklich sehr zart. Als sie ihren Körper an ihn schmiegt, spürt er es genau und muss zugeben, dass sie sehr gut riecht. Vielleicht hat er ihr doch unrecht getan, immerhin war das vorhin seine Schuld. Er legt auch den Arm um sie. »Kein Problem, es war meine Schuld und du hattest jedes Recht wütend zu sein, ich kümmere mich um das Mofa.« So schnell wie sie ihn umarmt hat, lässt sie ihn wieder los, lächelt noch einmal und geht. »Ok, bis morgen.« Gabriel schüttelt kurz den Kopf, die Frau ist merkwürdig.

Als er dann in Richtung B.B. fährt, hat er keine Lust mehr und fährt direkt nach Hause, er ist müde. Erst als er sich das Shirt auszieht, fällt ihm die Nachricht von Aylin ein, die er noch immer nicht gelesen hat. Er zieht sein Handy aus der Tasche und dabei bemerkt er etwas. Er guckt in allen Taschen nach und flucht laut auf.

Gabriel trägt immer Geld bei sich, immer. Er hatte noch mindestens 200 Dollar in seiner Hosentasche, doch sie sind weg. Jetzt weiß er auch, wie es zu dem plötzlichen Sinneswandel und der spontanen Umarmung von der Kellnerin kam. »Na warte, du kleine Hexe!«

Entdecken Sie

die

ergreifende Welt

von

Jaliah J.

Stell dir vor, du erfährst, dass die Welt, die du eigentlich zu kennen vermagst, nicht das ist, was du all die Jahre dachtest. Wesen, Gefahren und Gefühle existieren, von denen du nicht einmal zu träumen gewagt hast ...

Hijas de la luna - Die Legende der Töchter des Mondes

... und dann erkennst du, dass du schon immer, ohne es zu wissen, ein Teil dieser Welt warst.

www.jaliahj.de

Jaliah J. ist eine junge Autorin, die mit ihrer Familie in Berlin lebt. Ihre Wurzeln sind in der ganzen Welt verstreut, doch ihr Herz schlägt für Puerto Rico.

Angefangen haben ihre ersten Schreibversuche in einigen Internetforen, wo sie schnell einige treue Leser ihrer Geschichten gefunden hat und es nicht mehr viele Schritte bis zum ersten Buch waren. Mittlerweile füllen viele Bücherregale die Werke der jungen Autorin und ihre Bücher sind regelmäßig in der Bestsellerliste von BOD vertreten.

Mit ihrer bekannten Llora por el amor - Reihe hat sie eine ganz neue Welt erschaffen, in die sich viele Hunderte junge Leser regelmäßig zurückziehen und alles um sich herum vergessen.

Es sind einige weitere Projekte geplant, so dass man auch in Zukunft noch viel von der jungen Autorin hören wird.

Tauchen auch sie ein in die faszinierende Bücherwelt.

"Diese junge Autorin schreibt mit ebenso viel Hemmungslosigkeit wie Konsequenz Liebesromane, ich wünsche ihr einen langen erzählerischen Atem für sprudelnde Phantasie und mitreißende Fantasy."

Vito von Eichborn

(Vorwort zur Sonderausgabe zu Werwölfen, Vampiren und den Töchtern des Mondes)

Shirts, Handycases und vieles mehr zu den Büchern von Jaliah J.

Viel Spaß auf meiner Seite

follow me ...

Leserkommentare

„Jaliah schreibt leidenschaftlich und hingebungsvoll. Ich habe schon sehr viele Bücher gelesen, die ich richtig, richtig gut gefunden habe. Aber Jaliahs Story nehme ich ihr voll und ganz ab. Kaufe ihr das ab, was sie schreibt. Man hat bei der Lektüre das Gefühl, live dabei zu sein. Sich mitten im Geschehen zu befinden und man kann sich mit ihren Charakteren identifizieren. Man fiebert mit, will wissen wie es weiter geht und der „Süchttigkeitsfaktor" ist auf jeden Fall vorhanden! ;) Ich kann jedem der eine Reise nach Puerto Rico mit dem Kopf machen möchte, in eine neue Welt eintauchen will, den Zusammenhalt der Gangs und deren Familien spüren, das Buch weiter empfehlen!"

Hope

"Hope/Amal, die Geschichte zwischen einem christlichen Mädchen und einem arabischen Prinzen, war unglaublich mitreißend.
Die Persönlichkeit und das Handeln von Farhan (dem arabischen Prinzen) war mir völlig neu und extrem erfrischend.
Auch die liebenswerte Einführung in die Welt des Islam hat mich berührt.

Jaliah hat die Verbindung zwischen zwei Religionen in Form dieses Buches sehr schön dargestellt!!

Die Geschichte ist mitreißend! Zusammengefasst: Ein tolles Buch mit einer zauberhaften Liebesgeschichte die es sich zu 100% zu lesen lohnt!"